TODD GRIMSON (Portland, 1952) es poeta
publicado las novelas *Within Normal Lin*. ... *New Cherry Flavor*. Vive en Los Ángeles. Mientras siga siendo capaz de soportarlo.

Todd Grimson es el escritor americano más innovador del momento, un maestro del *noir*, un brillante estilista de la prosa. *Acero* es Anne Rice para sofisticados y la primera gran novela de vampiros de la era posmoderna.

—JAMES ELLROY, autor de *L.A. Confidential*

Si Raymond Chandler o Flannery O'Connor hubieran escrito una novela de vampiros, podría leerse con la brutal y apasionada claridad de *Acero*. Grimson va pelando y explorando capa tras capa de corrupción hasta descubrir el corazón de una historia de amor devastadora.

—KATHERINE DUNN, autora de *Amor profano*

Una historia de amor vibrante y sofisticada que parte de las convenciones de la ficción vampírica y las transforma sutilmente hasta que la existencia de los no muertos parece no sólo plausible, sino profunda.

—DAVID L. ULIN, *Los Angeles Times*

Grimson mezcla las fantasías finiseculares de Anne Rice con la cultura alternativa del fin del milenio mediante pasajes de una lírica sublime.

—DOUGLAS WINTER, *The Washington Post*

Con los dientes firmemente clavados en el cuello del lector y la lengua asomando burlonamente entre los labios, Grimson aprovecha al máximo el sangriento mundo de fantasía del vampirismo.

—LYNNE TILLMAN, autora de *American Genius*

A medida que va pasando el tiempo, *Acero* va haciéndose cada vez más fascinante, pero nunca menos perturbadora.

—GEMMA FILES, *Fear Zone*

*Acero*

TODD GRIMSON

# Acero

VALDEMAR / ES POP NARRATIVA

Título original:
*Stainless*
HarperPrism
Nueva York, 1996

1ª edición: marzo 2010

*Al autor le gustaría extender un agradecimiento especial a Ruth Witham y a Jane Galen*

Publicado por
es pop ediciones
Mira el río alta, 8 - 28005 Madrid
www.espop.es

En coedición con
valdemar [enokia s.l.]
Gran Vía, 69 - 28013 Madrid
www.valdemar.com



Corrección de pruebas:
Ana García de Polavieja Embid

Diseño y maqueta:
El Pulpo Design

Logo:
Gabi Beltrán

Impresión:
Huertas

Impreso en España
ISBN: 978-84-937771-1-1
Depósito legal: M-4739-2010

Para Sally Wofford-Girand

# Primera PARTE

# 1

La luz del sol se entrelaza con la de la tarde. Aire inmóvil, suave, muerto. Keith no sabe qué hora es, qué día. Las sombras fluctúan y él olvida por un momento... hasta que intenta coger un vaso y ve el vendaje. Opta por volver a olvidar, haciendo un esfuerzo consciente por ignorar sus manos contorsionadas.

En este jardín hay flores, hibiscos rojos, lavanda y jazmín, y más allá varios cactus repartidos entre las rocas. A la cabeza le viene una canción. Una melodía vagamente familiar, a pesar de que él nunca la haya tocado. No es capaz de seguirla hasta el final. Se le escapa. Se desvanece y luego vuelve a comenzar, tras una momentánea interrupción, nuevamente desde el principio.

¿Qué es lo que oyen los sordos? Probablemente no sea sólo silencio, no; deben de oír todo tipo de ruidos. Zumbidos, ronroneos, leves bramidos. Susurros, siseos, un murmullo y, quizá, el mar, las mareas de la sangre. Una orquesta soñadora y constante, ensayando lenta y eternamente, en las lejanas espesuras del sistema nervioso.

Se levanta una brisa que le toca por un instante, una mano fantasma, y Keith se plantea volver adentro. Se pregunta si Justine saldrá esta noche. En realidad a él no le apetece hacer nada, pero si hay algún motivo para ir a algún sitio también le parecerá bien. Vivirá. Eso es lo absurdo.

## 2

Justine es una vampira y Keith es el humano que mantiene a su lado para que se encargue de todo durante el día. La situación es algo más compleja, pero el resumen es ese. Hace poco más de un año le mordió en el cuello. En aquel momento, él era yonqui. Antes de sufrir el «accidente» en las manos, tocaba con un grupo que tuvo un álbum de éxito. Se llamaban SMX. La novia de Keith se suicidó, sus manos quedaron atrozmente laceradas, desapareció de la vida pública y se convirtió en adicto a los analgésicos, luego a la heroína.

Cuando Justine lo puso en trance, antes de morderlo, Keith percibió lo que estaba sucediendo y se sintió aterrorizado, por supuesto. Pero también, en cierto modo, enardecido: al menos iba a morir sabiendo que había portentos y prodigios en esta vida terrena; a pesar de que sólo fuera a tener un par de momentos para maravillarse, le parecía bien, aceptó la sorpresa. Pero los vampiros poseen un elevado sentido del gusto y a Justine nunca se le ocurriría tomar más que una pequeña muestra de sangre de un drogadicto o de un alcohólico o de alguien con una enfermedad en la sangre. De modo que le perdonó la vida, pero algo en su vínculo telepático la conmovió, le interesó, y se quedó con él, inyectándole una pequeña cantidad de «veneno» para mantener el lazo hipnótico. Pero no lo esclavizó, como podría haber hecho, como ha hecho en otras ocasiones.

Quizá porque Keith amaba a una mujer muerta o quizá porque ha conocido el dolor o, quizá, simplemente, porque era atractivo y ella se sentía sola. Le gusta. Pasan muchas noches charlando, sentados juntos en el sofá. A ella le resulta dificultoso describirle su pasado, pues su memoria no es buena, olvida muchas cosas. Tiene grandes lagunas y en ocasiones lo único que es capaz de recordar de lo que podría haber sido toda una vida es una simple escena o la imagen de una habitación.

No necesita tanta sangre humana como para tener que matar cada noche. A menudo, de hecho, hechiza a quien sea, le muerde en la muñeca o tras la rodilla o en un pie... toma únicamente una pequeña cantidad, disimula la herida con una incisión o dos, provoca amnesia en la víctima... la cual no sufre más secuelas que un «desvanecimiento» y una herida leve, sin daños permanentes. El hechizo se disipa.

Ocasionalmente, sin embargo, debe matar. Es un imperativo de su ser, un imperativo de la extraña especie a la que tanto tiempo lleva perteneciendo. Y si una criatura semejante existe en la Naturaleza, ¿acaso no tiene derecho a vivir? Cuando mata, por lo tanto, no se siente culpable. Es una manifestación de la Muerte que, al mismo tiempo, al ser inmune, vive al margen de ella. No envejece y de esta manera sigue conservando una frescura, quizá incluso una inmadurez. Parece joven, más joven que los veintiocho años de Keith. Esbelta, pálida, de melena negra y grandes ojos oscuros. Los colmillos sólo emergen cuando está a punto de morder, pero siempre son ligeramente prominentes, lupinos y puntiagudos.

La de hoy es una noche húmeda y cálida, y mientras están tumbados juntos sobre el sofá, la piel de Justine permanece fría al tacto de la de Keith.

—Estás helada —dice él.

—¿Te incomoda? ¿Es una molestia?

—No, me gusta. Es una sensación agradable.

La casa no tiene aire acondicionado. Hay ventiladores en el techo, pero zumban ligeramente al girar. Y cuando todo está en silencio, ¿quién quiere tener que soportar un zumbido? A Keith no le molesta el aire recalentado, el aliento de esta habitación.

Le ha estado contando a Justine su fatídico romance con Renata Spengler. «La supermodelo de las piernas, Renata Spengler». Justine es especialmente curiosa y a él le apetece contarle cosas que no le ha contado jamás a ningún otro.

—Cuando volví a Estados Unidos, no hacía más que pensar en una imagen que se me había quedado grabada en el cerebro, estaba convencido de haberla visto en algún sitio pero no conseguía recordar dónde. Era una fotografía de Renata, desnuda, con el pelo púbico afeitado y una mano saliéndole de la vagina... o una mano en vez de vagina. E imaginaba que había estado dentro de ella, que me había agarrado y me había llevado a su interior, entero y verdadero, como si hubiera entrado en otra habitación... No lo sé, probablemente no haya buscado bien, pero he sido incapaz de encontrar la foto, así que no sé, a lo mejor sencillamente me lo he inventado.

—Volviste —dice Justine—. ¿Por qué la acompañaste a Venezuela?

—Dijo que tenía que ir al funeral de una amiga de la infancia. Había ido a la escuela en Caracas cuando tenía ocho o nueve años. Y había vuelto en un par de ocasiones. Tuvo un novio, el hijo del propietario de Maracaibo Oil. Gilberto.

—Y fue él quien hizo que te rompieran los dedos.

—Eso creo. Por lo que sé.

—Lo siento —dice Justine, acariciándole levemente la frente y pasando luego la mano sobre su pelo corto.

—*Quiero* hablarte de Renata. No pasa nada. El funeral fue por ella. Quiero decir, que la amiga de la infancia era ella misma. Sólo estuvimos juntos, de manera intermitente, nueve meses. Realmente no la *conocía*, y si estaba enamorado de ella era con esa clase de amor ardiente e ignorante que no te deja tiempo para pensar y aclarar las ideas. Sé que estaba bien jodida, que tenía la autoestima por los suelos, que era una mentirosa y una masoquista y todo eso. Pero tampoco es que vaya uno por ahí haciéndole pruebas a todo el mundo para ver si son dignos de su amor. Es una magia química o eléctrica, y antes de darte cuenta estás demasiado metido como para recordar cómo se respira.

Keith vacila, descubriéndose repentinamente reticente (para

su sorpresa) a enumerar las aventuras de Renata, consecuencia del aborrecimiento que sentía por sí misma. Le parecen demasiado sórdidas, demasiado sensacionalistas. De modo que no dice nada, por ahora. No hay prisa. Los fríos dedos le acarician ausentes. Keith no quiere contarle lo de aquella vez en Cannes en la que Renata se fue a la cama con una famosa actriz francesa e hizo que la atara y le orinara encima. A continuación pasó la siguiente noche con un rapero negro que había intervenido en una película de gángsters.

Renata voló al día siguiente hasta Ámsterdam, para reunirse con Keith, de gira con SMX. En la habitación del hotel, después de haber follado, ella le contó lo que había estado haciendo, usando su cuerpo. Quería incitarle a que la golpeara, él lo sabía, y Keith recuerda su sensación de desesperanza infinita al observarla, aguardando su respuesta con mirada expectante, dolorida e insolente. Jon Jon, le dijo, no follaba tan bien como él, pero tenía la polla mucho más grande. Keith la abofeteó, con fuerza, deseando que echara a llorar y todo acabara ahí, pero ella quería una escena más brutal. Le dijo que le odiaba, que él en realidad no la amaba, y en esta ocasión se resistió con todas sus fuerzas, haciéndole sangre en la boca con un codazo perdido mientras él, sintiéndose como un violador, intentaba inmovilizar su cuerpo encrespado. Puede resultar más difícil intentar inmovilizar a alguien sin hacerle daño que usar todas tus fuerzas para sacudirle.

Abyectamente, más tarde, después de haber agotado todas las lágrimas, ella gimoteó implorando su perdón, diciendo que si él no la amaba no le quedaría nada más en el mundo, ningún motivo para vivir. Era grotesca, decía. Me odio a mí misma. Tengo demonios. Quiero morir.

Keith dice:

—No estaba preparado para manejar sus problemas. No sabía cómo salvarla. En realidad ni siquiera quería, en cierto modo. Me molestaba que hiciera de sus problemas algo más dramático que los míos. Después de todo, yo también había tenido que soportar una infancia desdichada, sobre la cual ya te he hablado. Sobreviví. Pero... en mis relaciones con las mujeres, estaba acostumbrado a ser el artista perturbado. Eso era lo que... Oh, no sé, iba a decir que eso era lo que le había atraído a Renata de mí, pero en realidad creo... no creo a estas alturas decirlo con vanidad, ni tener motivo para sentirla... pero creo que conectamos a un nivel mucho más profundo que ese. Casi de inmediato. Como si hubiéramos pasado la infancia juntos. Había tanto que nunca tuvimos que decir... Sencillamente lo *sabíamos*.

Keith vuelve a ver a la muchacha muerta mientras habla, vívidamente, ve sus ojos, Renata girándose para mirarle desde el otro extremo de una sala atestada de gente, ese destello, *somos una única mente*, sólo por un momento, evanescente pero real. ¿Qué aspecto tenía Renata? ¿Qué aspecto tiene cualquiera que haya aparecido en las portadas de *Mademoiselle*, *Elle* y *Vogue*? Pómulos, labios carnosos, dientes perfectos, ojos grises como nubes cambiantes, en movimiento, teñidas de azul. En su rostro mil expresiones. Era alta, con el pelo castaño, unas piernas preciosas, senos aumentados sobre el costillar, su vientre... una mano surgiendo de la elástica hendidura. ¿La mano de quién? ¿Es femenina? ¿Es la de ella?

Sí, sopesa Keith dubitativamente. La fotografía es en blanco y negro y parece antigua, como si hubiera sido tomada en un imposible 1913. La tenue, tentadora sonrisa de la modelo. El pelo húmedo y aplastado hacia atrás. Su cuerpo es decididamente moderno, no anterior a la Primera Guerra Mundial.

Sus manos. En la semioscuridad, Keith se arriesga a tocar a Justine cuando ella no puede mirar y verle la mano. Su mano izquierda quedó aún peor, torpe y parcialmente insensible. Ninguna de las dos tiene mucha fuerza, ambas le provocan un calvario si las usa largo rato. Le cuesta abotonarse la camisa.

¿Cuánto sabe Justine? Es difícil decirlo. A veces parece muy perceptiva y sutil, más que cualquier otra persona que él haya conocido. Sin embargo, hasta cierto punto, Keith está especulando, porque ella es prácticamente inarticulada y, en ocasiones, puede llegar a parecer francamente simple, como un animal. Falta de comprensión. Pasando de la abstracción a una especie de estado horripilante en el que te mira sin verte, en el que si hablas estás convencido de no ser oído. Y sin embargo es capaz de moverse aun sumida en tal condición. Cuando se pone así, Keith piensa que es muy posible que acabe matándolo. Ha decidido que si llega el momento no luchará, no se resistirá.

—¿Por qué te culpó Gilberto del suicidio de Renata? Debía de ser consciente de cómo era ella.

—Sí —responde Keith—. Ella fue un tormento para él... Estoy convencido. Lo visitó, en una ocasión, estando conmigo en Inglaterra. Él estudiaba en la School of Economics de Londres.

—Sintió celos de ti —dice Justine—. Ella lo volvió loco.

Keith escucha. Justine bosteza y sus colmillos reflejan la luz con un resplandor blanco y destellos de verde. Es el amarillo de la luz. Toda la estancia parece envuelta en sombras ocres y oro fundido.

Es una habitación espaciosa, de techo alto. La mesita baja es de cristal esmerilado. A la derecha hay un gran cuadro, geométrico, dos hexágonos radiales en una perspectiva no del todo frontal, con cantidad de rascaduras y rayas negras sobre una especie de fondo verde turquesa, con rojo ladrillo y crema mugrienta.

Justine lleva puesto un vestido corto. Cuando se eleva dejando al descubierto sus muslos, la piel parece excesivamente vulnerable, tan desnuda y tan blanca.

—¿Qué? —dice ella, mirándolo de repente, sonriendo, después de que hayan pasado un largo rato en silencio.

Él menea la cabeza, se encoge de hombros. Justine extiende la mano para coger su vaso de agua, se lo lleva a los labios y le da un cuidadoso sorbito.

—Tengo un recuerdo —anuncia—. Acabo de verlo. Estaba en un campo, con mi hermana, Fleur. Se nos han ensuciado los vestidos. El sol brilla... Sí, alzo la mirada y ahí está, no puedo creerlo, el sol es... una estrella, blanca y brillante. El cielo es azul. Ah, mierda. Quisiera decir más, pero me lo estaría inventando.

Los hexágonos parecen a punto de caer de su marco metálico.

## 3

El horror de la situación no se le escapa. Su posición es la de servir a Justine como su trasgo, su familiar, su «Igor», ayudándola a depredar sobre el mundo. Es como si ella fuera su dominanta y él un esclavo. Si alguien conociera su obediencia, lo despreciaría. Si los aldeanos irrumpieran en el castillo armados con teas, como en una vieja película en blanco y negro, lo matarían sin pensárselo dos veces.

¿Qué debería hacer con ella? La pregunta absorbe toda su energía espiritual de un modo que la adicción a la heroína nunca lo hizo. En comparación, aquello era saludable. Comprensible, teniendo en cuenta sus manos rotas, la pérdida de su carrera. Había sido una debilidad, él era débil, pero esto es malsano.

Ahora comprende el desasosiego radical provocado por la figura del no muerto; cómo, al no ser en realidad ni una cosa ni otra, intranquiliza a todo el mundo. Entiende perfectamente la ansiedad experimentada al ver al vampiro medrar. El modo en el que puede acabar generando la impresión de que debe ser destruido si algún día ansías recuperar la paz.

Pero Keith no espera encontrar paz alguna en su interior, nunca ha estado en paz, a menos que se estuviera engañando a sí mismo, o era una paz impuesta de manera artificial, en forma de heroína. Entonces su reino interior era sereno, verdes prados con ovejas y árboles y un cielo azul y nubes algodonosas. Un paisaje que, en la vida real, sólo ha visto de muy lejos.

Una especie de visión concentrada de la felicidad, lo suficientemente sencilla, no demasiado distinta de la de cualquier otro. La heroína aliviaba su dolor físico y la congoja, simplificaba las cosas. Todo parecía estar bien en el mundo, veía las cosas bajo una luz positiva y optimista. Por supuesto, tras el bajón, al despertar al día siguiente bordeando el síndrome de abstinencia, se convertía en un manojo de nervios y veía todos los multiformes y dolorosos detalles que le habían pasado desapercibidos estando colocado.

La vida era simple entonces. Quizá fuera estúpida, inútil y despreciable, pero tenía una tarea asignada. Necesitaba encontrar más heroína antes de empezar a desmoronarse. Todo pasaba a ser horrible a medida que el mono se apoderaba de él. Todo dolía, todo le provocaba ganas de vomitar. Inyectarse caballo en aquellas circunstancias era como regresar de entre los muertos. Eso es una exageración, pero la euforia era tan dulce, tan celestial...

Keith se pregunta si a Justine le pasa igual. Si, más que mantenerla viva por toda la eternidad, lo que hace la sangre fresca es colocarla. Una noche se lo pregunta y ella guarda silencio durante largo rato antes de responder con candidez:

—¿Te refieres a si me emborracha?

Parece haberla desconcertado genuinamente el que él lo haya adivinado o que tenga valor para sacar el tema. Keith nunca sabe cuándo se hace la *faux-naif*. Nunca, quizá.

—Sí —responde ella—. No todas las veces.

—A veces sencillamente te deja sobria.

—Sí.

Keith la besa en la mano. Es un gesto irónico o eso le parecería a cualquier otro, pero es que además le apetece besarle la mano. Le gusta Justine. En cierto modo —aunque probablemente sea una impresión falsa por su parte— le parece tímida. Él se toma ciertas libertades por ello.

No muertos. Los dos están entre medias, vivos pero muertos. No muertos.

Keith escucha música en casetes acelerados de tal manera que una cara de cincuenta minutos acabe en la mitad de tiempo. Se pone unos auriculares y permanece tumbado, esperando a que caiga el sol. Un silencio particular se impone cuando el ardiente sol rosado se oculta bajo la lejana línea que marca el fin del mundo, un silencio en el que los pájaros callan por un instante, los perros dejan de ladrar, ese momento en el que los ojos del vampiro se abren, a salvo de la luz.

Keith escucha música, afuera, a velocidad normal. Aguarda. No tiene pensamientos. Sumido en un estado de desasosiego.

## 4

Desde que empezó a limpiar la casa, Consuela ha sentido curiosidad por estas puertas cerradas. Lleva viniendo una vez a la semana, todos los lunes por la tarde, desde hace tres meses. No es más que otra casa cara en Beverly Glen. Pero estas puertas cerradas...

Consuela ha intentado verlas desde fuera, pero el interior queda oculto por unas espesas cortinas de color ciruela, unas cortinas que siempre están echadas. La única persona a la que siempre ha visto aquí ha sido a un joven yanqui, atractivo, de unos veinticinco años... pero no es el propietario, según tiene ella entendido. Sólo está cuidando la casa. Por lo que Consuela ha visto, duerme hasta bien avanzada la tarde. Le pasa algo en las manos.

Es afable, es amistoso. Le dirá a Elvis que no le haga daño. Bastantes problemas va a tener ya. La vigilarán muy de cerca cuando se enteren de que ha habido un robo en una de sus casas, ya ha pasado por eso con anterioridad. No quiere saber nada de violencia. Por otra parte... en fin, en Los Ángeles hay mucho crimen y esta casa no es que tenga precisamente un gran sistema de seguridad; a diario roban otras muchas mucho más protegidas que esta. No existe un «patrón». Tampoco es como si todas las casas en las que limpia Consuela fueran a sufrir robos antes o después.

A esta casa… le ha llegado el momento, eso es todo. Elvis tiene problemas, necesita dinero con urgencia, de modo que finalmente ella ha accedido: «Mira, puede que sepa de un sitio en el que hay muchas cosas».

Nunca serán capaces de demostrar nada. La mayor parte de este tipo de crímenes siempre se resuelven porque alguien canta a cambio de una reducción de condena (eso cuando se resuelven, cosa que en la mayoría de los casos no pasa). En este caso nadie va a hablar. Los hermanos Rodríguez son primos de Elvis, y son inseparables desde que eran críos. Usarán su camión y el suegro de Víctor Rodríguez será quien se encargue de revender el material.

Consuela ni siquiera conoce a los ricos propietarios de la casa, nunca los ha visto, y el tipo que se pasa el día dentro, sí, vale, tiene las manos jodidas, ha debido de pasarle algo, pero incluso así, tampoco es pobre… Mira qué preciosidad de casa le han prestado mientras se recupera.

No es que se sienta precisamente orgullosa de ello, pero al menos su comisión le vendrá bien y en ocasiones no está de más hacer alguna que otra maldad. Una vez que se te ha ocurrido, y sabes que es posible, cuando pasas a tenerlo todo en cuenta tampoco parece tan arriesgado. Desde que se lo mencionó a Elvis… ha pasado a ser un poco como estar en una película, trabajando de infiltrada, fingiendo que todo sigue igual. Hace que el resto de la semana sea un poco más excitante, aguardando a que llegue el momento de volver aquí. Elvis le ha prestado una pequeña cámara de fotos y ella, discretamente, como una espía, ha gastado todo un carrete.

En cualquier caso sigue resultándole frustrante no ser capaz de echarle un vistazo a esas habitaciones cerradas. ¿Qué tesoros se ocultarán tras sus puertas?

Consuela estudia todos los muebles y objetos de arte con una nueva mirada, evaluando en el comedor las ocho sillas Luis XIII de respaldo alto, el servicio de mesa de peltre, las grandes esculturas, que arrojan intricadas sombras sobre las paredes. Se vuelve con ojo crítico hacia uno de los muchos cuadros, que podría acabar en Sudamérica, Miami o Guadalajara.

Le gusta mucho en particular, en el estudio, la alfombra besarabiana, azul oscura, dorada y burdeos, y en el dormitorio el biombo de doce pliegues pintado con una escena de las Cruzadas. Un botín maravilloso, *destinado* a ser robado, a viajar misteriosamente por todo el mundo.

Una vez afuera, Consuela entra en su coche y enciende un cigarrillo. Dentro de la casa no tiene permitido fumar ni utilizar disolventes excesivamente olorosos. Se pone nerviosa cuando ve a Keith surgir de entre las sombras, observándola, cerrando la puerta electrónica mientras ella se aleja en el coche. Es una casa inmóvil y silenciosa. Consuela siente una punzada de miedo.

## 5

A varios kilómetros de Richmond, Virginia, en abril de 1837, James Robert Ward continuó caminando a buen ritmo en dirección a su casa. Ya había oscurecido bastante y calculaba que todavía le quedaban unas dos horas o quince kilómetros por delante. Era un enérgico y saludable mozo de veintiún años, acostumbrado a caminar y a dar largos paseos. Ahora, tras haber pasado varias horas caminando solo, sus preocupaciones anteriores se han desvanecido al fin, siendo la principal entre todas ellas un malentendido surgido entre él y su quisquilloso cuñado —de cuya riqueza dependen en cierta manera tanto él como su madre viuda—, y sus pensamientos se han centrado en la contemplación de su último encuentro con Ermina, de la cual está enamorado. Los rizos de su pelo, el encanto de su sonrisa carente de toda afectación... estudiaba todos y cada uno de sus rasgos a la luz del Amor Universal y Redentor. ¡Oh, si tan sólo su amor fuera realmente recíproco, no habría obstáculo que no pudiera superar!

Por ejemplo, estaba convencido de que, en su ausencia, su hermana estaría esforzándose ahora por ablandar a su marido, para hacerle ver qué favor tan nimio sería el ayudar a James a establecerse por su cuenta. Una vez solucionada esta cuestión material, James sería libre para solicitar la mano de Ermina. Él ya le había declarado su amor mediante poemas, y a pesar de que ella aún no había dicho que su emoción fuera correspondida, estaba convencido de que así sería... ¡Había visto la respuesta en sus ojos relucientes!

James era un optimista. Todo saldría bien.

Ahora ya era noche cerrada. La carretera que seguía se había internado en un pequeño bosque cuyos árboles formaban con sus copas un palio que oscurecía las estrellas. El aire parecía sobrenaturalmente inmóvil, y James se sorprendió a sí mismo pensando, sólo por un instante, en fantasmas. Y luego, con un terror más real, quizá por más concreto, en esclavos fugados.

El día anterior había visto una partida de esclavos recién llegados, engrilletados e infelices, preparados para ser enviados al otro lado de las montañas, al río Ohio. Como si fueran maíz, tabaco, barriles de arenques o jamones. Tales eran las mercancías con las que negociaba su cuñado.

James surgió del oscuro corredor a un espacio más abierto, bajo el cielo. Sintió cierto alivio. Y sin embargo, qué extraño, no se oía otro sonido al margen de sus amortiguadas pisadas. El día había sido ventoso, tanto que se había alegrado de llevar consigo su gran abrigo de Marsella, pero ahora todas las absortas ramas permanecían perfectamente inmóviles.

Siguió avanzando, observando atentamente todo cuanto le rodeaba, pero no vio absolutamente nada que temer. Se relajó y empezó a disfrutar del silencio. Era una noche poética, mágica.

Pero entonces... En un primer momento le costó creerlo, pero luego percibió, sin lugar a dudas, allí plantada, mirándole fijamente, la presencia de una mujer joven. Evidentemente, le había visto. ¡De hecho, parecía como si le hubiera estado esperando! Ella avanzó hasta el lindero de la dehesa y él se aproximó para recibirla, preguntándose si necesitaría su ayuda.

La joven, pálida y melancólica, vestía de luto, y de tan delgada como era parecía huérfana cuando no tísica, a pesar de su larga melena negra y de sus ojos húmedos y ardientes. Dedicándole una sonrisa nerviosa a James, dijo:

—Disculpe, caballero, pero debe usted ayudarme. ¿Podrá hacerlo? Rezo porque sea usted capaz de ello.

—Sí —dijo James, sintiendo cierta atracción combinada con temor—. ¿De qué se trata? Sí, la ayudaré en todo cuanto me sea posible.

—Acompáñeme entonces —dijo ella, cogiéndolo de la mano, y él dejó caer su garrote y la siguió. Tenía la mano *muy fría*. ¡Tan fría! James olió violetas o raíz de orris, y súbitamente el viento empezó a soplar con violencia, arrastrando las hojas.

—¿De qué se trata? —repitió mientras ella le conducía hacia el bosque, pero ni siquiera supo si lo había dicho en voz alta o únicamente dentro de su cabeza. Ella se volvía hacia él a cada tantos pasos, con una sonrisa afligida, y James experimentó una aguda sensación de que algo iba *mal*, sin embargo se sentía tan adormilado que no fue capaz de resistirse. Una indefinible promesa de horrenda y prohibida voluptuosidad parecía aguardarle más allá, cuando penetraron en el bosque.

Se detuvieron en un claro. Estaba tan oscuro que James únicamente podía ver la palidez del rostro y las manos de la muchacha. De repente sintió pavor, un pavor irrefrenable, en el momento en el que ella le miró, con mucha menos timidez, directamente a los ojos. Amablemente le tocó el rostro con sus heladas manos.

James sintió que caía, lentamente, cada vez más despacio, desfalleciendo, y un gato o alguna otra criatura semejante le mordió punzantemente en el cuello, quiso quitárselo de encima, pero descubrió que le resultaba imposible.

¡Oh, por favor, si al menos fuera capaz de mover aunque únicamente fuese una mano! ¡O por lo menos pronunciar algún sonido, aunque sólo fuese llorar como un niño o chillar como un ratón!

... tan pesado y febril, su cuerpo era tan pesado que debería hundirse en la tierra, más pesado que el plomo y ahora ardiendo, fundido, fundido como una nueva amalgama, una alquimia impía transformaba todo su ser mientras el cielo caía sobre él como un enjambre, y él se deshacía en partículas, ciego, flotando hacia el firmamento.

## 6

No está segura, no del todo, pero cree que la sangre sabe ahora distinta a como lo hacía en el pasado. Parece más fétida, más complicada también, con un regusto más metálico y mineral, como lamer el capó caliente de un automóvil. Alguien le habló en una ocasión sobre los minerales de la sangre. Recuerda el magnesio y el zinc. La sangre fluye por las venas y, más espesa y rica, por las arterias, atravesando el corazón palpitante, los órganos, el cerebro.

Es posible que cualquier diferencia de las que percibe sea imaginaria o inconsecuente. El mismo flujo oscuro y salado de siempre sigue estando presente, inconfundible, probablemente idéntico a como debió ser en tiempos de los romanos, de los faraones o antes incluso.

En sus tiempos solían decir cosas como «El mal está en la sangre». O «son de sangre noble». Solían ponerle sanguijuelas a la gente para librarles de su «mala» sangre.

Justine había sido una campesina. Tenía sangre de campesina. Después de haberse convertido en vampira, bebió de ambas clases, nobles y campesinos por igual, pero una vez dentro de ella la sangre siempre era idéntica. El mal. De alguna manera la agotaba, y siempre necesitaba más.

Cuando tiene sed y el primer trago entra en ella a través de los colmillos, golpea su cuerpo como un hechizo. Un fluido mágico y nutritivo. Justine está infinitamente familiarizada con la sangre a sus diferentes temperaturas, con cómo mancha o se seca o la rapidez con la que fluye por una herida. A ella no le importa despertarse con el pelo pringoso de coágulos, el rostro manchado con escamas marrones de sangre reseca.

No le parece haber vivido durante tanto tiempo, no se siente vieja. El pasado le resulta tan indistinto o inexistente que se siente más como una criatura que renace cada tanto de nuevo, con ciertos instintos pero apenas ninguna historia real, únicamente fragmentos ocasionales con los que sueña durante sus largos días inanimados.

De noche, al levantarse, se lava la cara y se pregunta si ha olvidado algo importante. Sus presentes circunstancias tardan un rato en volver a ella.

Hace mucho tiempo, podría haber comparado su existencia con la de una rata o un gusano o una larva, y en ocasiones temía ser espantosa, que únicamente imaginaba seguir siendo joven pero que en realidad estaba engañada.

Poco a poco pasó a ser cada vez más desapasionada. Hacía cosas que en el momento puede que le causaran gran impresión, pero en muchos aspectos ninguna noche en concreto era más importante que la siguiente, de modo que olvidaba.

## 7

Tiene mucho tiempo para pensar y piensa en cómo Ornette Coleman dijo que si el sonido de un clarinete tiene dos pulgadas, el sonido de una guitarra eléctrica tiene al menos doce. Alguien le habló en una ocasión a Keith, por teléfono desde Nueva York, del «sexo chocolate».

—Es nuevo —le dijo quien fuera, echándose a reír—. En serio. De todos modos, rápidamente dejará de ser novedoso.

Todo deja de serlo, piensa Keith. Se pregunta, no por primera vez, si la muerte es como el sueño. Y si lo es, ¿qué significa eso? Todo el mundo duerme. Cuando un gato que tuvo murió, tras ponerle la inyección debido a una mala enfermedad para la que no había esperanza de recuperación, el gato parecía haber aceptado su situación. Se le veía relajado, como si supiera que aquello era parte inevitable de la vida. Si hay miles de millones de personas en el mundo, cada una con su conciencia individual, ¿qué vamos a poder decir sobre sus pequeñas vidas, sus conflictos y sus muertes? Beethoven murió. Ghandi murió. No es como si hubieras ganado un premio. Como en el caso del gato, siempre habrá otros gatos para ocupar tu lugar. Y eso es todo.

Un vampiro no es más que un animal. Vive por lo que uno podría considerar medios anormales, pero su fisiología tiene su lógica, es la metamorfosis de lo que en otro tiempo fue humano, de lo que empezó siendo un ser humano como cualquier otro.

Keith habla en ocasiones con Justine sobre cosas que sabe que ella no comprende. Ella le escucha cuando él, en un concierto de medianoche de un grupo u otro, le dice que «la repetición es cambio», y le explica que a los africanos les gustan los tonos sinuosos. Luego el grupo acaba por hartarle y cuando salen añade:

—Tocas un rato la guitarra, te acercas el micro y cantas tu cancioncita, hablando del dolor, la pérdida o el amor. ¿Cómo puede seguir teniendo eso el más mínimo significado para nadie?

Suben al coche y Keith siente un ramalazo de hostilidad, está cansado de ella, de la incertidumbre en la que lo mantiene, y dice:

—¿Sabes? Me importas una mierda. Ni siquiera siento curiosidad. O sea que existes, vale. ¿Y qué? No es más que un trabajo. Y tú haces tu trabajo. Pero a mí me parece aburrido de cojones. ¿Cómo lo soportas?

Justine se limita a mirarle. Él conduce hasta salir al desierto, bajo la luna.

Borrón, borrón. Mancha. El desierto negro es interminable. A esto ha quedado reducido el mundo. A un desierto interminable, interminable e inmutable noche. Los únicos recintos habitados son gasolineras y restaurantes de los que nunca cierran, lugares en los que podrías acabar asesinado. Tu cabeza podría acabar en la nevera. Justine acepta la situación, naturalmente, tal y como aceptaría un entierro en una fosa sin marcar junto a las vías del ferrocarril. Keith detiene el coche y saca la pala del maletero. Deja el coche en marcha para poder ver lo que hace, cava al resplandor de los faros. La entierra y aplana el suelo arenoso.

Luego, cuando empieza a conducir de nuevo, pronto vuelve a estar ahí junto a él, en el asiento del copiloto, silenciosa y fría, pálida como la luz de la luna en una habitación azul y tenebrosa. Él para y la entierra de nuevo, le clava una estaca en el corazón, pero ella vuelve a reaparecer, pasajera muda, sin nada que decir.

Keith está agotado. «¿Qué quieres de mí?», pregunta, y ella no parece escucharle, no parece oír siquiera. Se topan con un control policial. Revisan el interior, comprueban su carné de conducir y le hacen señas con la mano para que continúe. La señal anuncia Flagstaff, Arizona, Tombstone, el Valle de la Muerte, Dodge, Nowheresville. Están bajo el nivel del mar, siguen una carretera subterránea.

Keith detiene el coche y entra corriendo en un cementerio, en una ciudad fantasma. Justine araña hasta desenterrarse, tiene sangre en la boca, un gusano repta por su cara. Se sienta en el coche envuelta en una manta, con el pelo lleno de tierra. Keith se fuma un cigarrillo junto a la carretera, mirando a su alrededor, luego vuelve a poner el coche en marcha.

En un cuarto de hotel barato, Justine está tumbada sobre la cama con el vestido descuidadamente alzado sobre los muslos, mientras Keith se ata la corbata alrededor del brazo para destacar una vena. Funde la heroína sin que ella le preste la más mínima atención y luego se la inyecta, suspirando, desatándose la corbata. Pantomima.

«Él» apaga un cigarrillo en la pantorrilla de Justine. Ella ni reacciona. Keith dice:

—Cariño, o estás muerta o es que finges de maravilla.

Agita la mano frente a sus ojos.

Otra vez conduciendo. Keith bosteza, a lo grande. De repente, no hay cambio aparente, pero Keith se percata de que Justine tiene colmillos. Vaya. La entierra de nuevo junto a la carretera, pero para cuando ha terminado, dejando la pala para clavar una cruz de madera, ella ya vuelve a estar en el asiento del copiloto, como antes.

En un restaurante de carretera, aplasta una hamburguesa con queso contra sus labios sin conseguir reacción alguna. En el cuarto de baño, la sienta sobre el retrete y espera. Después, la hace levantarse y limpia su pelo púbico, arroja el papel al agua y tira de la cadena. Le lava la cara, diciendo «buena chica». Le pinta los labios con carmín y hace que se mire en su espejito de bolsillo.

En el coche, Justine se despierta de repente, con la boca completamente abierta, y vuelve hacia él sus colmillos hambrientos. Keith pisa el acelerador, hasta el fondo, 120, 140, 160, pero a ella le da igual. Sisea abalanzándose sobre su cuello.

Luego nada ha pasado. Keith conduce, Justine es su pasajera atravesando el desierto en mitad de la noche.

—¿Queda mucho? —pregunta ella.

## 8

Cuarto de cinco hijos, Keith era incapaz de recordar una época en la que no estuviera en conflicto con sus padres, en que no fuera un chivo expiatorio culpado por todo tipo de pecados y faltas. Su padre era un alcohólico cuya condición empeoró considerablemente a partir de que Keith cumpliera los once o doce años. Su madre le consideraba desobediente e incontrolable, acusándolo regularmente de modo que su padre se centrara en él, golpeándolo en estado de ebriedad, provocando escenas desagradables para que se arrepintiera de haber alterado a su madre. El muchacho siguió siendo un testarudo irredento; nunca cedía.

A los trece años, durante un verano particularmente caluroso en San Luis, se pasó tres meses durmiendo afuera en el jardín, en una hamaca. A sus padres no les hacía gracia la situación, pero si él accedía a quedarse en su cuarto, al llegar la medianoche o la una de la madrugada ya volvía a estar en su hamaca, escuchando su Walkman o los ruidos nocturnos. Sus amigos venían a verle, cargados con cerveza o hierba, y en un par de ocasiones consiguió incluso consumar atrevidos encuentros románticos. Muchas noches vagaba por las calles. A las cinco y media de la mañana salía con su bicicleta a repartir el *St. Louis Herald-Dispatch*.

Robaba pilas para el Walkman y cualquier otra cosa que pensara que necesitaba de verdad, y nunca le pillaron. Su madre no le permitía tocar el piano de la familia, de modo que se hizo con una guitarra. Practicaba sin hacer ruido, con las cuerdas empapadas, afuera en el jardín.

Su hermano y su hermana mayor, universitarios a distancia segura desde antes de que su padre degenerara del todo, culpaban a Keith de ser el causante de todos sus problemas. A él le desagradaban. Eran ignorantes, nunca habían experimentado aquello por lo que él estaba pasando. Tampoco quería explicárselo.

Era una humillación verse con el brazo retorcido a la espalda de tal manera que parecía a punto de romperse, a una fracción de centímetro de quebrarse como el endeble hueso de un pajarillo.

Odiaba a sus padres. No le asustaba decir que se alegraría cuando muriesen. Vivían en perpetua oposición, perpetuo enfrentamiento. Tanto su madre como su padre le decían que nunca llegaría a nada. Era perezoso y nunca prestaba atención, estaba demasiado pagado de sí mismo sin tener motivos para ello en el mundo real.

## 9

Cuando Keith tenía dieciocho años se metió en líos con la justicia. Le detuvieron por intento de asesinato, aunque no era probable que dicha acusación fuera a llegar muy lejos.

Lo que sucedió fue que había un propietario de club nocturno llamado Walter Baumgartner que era un canalla reconocido, pero en San Luis no había mucho donde elegir y si querías tocar en directo prácticamente no te quedaba otro remedio que tratar con él antes o después. Baumgartner hacía cosas como prometerte la mitad de lo recaudado en puerta para luego, al final de la velada, decir: «Aquí tenéis vuestros trescientos dólares», y por mucho que protestaras él repetiría una y otra vez, haciéndose el sorprendido: «Pero eso fue lo que *acordamos*».

Eso a pesar de que hubieras colocado a un amigo con contador en la puerta y a tu grupo le correspondieran en realidad unos ochocientos dólares.

Había un millón de modos en los que, además de ser un mentiroso y un gilipollas, se comportaba como un canalla. Supuestamente era el dueño de un servicio de acompañamiento, y sus porteros vendían todo tipo de drogas importadas. Los rumores abundaban.

Pues bien, un sábado por la noche, después de que el grupo

de Keith, Cum, tocara hasta tarde, empezó a caer un auténtico diluvio, un monzón, de modo que Walter les dijo:

—¿Por qué no dejáis el equipo aquí esta noche? Podéis pasar a recogerlo mañana por la tarde.

A Michael le preocupaba la seguridad, pero Baumgartner le dijo que tenía un sistema de alarma activado por sensores de movimiento y que, además, estaba asegurado, así que, bostezando, los Cum se volvieron a casa a dormir. A Keith, por su parte, jamás se le pasó por la cabeza que algo pudiera ir mal.

Al día siguiente, cuando fueron a recoger su equipo, habían desaparecido los dos amplificadores de guitarra. El sicario de Baumgartner, Reg, se hizo el sorprendido y llamó a Walter a casa. Éste dijo que no había ningún problema, que su seguro lo cubriría, etc.

Fue sólo en el transcurso de los siguientes días cuando Keith averiguó que no era la primera vez que Baumgartner se la jugaba a alguien de aquella manera. Varios grupos habían perdido ya parte de su equipo y la aseguradora resultó ser una empresa dudosa que nunca le había pagado a nadie. Keith se sintió particularmente ultrajado debido a que sentía un cariño *extremo* por su amplificador, un Kustom Reverb Special que consideraba único. Adoraba su aparato. También le tenía cariño a su guitarra, por supuesto, pero había ciertos sonidos cruciales que sólo era capaz de extraer mediante aquel insustituible amplificador.

Lo que más le enfurecía era tener la sensación de que Baumgartner pudiera pensar que Keith le tenía miedo. Miedo físico. Corría la leyenda de que, un par de años antes, en Chicago, Walter Baumgartner había asesinado a un individuo que podría haber testificado en su contra en un caso de impresión de entradas falsas que nunca llegó a juicio. El tipo desapareció y su cuerpo nunca había sido hallado. Además, Walter era un tipo grandote, con bigotón, que siempre irrumpía agresivamente, rodeado de sus porteros y de otros individuos de dudosa catadura.

De modo que Keith le compró un arma, un revólver calibre 32, a un camello al que conocía. Una noche entró en el club y subió directamente a la oficina, ya de madrugada, le puso la pistola a Baumgartner en la sien y le dijo:

—Quiero que me devuelvas mi ampli.

—¿Es que has perdido la puta cabeza?

Walter pareció tomarse bastante bien aquello de tener un revólver apuntándole a la cabeza. No debía de creer que estuviera cargada o que Keith fuera a ser capaz de apretar el gatillo. Como si estuviera en una película, Keith disparó contra una ventana. Para demostrar su sinceridad.

—No lo entiendes, Walter. Ese amplificador no vale demasiado, es una antigualla, pero yo lo necesito.

Justo cuando parecía que Baumgartner estaba dispuesto a ceder, llegó la policía. Keith se entregó.

El arresto reivindicó la mala opinión que sus padres tenían de él. Baumgartner no quiso presentar cargos, probablemente porque no quería que escrutaran sus negocios, pero además del intento de asesinato había otros cargos como posesión ilegal de un arma de fuego, descarga de un arma de fuego, amenazas y cantidad de mierdas parecidas.

Keith aprendió lo que es la cárcel. Su padre no quiso pagar la fianza o por lo menos se tomó su tiempo para pensárselo. El padre de Michael, que era abogado, aportó los fondos.

En última instancia, Keith no tuvo que cumplir condena, a pesar de que durante una temporada no lo tuvo demasiado claro. Su amplificador había desaparecido para no volver jamás. Keith expresó contrición ante un juez conocido del padre de Michael y se libró con una libertad condicional.

Un año más tarde, Keith y Michael Stein se trasladaron a Nueva York. Keith había ahorrado dinero, trabajando como mensajero para el bufete del señor Stein. Stein le apreciaba y fue un buen trabajador.

Walter Baumgartner cerró su club nocturno y empezó a tener problemas con Hacienda.

Keith todavía puede recordar, con toda claridad, el modo en el que Baumgartner mantuvo la compostura, dispuesto a morir con tal de no ceder. Si la policía no hubiera aparecido, puede que Keith le hubiera disparado únicamente por la irresistible curiosidad de ver qué es lo que pasaba a continuación.

## 10

En Nueva York es donde Keith pasó a obsesionarse con la música a un nivel mucho más intenso, consiguiendo grandes progresos, oyendo continuamente nuevos sonidos en el interior de su cabeza.

Tuvo una novia que fue muy importante para su desarrollo; la trataba mal y era consciente de estar haciéndolo. Ella probablemente le habría perdonado, pues era de ese tipo de personas, pero él siente una punzada de remordimiento cada vez que se acuerda de ella.

Se llamaba Barbara y no era especialmente guapa ni moderna; de hecho, en ocasiones ella misma bromeaba sobre su falta de estilo. Keith nunca estuvo enamorado de ella, pero la quería, en cierto modo, y ella escuchaba su nueva música; fuera lo que fuese que compusiera, Barbara se mostraba encantada y respondía. Durante mucho tiempo fue su mejor público. Le animaba, le halagaba y le reconfortaba cuando necesitaba apoyo emocional.

El problema era que, en los círculos sociales en los que se movía, no le gustaba particularmente ser visto con ella. Barbara le parecía anticuada, y en secreto era tan engreído como para pensar que sería mejor para su «imagen» aparecer cogido del brazo de alguna zorra llamativa.

Barbara se sintió herida. Keith intentaba quitarle hierro al asunto, pero comprendía su punto de vista, entendía que su comportamiento pudiera ser considerado traicionero y superficial. Realmente lo era. Pero descubrió que, a medida que su nuevo grupo, SMX, se convertía en una moda local, cada vez le resultaba más fácil conseguir un ilimitado número de tontitas encantadas de escuchar sus nuevas canciones. Venía a ser lo mismo.

¿Tan insufrible era? Principalmente lo único que le preocupaba era la música. Había un espacio ideal y utópico en el que se internaba más o menos a voluntad. Un campo sónico real que se fusionaba con posibilidades sugestivas, imaginadas, momentos hipotéticos de trascendencia y flujo rítmico. La música que oía le ofrecía pistas para un perfecto entendimiento de este mundo, una banda sonora armoniosa en la que cuerpo y mente se conectaban en una única y beatífica onda electroquímica. Te ves separado del tiempo, del lazo de la gravedad con las aceleradas revoluciones de la Tierra.

Keith era un idealista. El nombre SMX no significaba nada en particular. Se parecía a SEX o a S&M o a SPX, una pedalera de efectos que usaban tanto Keith como Michael. SMX podía pronunciarse «Smacks», lo cual tenía cierto matiz drogata o era una marca de cereales; deletreado parecía un modelo de coche.

Sobre el escenario, Keith llevaba a menudo gafas de sol, una camiseta blanca y el pelo corto. Las gafas de sol le ayudaban a superar su pánico escénico; odiaba los focos calurosos y deslumbrantes. Se sentía como saliendo de una nave espacial a la superficie supercalentada de Venus, siempre irreal, como si estuvieras en una película repleta de efectos especiales sin supervisar.

Guitarras que sonaban como una orquesta de flautas invertida o como un piano de cola cortado en dos por una melodiosa motosierra. La untuosa retroalimentación del Diablo del *wah wah*.

Keith conoció a Renata Spengler en una sesión fotográfica.

Ella conocía al fotógrafo y había ido a hablar con él de algún tema. Luego, se quedó a pasar el rato. Keith sintió una absurda confianza en sí mismo al abordarla.

Los miembros de SMX posaron vestidos con chupas de cuero para la edición francesa de *Vogue*. Tania, la bajista, se quitó la camiseta. La intoxicación de los oropeles y las alabanzas, y la corriente constante de ridículo baboseo, les había afectado a todos. Sus antiguos amigos quedaron desplazados a uno y otro lado. Nadie que no estuviera allí habría podido entenderlo.

## 11

El sistema de seguridad es anticuado, no resulta difícil desconectar la alarma. Y Consuela dijo que no tienen perro. La puerta principal está lo suficientemente lejos de la casa como para que parezca seguro entrar con la furgoneta en vez de dejarla en la calle. Podrán acercarla a la casa y tomarse su tiempo tan pronto como el cabrón que se encarga de cuidarla haya quedado reducido.

Elvis Morales. Víctor y Teddy Rodríguez. Acechan un rato por el exterior de la casa, mirando a través de las ventanas y viendo más bien poco, comprobando si el Mercedes-Benz (que también pretenden robar) está en el garaje. Sí que está.

Pueden oír música en el interior y, como hay varias luces encendidas, no están seguros de dónde puede estar el tipo. Son las dos y media de la madrugada. Reticentes, se ponen unos pasamontañas para que no les vea las caras. Es posible que tengan que mostrarse duros, pero no tienen intención de matarlo. Eso sería un crimen de otra categoría completamente distinta. Olvídalo. Si te enchironan por algo así ya no vuelves a salir. O en caso de hacerlo serías ya un anciano.

En cualquier caso, los tres van armados. Elvis tiene una 9mm que se le ha atascado en un par de ocasiones al probarla. Elvis la ha limpiado y le encargó a Víctor que le echara un vistazo y ahora parece volver a funcionar sin problemas. Pero si de verdad necesitara matar a alguien o defenderse, llevaría otra cosa. Los hermanos Rodríguez cargan sendas Smith & Wesson calibre .38. Teddy es el más joven, el del mal genio. Víctor intentará mantenerlo alejado del yanqui en caso de que éste haga alguna estupidez o diga algo que pudiera cabrear a Teddy. Víctor sólo quiere que todo salga tal y como lo han planeado. Los tres están nerviosos, exaltados y excitados, pero también algo asustados. Ni siquiera en los trabajos en apariencia más fáciles puede uno confiarse. Dios podría decidir joderte de mala manera, acabar contigo. Bajo tierra, tío.

De modo que son cautos. Intentan ser precavidos. Elvis siente cierta responsabilidad hacia los otros, porque es su novia quien ha elegido el lugar.

Los ladrones entran en la casa. Han encontrado una puerta abierta. Es una casa elegante, llena de objetos elegantes. Quizá se sientan un tanto impresionados por el esplendor, pero no tendrán ningún escrúpulo en desmontar y llevarse todo lo que les quepa en la camioneta. Como si trabajaran en una empresa de mudanzas. Tan pronto como empiecen, se limitarán a hacer su trabajo de manera simple y eficiente.

Con las máscaras aún puestas, localizan por fin al único inquilino. Está escuchando un disco compacto o a lo mejor un casete. Qué buen equipo. Elvis dice:

—Si cooperas, te prometo que no te pasará nada. Tú tranquilo.

El yanqui se ha levantado y retrocede un par de pasos, con pinta de asustado, pero no completamente paralizado ante la pistola como debería. Sólo Elvis ha sacado la suya para apuntarle. Teddy lleva la soga para atarle. Víctor está al otro lado del pasillo, comprobando las demás habitaciones para asegurarse de que no hay nadie más.

Teddy saca un rollo de esparadrapo para taparle los ojos al tipo y cerrarle la boca.

—¿Me has entendido? —pregunta Elvis, y el yanqui responde:

—Sí, te he entendido. Sería mejor para vosotros que os marcharais cuanto antes, pero no creo que vaya a bastarte con mi palabra, ¿verdad? Ojalá fuera así.

—No, tío —dice Elvis, sonriendo bajo su agobiante máscara, preguntándose dónde se ha metido Víctor, mientras Teddy avanza con la soga y le da un empujón al tipo sin ningún motivo. Elvis no considera pertinente amonestar a Teddy delante del tipo.

¿Dónde está Víctor? Elvis se gira para mirar y ahí está la chica, le sobresalta, no es lo que esperaba ver, por el rabillo del ojo tiene la impresión de que algo le ha pasado a Teddy, la tipa tiene sangre en los labios y le mira fijamente, acercándose a él. En un acto reflejo, Elvis aprieta el gatillo y la 9mm le clava un par de balas, el impacto la sacude, pero ella se limita a sonreír y sigue avanzando. Elvis está tirado de espaldas en el suelo, como congelado, incapaz de moverse. Todo sucede a cámara lenta pero rápido de cojones.

Elvis siente que debería estar muerto, como si estuviera agonizando, y se acuerda de aquella vez en que lo apuñalaron y despertó en el hospital, nada le preocupa.

A su lado hay algún tipo de alboroto, pero el esfuerzo de volver la cabeza para echar un vistazo es superior a él. Algo pasa con Teddy. Y luego Teddy está acabado.

Alguien le quita el pasamontañas. Vale, así está mejor. Le observan desde arriba.

—¿Puedes hablar?

Elvis no puede. Pero al menos puede parpadear. No, tampoco.

La chica dice:

—Éste es el mejor. Le sacaré algo. Hay otro en la cocina.

El cálido aliento de la chica sobre su cuello le resulta muy agradable. Elvis jadea. Música. El mundo queda inundado por una pieza de música clásica para piano. Elvis mira hacia el infinito y olvida.

## 12

Antes de que los tres ladrones irrumpieran en la casa, Justine había entrado en la habitación anunciando: «Tenemos visita». Parecía alterada. Keith le ha preguntado qué quería que hiciera. Su postura indicaba que estaba dispuesto a hacer lo que ella necesitara. Esta *violación* de su hogar... Keith ha podido percibir que era algo temido y aborrecido por Justine. Ella ha dejado escapar un jadeo, sólo por un segundo, como si fuera presa del pánico, mientras la transcripción al piano de Wagner interpretada por Glenn Gould seguía sonando, excesivamente sentimental y melodramática, en lenta pero inacabable progresión... y después ha desaparecido.

Cuando han entrado, Keith ha sentido que Justine estaba a punto de hacer algo, pero ignoraba qué. Estos tipos han tenido mala suerte a la hora de elegir una casa para robar.

En el momento en el que Justine ha aparecido y el tipo ha intentado dispararla, Keith se ha abalanzado sobre el otro y lo ha arrojado al suelo. El tipo estaba intentando sacar una pistola del bolsillo de la chaqueta, distracción que ha permitido a Keith darle un rodillazo en la entrepierna y agarrarlo hasta que Justine se ha acercado para morderle en el cuello. Le ha resultado más difícil de lo habitual, ya que el tipo no estaba preparado, no ha habido trance para relajarle, sólo colmillos desgarrándole la garganta.

A Keith no le disgusta la sangre. Se asombra de sí mismo al ver lo bien que es capaz de soportarla, al comprobar que es capaz de participar en actos malvados, pero es que todo esto del vampirismo le sigue pareciendo tan surrealista y además tiene un lazo tan extraño con Justine... Uno hace lo que tiene que hacer.

Cuando Keith consumía heroína, cada vez que se pinchaba una vena pensaba que quizá fuera a morir. Dicha idea pasaba por su cabeza todas y cada una de las putas veces. Es tan débil... Está más allá de la debilidad. Indefenso. No pasa nada. Matar a estos tipos, ver cómo les matan, es en cierto y diminuto modo como un amable escalofrío de venganza... venganza contra los matones venezolanos que le rompieron los dedos uno a uno en la cárcel de Venezuela.

Las manos le duelen mucho mientras arrastra a los dos tipos al exterior. Le lleva un rato. El dolor hace que les odie más. Se siente feo y avergonzado. No quiere volver a la luz, pero lo hace.

Justine sigue chupando el cuello del más atractivo, tomándose su tiempo. Cuando levanta la mirada hacia Keith es como si estuviera borracha y él se siente complacido, le agrada que tenga suministros, sustento... pinta rosas en sus mejillas.

Justine se levanta, limpiándose la boca con la manga.

—Ven aquí —dice, y él obedece, cerrando los ojos al abrazarla; debe de haber sentido miedo, pues se da cuenta de que está temblando entre los brazos de ella.

—¿Estás bien? —le pregunta Justine.

—Sí. Los disparos... ¿Te han dado?

—Me han atravesado —dice Justine—. Han salido por el otro lado.

Juntos, arrastran a este ladrón muerto y desangrado al exterior. No quieren manchas de sangre en la alfombra. Justine regresa de la cocina con un cuchillo de trinchar y les cortan a los tres la garganta sobre la hierba, bajo la luna. Keith corta la del tipo con el que tuvo el forcejeo, el que hizo que le duelan las manos. Ya ha hecho esto con anterioridad, en una ocasión, a un individuo que ya estaba muerto. Esta vez, al cortar, siente el asesinato. Es un asesinato. Se siente poseído por un enfermizo siseo eléctrico. Un extraño zumbido discordante. Podría seguir cuanto hiciera falta. Acaba de darse cuenta. Podría serrarle la cabeza al tipo. No se le escapa que los tres ladrones estaban en posesión de distintas conciencias, de sus respectivos «yos». Keith se estremece, pero continúa. El misterio de la muerte se halla frente a él, en carne y hueso.

Es laborioso, a pesar de que Justine es sorprendentemente fuerte. En realidad acaban rápido. Meten los cadáveres en la parte posterior de la furgoneta. Keith la conducirá hasta algún lugar alejado y quizá le prenda fuego. Hay una lata de gasolina en la parte trasera.

—¿Estás seguro de que podrás hacerlo? ¿Cómo volverás?

—Me llevaré la moto —contesta él impetuosamente. En el garaje hay una motocicleta. Nunca se ha preguntado a quién podría haber pertenecido en el pasado.

Cuatro y media de la mañana. Cuando llega el amanecer, Justine debe encontrarse completamente protegida de los rayos del sol. Puede que Keith sea un poco fotosensible, pero no prevé problemas.

Keith abraza a Justine y ésta le besa en la mejilla. Desprende una calidez increíble. Como un loco, cambia las marchas con sumo cuidado y pronto deja atrás el barrio. Se siente como si nunca más fuera a ser capaz de encontrar el camino de vuelta, como si estuviera viajando a Marte. Se siente imprudente y el miedo le cala hasta el tuétano.

## 13

Limpiar arrodillada la sangre derramada dentro de la casa le ofrece cierto consuelo a Justine. No ha vivido una escena similar en mucho tiempo. Pero es capaz de recordar, intensa aunque caóticamente, haber sido cazada como un animal, ese espantoso sentimiento de no conocer ningún lugar seguro en el que refugiarse.

Espera que Keith esté bien. Justine lo necesita. Ha pasado tantos años en desolado y horrible silencio, inhumano, incurable… ella sí que ha divisado y ha experimentado la dolorosa soledad de un universo sin Dios, y se ha insensibilizado a sí misma, existiendo como una criatura hecha de madera o de piedra o de mierda.

No, es mejor imaginar a Dios observándote, al tanto de todo lo que cruza por el interior de tu alma, incluso si por tu misma existencia debes pecar, incluso si pudieras ser considerada en términos ordinarios como un demonio del infierno.

Dicen que, comparada con otros planetas, la Tierra es joven; por lo tanto, también sus formas vitales son jóvenes. Niños, en realidad, seres infantiles, siempre perseverando lentamente en el camino hacia el espíritu puro, hacia el reino de lo que uno podría considerar la Luz.

Puede que Justine y otros como ella tengan que existir en la Oscuridad, razona ella, pero no es culpa ni decisión suya. El motivo debe de ser mucho más vasto y complicado de lo que cualquiera podría concebir. ¿Por qué hay bebés que nacen ciegos, mudos o todo a la vez? Todos los horrores mundanos. Justine intenta comprender, pacientemente, como lo haría alguien que ha recibido un don complicado. Se le ha permitido morir y a la vez seguir viviendo. Uno podría preguntarse qué utilidad puede tener esto, teniendo en cuenta los términos de su existencia. Ella no lo sabe.

Mientras se va quedando dormida, recuerda —una memoria buscada premeditadamente, y encontrada—. Recuerda al devoto joven sacerdote, hace mucho, al que visitó una noche con intención de confesarse.

¿Qué era lo que le había dicho? Oh, ella estaba hambrienta, lo había hechizado, pero muy ligeramente… y luego habían charlado, a media noche en la iglesia del pueblo. Le dijo que él no era quién para juzgar la perversidad de su existencia, que no era de este mundo… era más vieja que eso, más vieja que el propio pecado, quizá. Venía de antes de la caída de los ángeles.

Justine ha pensado a menudo en ello desde entonces. O ha intentado desprenderse de tal idea, por absurda y peligrosa.

El sacerdote le dijo, cuando ella le preguntó sobre el infierno, que el infierno es un lugar en el que nadie es capaz de amar. No amar. Y le dijo: «Podrá parecerle un concepto ordinario... pero incluso comprender lo que es el amor es un modo de amor. Un regalo de Dios. El amor viene de Dios». Resulta sorprendente, teniendo en cuenta la época, que no conjurara tormentos y exóticos fuegos. Quizá el «veneno» de Justine (que ella siempre ha considerado una especie de jarabe azucarado) lo embriagara ligeramente, de tal forma que se viera impelido a una reflexión algo más personal o quizá fueron las extraordinarias circunstancias las que le afectaran de tal modo.

Los cirios ardían, la cruz se alzaba sobre ellos mientras se aproximaban al nártex. Afuera todo era lúgubre invierno, noche interminable. Justine no mató al sacerdote. Lo dejó inconsciente; supondría que había sufrido una caída y se había herido en el cuello. Se recuperaría. Estaría bien.

Keith le recuerda, se acaba de dar cuenta, a aquel joven sacerdote de la Provenza. Tan inocente, tan sencillo y falto de vanidad. ¿De verdad es Keith así? Justine intenta concentrarse y conjurarlo. El sacerdote tenía un rostro vulgar, poco agraciado incluso, frágil y demacrado. No, el parecido, si es que hay alguno, no es físico. Es más bien una especie de *rima* indefinible.

## 14

Disociado de sí mismo, pero sintiéndose bastante cuerdo, Keith se sorprende a sí mismo hablando con Renata: «Mira a lo que me has llevado», pensando por algún motivo que, desde la tumba, dispersa, con sus problemas resueltos, ella le comprenderá. Quizá incluso le perdonará.

Esto es lo peor que ha hecho en la vida. Ha sido tan fácil...

En determinado momento se abofetea a sí mismo, como para obligarse a darse cuenta de la gravedad de su crimen, pero la bofetada y la charla son en beneficio propio, y Keith se da cuenta de ello a pesar de que se siente incapaz de dejar de hacer el tonto. Lo cierto es que sabe perfectamente lo que está sucediendo y cuál es su papel en todo esto.

Antes de conocer a Justine, hizo muchas cosas de las que se sentía avergonzado. La más dramática fue el modo en el que maltrató a Renata, el modo en el que la malinterpretó. Estaba allí mirándola a la cara mientras se hundía en el abismo. La miró a los ojos y no la salvó.

Antes de aquello, hubo muchas otras cosas, pero en comparación todas le parecían pequeñas y triviales. Renata supo leerle a la perfección. Lo *sabía*, sabía cómo era, lo eligió porque sabía que la ayudaría a caer.

Una noche, cuando aún llevaba con Justine sólo un par de semanas, quizá un mes, cuando aún estaban adaptándose a la nueva situación... una noche la llevó hasta Venice, entraron juntos en una discoteca y luego se separaron. Keith estaba nervioso, tanto que pronto salió a esperar en el coche. Le daba miedo (probablemente sin fundamentos) que alguien relacionado con el ambiente musical pudiera reconocerlo, que pudiera toparse con algún conocido.

Pronto, Justine salió con un joven. «Es mi chófer», la oyó decir Keith, y el joven se rió en voz baja, murmurando algo. Luego se hizo el silencio. Keith no quiso ni mirar por el retrovisor.

Oyó una especie de sonido. Prosiguió durante un rato y luego Justine pronunció su nombre. «Keith». Él hizo girar la llave en el contacto para poner en marcha el automóvil. «No», dijo ella. «No, para. Mírame. *Mírame*».

Y él se volvió y vio la sangre, los colmillos, las dos incisiones negras en la penumbra. Era una especie de prueba. Keith extendió la mano y Justine le besó la muñeca, mirándole directamente a los ojos, rozando tentadoramente con los colmillos su sensible piel.

—¿Me ayudarás?

Keith asintió en silencio. Después dijo:

—Sí. No pasa nada.

Llevaron al chaval hasta un parque, lo sacaron del coche y lo tendieron sobre la hierba. Keith se arrodilló, tomó el cuchillo que Justine le tendía y cortó la garganta de modo que pareciera una herida plausible.

Después de aquello, Justine no volvió a pedirle que hiciera nada parecido. Si había vuelto a matar, Keith no lo sabía.

Esta noche, sin embargo, Keith había sabido que el ladrón seguía vivo cuando le rebanó la garganta. Con circunstancias atenuantes, vale, pero era un asesinato en cualquier caso. Algo permanente e irremediable. Una conciencia y una personalidad eliminadas de manera violenta. Keith intenta olvidar. Tiene tareas pendientes e intenta perderse en los detalles, uno tras otro.

Tras haber llevado la camioneta hasta un lugar remoto, le prende fuego. Esto llamará la atención al mismo tiempo que borra las pruebas. Ya se ha apoderado de todos los documentos identificativos de los ladrones y ha retirado del bolsillo de la víctima de Justine un mapa de la casa en el que aparece apuntada la dirección. Se aleja de allí montado en la moto, mientras la mañana pasa consecutivamente del gris acero al plata y luego al azul rosado. Que ardan. Se da cuenta de que puede que el fuego sea innecesario, pero es necesario *para él*. Como un ritual, un gesto de sacrificio. Se siente como un hijoputa sin ley en los tiempos en los que Justine sólo era una niña. Exultante en la destrucción. Que ardan.

## 15

Michelle lleva una aburrida camiseta plateada demasiado grande para ella, con las mangas arrancadas; le cuelga sobre el hombro derecho. El tirante de un sujetador negro queda a la vista, entre otros hilos negros, un pantaloncito de piel y pequeñas cadenas de plata. Una cadena de doble eslabón le hace las veces de collar o gargantilla. Unos elaborados pendientes caseros perpetúan el tema de las cadenas. Sobre la camiseta, con letras rojas, aparece impresa la leyenda SAINT AGATHA.

Pero lo más llamativo a primera vista para cualquiera que se cruce con Michelle es su cabeza, prácticamente afeitada en su totalidad salvo por una cresta, aunque en estos momentos no la lleva fija con gomina o laca para que se mantenga erguida. El pelo teñido con alheña parece suave y moldeable. Michelle lleva un mes con este peinado, lo suficiente como para que su cráneo haya dejado de tener ese color gris enfermizo. Tampoco es que le importe. Le gustaba el gris. Lo cierto es que, en lo que a los desconocidos se refiere, le da exactamente igual si les parece que tiene buen o mal aspecto. Que les jodan a todos. Si les intimida es su problema. Michelle quiere que sean infelices de esa manera, aunque sólo sea por un par de segundos, en mitad de su aburrido día. Fueron sus amigas quienes le cortaron así el pelo, una noche que se colocó con ácido, pero tampoco es que esté loca.

Tiene una cabeza más bien redonda, un rostro redondo, a pesar de que no está gorda. Una vez su madre le dijo, con su estilo hiriente y despreocupado, que tenía «mofletes de ardilla». Su amigo Jason le ha dicho, delicadamente, que se parece un poco a Linda Blair de joven. Pero mejor, añadió al ver su ceño fruncido.

Pues bien, desde que se cortó el pelo ha estado más solicitada en su círculo. Jason va a usarla para la portada del próximo número de *La noche más oscura*, una revista que edita y publica él mismo, para la que Michelle hace reseñas de discos y entrevistas. Saint Agatha es su grupo de rock gótico favorito. Michelle tiene un rollo con el bajista, aunque no cree que vaya a llegar a nada. Michelle tiene diecinueve años.

Ahora mismo está parada en una gasolinera echando cinco dólares de combustible en el depósito de la furgoneta. Son las diez y media de la mañana, normalmente demasiado temprano para Michelle, en este caso demasiado tarde. Ha pasado toda la noche fuera. Se dirige de regreso a casa desde una fiesta en el piso compartido por los miembros de Saint Agatha. Esta noche no ha habido rollo con el bajista, Fred. Michelle no sabe muy bien qué es lo que está pasando. En realidad tampoco le gusta tanto. A eso de las seis y media se quedó dormida en la alfombra. Acurrucada junto a Jeff.

Michelle bosteza. Es un día caluroso, nublado, sucio y gris. Al otro lado de la gasolinera se alza un ajado grill bar, quizá de los años sesenta, con la fachada pintada con siluetas de palmeras, como sombras, mientras las verdaderas parecen estar muriéndose; una de ellas está completamente torcida, parece enferma.

Luego, como de la nada, junto a la máquina de refrescos, cuando aparca y sale para sacar una lata de Coca-Cola, un tipo se le aproxima y le dice:

—Oye, ¿podrías llevarme hasta mi casa? Te pagaré. ¿Qué tal, mmm… cincuenta dólares?

En algún otro momento podría haber sido una de sus fantasías hechas realidad, porque el tipo es atractivo, pálido, con aspecto triste… un encuentro casual con un desconocido. Ella se protege los ojos del sol con la palma de la mano y estudia los alrededores, más allá del tráfico, los postes telefónicos, los cables, y él dice:

—Se me ha roto la moto. No me apetece llamar a un taxi.

Michelle no le pregunta por qué no, pero sí lo mira de arriba abajo, como estudiando su posible peligrosidad o buscando un arma oculta. Él parece leerle el pensamiento y sonríe. No parece demasiado anhelante, de modo que Michelle pregunta.

—¿Está muy lejos?

—Beverly Glen.

—Pero dame los cincuenta dólares antes.

—De acuerdo —dice él, contando los billetes. Tiene las manos vendadas. Las vendas son recientes y están manchadas de sangre.

—¿Qué te ha pasado en las manos?

—Oh —dice él, y Michelle cree que puede que no le responda, pero luego, mientras se incorporan al tráfico, añade—: Me las pillaron con la puerta de un coche.

—Ay —dice ella—. Menudo daño.

Pasan varios carteles en vietnamita, varios semáforos, y Michelle piensa en mostaza, sangre y gasolina. Pone un casete.

—¿Cómo te llamas? —pregunta mientras recorren una calle decrépita y empapelada con carteles chillones.

—Keith.

Su aspecto le resulta vagamente familiar.

—Yo soy Michelle.

—Te lo agradezco de veras —dice él, como si le estuviera haciendo un favor y no hubiera dinero de por medio. Además, a Michelle le va a venir muy bien. Está en la ruina. Esto le permitirá poder aguantar un poco más sin tener que pedirle dinero a su madre. No se llevan bien. Su madre, Brenda, es contable. Es una puta hipócrita, siempre con sus novios de mierda, desesperada por enganchar a alguno.

Keith piensa, *llévame a casa. Por favor, déjame llegar a casa*. Cuando la moto lo dejó tirado, después de haberse pasado siseando y agonizando todo el trayecto desde San Bernardino, sintió como si estuviera recibiendo un castigo. La abandonó en un callejón, cerca de un solar de venta de coches usados con banderines de colores ondeando al viento. Estaba bastante nervioso cuando, en la gasolinera, se acercó de repente a Michelle. Ella le recuerda al tipo de chicas a las que solía conocer cuando estaba en el grupo, antes de hacerse famosos.

Quizá injustamente, no ha podido evitar radiografiarla de manera automática. Cree conocer el tipo. Escasa autoestima, tirando a tonta, pero en ocasiones más inteligente de lo necesario, morbosa, ensimismada, presa fácil para farsantes con pinta de «chicos malos». Ella empieza a hablar, superando su timidez inicial, y él la anima, aunque en realidad no sienta la más mínima curiosidad por lo que le está contando.

*Groupies*, parásitos, rémoras. Todos los grupos acumulan. Tipos que van a buscarte un refresco, una comida para llevar o un poco de MDA. Chicas que te hacen mamadas, etc. No, no le apetece recordar. Pero es incapaz de evitarlo. Para interrumpir, le pide a Michelle que le hable más sobre *La noche más oscura*. Esto conduce a toda una biografía de Jason, el principal organizador de todo. Jason empezó rodando vídeos en el instituto y cobrando entrada a sus fiestas. Uno nunca sabía dónde se iban a celebrar hasta el último momento. Siempre estaban petadas, hasta los topes; siempre había quien se quedaba en la calle. Además es un auténtico bisexual. Aparte de la revista, tiene un programa de televisión por cable y acaba de empezar a trabajar como promotor de grupos. Todo encaja, todo forma parte de un mismo fin. Tiene una visión, una estética sumamente desarrollada.

Keith asiente en silencio mientras pasan junto a centenares de concesionarios de coches nuevos y usados. Números, promesas, cemento gris. Keith asume que lo que suena es Saint Agatha, el grupo al que ella y Jason y los demás están enganchados. Es el casete de su primer disco.

—¿Qué te parecen?

—Me gustan —dice Keith, fingiendo interés, igual que cuando en el pasado alguien le hacía escuchar una cinta.

—¿En serio?

—Sí.

Michelle sonríe. Una chavala grande y saludable. El nihilismo adolescente nunca pasa de moda.

## 16

Michelle bosteza. Le confiesa a Keith que lleva toda la noche sin dormir, que está muy cansada. Él no parece impresionado.

—Necesito entrar —le dice—. Tengo que ir al baño. Y si no te importa, me gustaría ver cómo es el sitio en el que vives.

Michelle se guarda mucho de hacer ningún comentario acerca de la evidente riqueza. Aparca y apaga el contacto. Entra en la casa, molesta por la impresión de que Keith no la quiere allí. Le entran ganas de chincharle, de ponerle a prueba de inmediato.

¿Acaso le pone nervioso? Es tan educado que resulta difícil decir si Michelle le gusta o no, o en qué manera. Ella sale del baño observando lo espacioso que es todo y las obras de arte. Keith parece estar estudiando un punto concreto en el suelo. Cuando se percata de que ella lo está observando, sonríe y dice:

—Adelante, echa un vistazo si quieres.

—¿Vives solo?

—No —responde él—, con otra chica. Pero ella... no para mucho por aquí. Siempre está de viaje por todo el mundo.

—¿Oh? ¿Y qué es lo que hace?

—Es especialista en arte —dice Keith. Michelle se inclina para ver los títulos de sus cedés, sin tener demasiadas esperanzas de encontrar nada que le agrade.

—¿Te apetece beber algo? Sé que me queda algo de té frío.

De repente se da cuenta. Es como si llevara sabiéndolo desde hace un rato, sabía que había *algo*. Ahora que ha visto el nombre del grupo, Michelle cae en ello, le mira a la cara estableciendo contacto visual y dice:

—Ya decía yo que me parecía conocerte de algo. Tú eras el guitarrista de SMX.

—No —dice él—. Será que se parece a mí.

Michelle ríe y niega con la cabeza.

—No, eres tú. Keith… van der no sé cuántos. He visto fotos tuyas, he visto vuestros vídeos.

Michelle observa sus manos.

—Recuerdo que hubo varios rumores… y de repente desapareciste por completo.

—Ahora estoy bien —dice Keith—. Pero no quiero que nadie sepa dónde estoy. ¿Podrás mantenerlo en secreto? En serio. No quiero saber nada de nadie.

—Pero ¿tus manos? ¿Qué fue lo que te pasó? Eso son manchas de sangre… ¿De verdad estás bien?

—¿Esto? Oh, no es… Tranquila, no es nada. Cuando se rompieron no me las curaron adecuadamente, de modo que siguen algo jodidas. Voy a rehabilitación y sigo una terapia ocupacional. Pero en ocasiones… se dañan con facilidad.

Keith se acerca a Michelle y le pone las manos sobre los hombros desnudos. Michelle sabe que es importante para él y no quiere renunciar al control.

—Michelle, por favor, ¿me lo prometes? No le digas a nadie que me has visto. No es que sea precisamente una noticia, ni siquiera para la prensa alternativa. SMX ya no existen. Mi momento pasó. Sólo quiero que me dejen tranquilo. No quiero que nadie hable ni se acuerde de mí. No se lo digas a Jason…

Keith la coge de las muñecas y la arrastra suavemente hasta el sofá para sentarla junto a él.

—Podrías joderme de verdad la vida —dice, y hay algo en su tono que hace que Michelle piense que está diciéndole la verdad o que por lo menos cree que realmente podría pasar, así que se le quitan las ganas de seguir puteándolo y dice, con otro tono de voz:

—No diré nada. Sé mantener la boca cerrada cuando quiero. Hay cantidad de secretos que jamás… Jamás diré una palabra.

—Vale —dice Keith en voz muy baja, y Michelle piensa, *Dios, ¿se puede saber qué le pasa? ¿Qué es lo que le asusta tanto? Tampoco es que a nadie le importe.* Al mismo tiempo, su vulnerabilidad y todo eso le hacen terriblemente atractivo, más que antes incluso... y ella sólo es capaz de intuir o imaginar remotamente que aquí hay en juego algún misterio que no acaba de comprender. Se ve impulsada hacia él, y siente curiosidad, mucha curiosidad.

Tras pasar un par de minutos en silencio, se miran mutuamente a los ojos y Michelle sonríe de una manera que supone que él comprende.

—¿Puedo venir a visitarte? —le pregunta. Y Keith dice:

—Sí, claro. Ven por la tarde. Es el mejor momento. Las noches no lo son.

## 17

1950. Es una noche bochornosa, lluviosa. Tan húmeda y pegajosa que nunca estás seguro de cuándo está lloviendo y cuándo ha parado.

Frank McKenna, detective de homicidios, ha vivido situaciones chungas, pero esta vez sabe que se ha hundido en la mierda sin remisión, está en el fondo de un agujero que conduce directamente al oscuro e interminable vacío del centro de la tierra. En otras palabras, al infierno.

Estrangula a Justine, a modo de experimento, con tanta energía que habría matado a cualquiera haciendo que se le saliera la lengua y se le saltaran los ojos, dejando sus grandes huellas sobre la pálida garganta de ella. La estrangula, pero en realidad no cree que vaya a morir. Justine queda inerte, sus ojos miran al vacío. Es como si estuviera burlándose de él, porque de repente, con un *espasmo*, vuelve a quedar más allá del alcance de sus manos, a un par de decenas de centímetros de distancia. Frank desearía que al menos le preguntara por qué, pero ella no se molesta, no siente curiosidad, no quiere saberlo. Ni siquiera se enfada. Frank está en sus manos; los dos lo saben perfectamente.

De acuerdo. Frank enciende un cigarrillo, intentando que

le dejen de temblar las manos. Siguen allí, en la maltratada mansión en las colinas de Hollywood.

Frank se obliga a recuperar la compostura, templa la voz y, con un tono que suele reservar para los interrogatorios, dice:

—Deberías enterrar a Gloria. Está empezando a atraer a las moscas. Y como empiecen a oler a carne, se te va a llenar esto de coyotes.

Gloria es la puta teñida de rubio de las tetas grandes que solía ser la soplona de Frank. En ocasiones compartía alojamiento con ella. Ahora está tirada muerta dentro de un ataúd, cambiando de color, al otro lado de unas puertas correderas de cristal. Frank supone que Justine se ha cansado de tenerla alrededor, haciéndole recados durante el día, llevándola en coche por las noches.

—La estoy viendo cambiar —dice Justine, sin que las huellas de pulgares en su garganta le hayan provocado ronquera alguna, al parecer—. Quiero ver qué pasa, día tras día.

—¿Es que va a…?

—No. No la he mordido.

—¿Entonces cómo ha muerto, de causas naturales?

Justine se encoge de hombros, y yo qué sé, a pesar de que Frank se ha fijado en que Gloria tiene el cuello abierto de oreja a oreja, como cortado con una sierra.

Frank se acerca a la barra del mueble bar, se pone una copa. Bourbon solo. Lo engulle de un trago. La habitación es calurosa, sudorosa.

Lleva un tiempo trayéndole gente a Justine, basura blanca y vagabundos, prostitutas y chulos hispanos, generalmente ella sólo coge cuarto de litro más o menos, pero en un par de ocasiones ha ido hasta el final en presencia suya.

Está mal. Que Justine quiera ver cómo se descompone Gloria le revuelve el estómago de mala manera. Pone la radio en una emisora country. Bob Willis y los Texas Playboys.

—Escucha —dice Frank—. No puedes dejar a Gloria ahí afuera.

—¿Por qué no?

—Porque... no es buena idea.

Frank quiere marcharse, salir de allí; al mismo tiempo quiere quedarse, quiere que ella lo agarre entre sus brazos, quiere ese dulce y peligroso colocón amnésico. Por una parte, sabe lo que ella le hace. Pero de todos modos lo ansía, esos colmillos, esa sensación como si todos sus pecados quedasen perdonados por arte de magia.

—Deja que me libre de ella —dice Frank—. Ya se ha descompuesto lo suficiente como para que te hagas una idea de cómo va el tema.

—¿Qué vas a hacer con ella? —pregunta Justine al cabo de un rato.

—No lo sé. Robaré un coche y la meteré en el maletero. No estoy seguro.

—Sabes cómo arreglar estas situaciones —la frase de Justine suena como una aseveración y él siente un ramalazo de orgullo. Claro, por supuesto que sabe cómo solucionar estas situaciones. Ha apretado las clavijas a actores maricas, les ha dado palizas de muerte a sus novios chantajistas, ha engañado a concejales del ayuntamiento para que acaben fotografiados en la cama con putas negras, les ha forzado a alegar motivos de salud para renunciar a sus puestos si no querían que las fotos salieran a la luz, ha detenido a rojos por falsos cargos de posesión de marihuana o por contratar a chaperos en el parque. Ha culpado injustamente a hispanos ocultando las pruebas que incriminaban a los verdaderos culpables, unos *macarronis* bien relacionados. Todo lo que puede hacerse, lo ha hecho.

—Te conseguiré una chacha filipina —le dice, pero Justine no dice nada ni parece agradecida. En vez de eso sale a echarle un último vistazo a Gloria, en su ataúd vulgar y corriente, sin barnizar, dispuesto encima de una mesa de picnic para alejarlo al menos de los ratones. Frank decide no esperar. Sale por la puerta principal y mete su coche en el garaje. Antes de verse con fuerzas para tocar a la pobre Gloria, necesita otra copa.

Luego, cuando está lo suficientemente calmado como para observar a la vampira de sus sueños, estudiando el rostro verde y purpúreo del lívido cadáver, Justine vuelve la mirada hacia él y se le acerca, y sin decir una palabra se lleva su muñeca a la boca y amablemente, sin dolor, le inyecta parte de su suero. Justine casi le mira con una especie de compasión —no es compasión—. La saliva vampírica o lo que sea que le ha inyectado se impone por encima de las bencedrinas, el café, el alcohol y el puro miedo. Frank recupera la compostura y cumple la espantosa tarea de sacar el cadáver de una semana de su ataúd y llevarlo envuelto en una manta hasta el maletero de su coche. Apesta, pero por el momento es inmune al fétido olor.

Se la está jugando y lo sabe, pero aun así debe hacerlo. Regresa a la ciudad a las tres de la madrugada, con un plan a medio formular consistente en ocultar el cuerpo en el chalet de un loco religioso adicto al sexo llamado Reichardt, quizá montarle el número y arrestarlo por resistirse al arresto, crear un enfermizo escenario del crimen antes de hacer la denuncia. Lo arriesgado del plan es que varios tipos de su comisaría saben lo de Frank con Gloria, que solía pagarle en especias. Muchos otros detectives de Antivicio solían follársela, Frank no era el único. Allá por 1945 ó 1946 la tipa estaba cañón. Pero este último par de años se ha ido estropeando a ojos vistas.

Frank para frente a su apartamento, con la intención de recoger una pistola sin registrar que piensa dejar en la escena del crimen, sólo que cuando aparca y sale de su DeSoto, unos matones de la brigada de Narcóticos con cara de pocos amigos surgen de entre las sombras y lo agarran. Uno de ellos dice:

—¿Dónde está el caballo de Epley?

—Sí, queremos nuestra parte, Frank. Últimamente estás muy raro.

Epley era un trompetista de jazz asesinado de un hachazo en la frente, uno de los casos de Frank, sin resolver. Se rumorea que unos matasietes de South Central lo siguieron hasta casa.

—No había heroína —dice Frank—. Epley estaba limpio. ¿De qué coño vais, apareciendo así sin más en mi puta casa?

El teniente Davies dice:

—A ver qué llevas en el maletero.

Quizá algo en el rostro de Frank lo delata. Cuando intenta desenfundar la pistola, Randolph el ex marine lo agarra del brazo y se lo rompe a la altura del codo. Frank cae de rodillas y su sombrero cae al suelo. Davies dice:

—Échale un vistazo al maletero. Y a ti más te vale que el caballo esté ahí.

El dolor es soportable gracias al mordisco de Justine. Lo más divertido es que Frank *sí* que se había agenciado la heroína. Está escondida en casa de su hermana. Tenía pensado venderla a través de Tommy Díaz, un pachuco al que ya ha utilizado en más ocasiones. Quizá Díaz haya hablado. Estos tíos están muy cabreados. Quieren su parte.

Su recompensa por romperle el brazo es encontrar a Gloria. A otros podría contarles una milonga, podrían llegar a un acuerdo. Pero aquí Davies odia sus entrañas. Pura mala suerte. Davies quiere verle arder en la silla eléctrica y ahora que le han roto el brazo ya no hay marcha atrás.

—¿Por qué lo has hecho, tío? ¿Cómo se te ocurre perder la cabeza por un chocho?

—Cierra el pico, Oscar. ¿A quién coño le importa? Éste lleva años caminando por el filo de la navaja. Hoy se ha cortado. Ahora tendrá que ir sangrando todo el camino hasta la silla eléctrica.

Frank McKenna no dice nada. En comisaría intentan hacerle confesar ignorando su brazo roto. Su historia es que la encontró muerta y enloqueció de pena, una pena intensificada tras haberse pasado tres días sin dormir; se ofrece a someterse al detector de mentiras siempre y cuando las preguntas se limiten a si ha sido él quien se la ha cargado o no, nada más. Inadvertidamente, sí, modificó una escena del crimen. El jefe baja a verle y le dice que puede seguir de servicio inactivo hasta que llegue a los veinte años de servicio en un par de meses. Después, renunciará. El asesinato de la puta queda silenciado, enterrado.

—El teniente Davies no debería haber permitido que sus hombres se excedieran de tal manera.

Días más tarde, con el brazo en cabestrillo, Frank le pide a un amigo que le lleve hasta las colinas de Hollywood. Comprueba la casa. No hay nada que hacer. Justine ha desaparecido. Nunca volverá a verla.

Frank encuentra trabajo como jefe de seguridad en uno de los estudios. Engorda, se lía con una ex actriz convertida en agente llamada Roxanne. Su brazo derecho nunca vuelve a ser el mismo. Uno podría decir que vive hechizado. Todas y cada una de las noches, recuerda. Incluso de vacaciones en La Habana, jugando al blackjack, viendo un espectáculo de sexo en vivo, es incapaz de olvidar. Todo el alcohol del mundo.

Ha perdido el talento. Roxanne lo abandona. Le despiden del trabajo. Le dicen que necesitan «sangre nueva». Es un borracho. Empiezan a poner *Drácula* en la programación nocturna de la tele y le dice a la gente que en otro tiempo conoció a una vampira. A nadie le interesa. Es 1956.

## 18

—¿Alguna vez...? ¿Alguna vez sientes, a través de la sangre, que realmente estás *experimentando* la vida o los pensamientos del desconocido al que muerdes?

—Intento aislarme —responde Justine.

—Entonces *hay* algo. Una especie de comunicación... al margen de los cauces normales.

—No sabría cómo definirlo —dice Justine.

Están a oscuras, en el dormitorio de Keith. Él no se atreve a tocarla, por los agujeros de bala. No quiere ser indelicado.

—Sólo me preguntaba —dice— si alguna vez has sentido... como si todos esos individuos estuvieran *contenidos* en tu interior, de alguna manera. Y luego, más allá de eso, me preguntaba... si hay alguna especie de memoria colectiva o algo así, algún elemento que persista, que siga presente. O si la sangre sólo es alimento y no transmite nada más.

—Transmite algo —responde Justine, lentamente—. Pero soy un receptáculo indigno. No soy lo suficientemente sensible como para comprenderlo.

—Oh, yo creo que sí eres sensible.

Justine vuelve a mirarlo; Keith puede sentir el movimiento de sus ojos. Parece estar concentrándose. Se sucede un largo silencio.

—Yo nunca he amado —dice Justine al cabo de un largo rato—. No de la manera en que tú amabas a Renata. Todavía la quieres, incluso ahora.

—Te equivocas. La odio. Estaba loca y colisionamos, fue una colisión. La odio por lo que me pasó. Nunca debería haberte hablado de ella.

—¿Me estás mintiendo?

—No. La odio. Llevo mucho tiempo odiándola. Si lo que pasó fue aleatorio, mala suerte, la odio como uno podría odiar a una avispa que le pica en el ojo. Si no fue aleatorio, si prefieres pensar que ella era mi destino... entonces es mi enemiga, y eso es peor aún. Quiero olvidarme por completo de ella, ser indiferente... La heroína solía ayudarme con eso.

—Piensas en ella —dice Justine con cierta confusión—. La ves. Para ti, sigue viva.

—No.

Justine espera. Ahora Keith puede ver su rostro iluminado por la luna.

—Eres hermosa —dice. Es la primera vez que ha pensado así. O quizá la primera vez que la ha visto de esta manera—. Tienes el rostro de un ángel.

Estas palabras la perturban, a juzgar por su expresión. A Keith le da igual.

—¿Por qué quieres morir? —pregunta Justine.

—¿A qué te refieres?

—Bueno, sabes que si quieres puedo convertirte en lo mismo que yo. Mucha gente —Justine mueve la mano para retirarse el pelo de la cara— ansía esto. Los he conocido. Tan pronto como averiguan lo que soy, quieren que les convierta en uno. No quieren morir, no del modo habitual.

—A mí me da miedo morir —dice él—. No soy valiente. Pero la vida de uno… sólo adquiere forma en el momento en el que termina. Constantemente muere gente, por todo el mundo. O sea que no puede ser tan difícil. ¿Qué iba a conseguir prolongando la estancia, viviendo escondido y bebiendo sangre? ¿Cuál sería el sentido?

—Sí —dice Justine, y sonríe de tal manera que Keith no está seguro de si la ha ofendido o no. Ha sentido algo. Pero él no sabe decir qué.

Puede que ahora lo mate, para ver si se ha marcado un farol. Él mira fijamente a lo que no puede ver en la oscuridad y se siente preparado, la desafía, es sincero.

## 19

—Mi padrastro me dio mi primer orgasmo —dijo Renata mientras ella y Keith descansaban enredados entre las sábanas. Esto ocurría cuatro años antes, en el piso de ella, en el Upper East Side de Nueva York.

—¿Es que no sabías cómo masturbarte? —preguntó Keith con bastante frialdad, negándose a dejarse provocar por tan provocadora afirmación.

—No —respondió Renata, rodando sobre sí misma hasta quedar de espaldas—. No hasta que él me enseñó a hacerlo.

Renata suspiró y Keith observó atentamente su rostro. Tenía todo un repertorio de expresiones extraídas de su trabajo como modelo, como una actriz de cine mudo.

—Suena mal, ya lo sé —continuó, mirando hacia la claraboya—. Pero no fue tan sórdido como... En el momento no me pareció nada sórdido. Era como... —volvió a cambiar de postura—. Era un hombre de mundo que quería transmitirme sus secretos, me estaba iniciando. Como los padres babilonios solían iniciar a sus hijas en Babilonia. Eso es lo que me dijo.

Renata rió brevemente y Keith siguió apretándole la mano, quizá apretó con más fuerza por un momento. La observó con cautela, sin saber qué decir. Prefería no juzgar ya que Renata había demostrado, circunstancialmente, haberle contado melodramáticas invenciones en una o dos ocasiones. De modo que la simpatía que le brindó por lo que tomó como una revelación de terrible dolor fue tentativa y contenida, sin querer ni una cosa ni otra, queriendo entender.

—Mi padrastro era muy decidido y carismático, encantador. Decía que yo era una *nínfula* nata. Que era irresistible y que si aprendía a aprovecharme de ello tendría una carrera maravillosa. Le gustaba estar desnudo, le gustaba que todos lo estuviéramos. Mi madre... no era capaz de seguir el ritmo de su lado dionisiaco, no se *dejaba llevar*.

Keith detectó cierta amargura hacia su madre.

—¿Ella lo sabía? —preguntó.

—Creo que sí —respondió Renata—. Tenían grandes peleas... a puerta cerrada. Mi madre tenía celos de mí.

Una lágrima asomó por el ojo derecho de Keith. Sabía que la

madre había muerto de cáncer de pecho. Quería preguntar por la hermana pequeña de Renata, pero no lo hizo, recordando que Renata había dicho que no se llevaban bien. La hermana era tres años más joven y estudiaba en la Sarah Lawrence.

—Siento haberte contado todo esto —dijo Renata siguiendo la lágrima de Keith con su dedo, mojándose el índice en una segunda que fue a unírsele, lentamente—. Es un follón.

—No sé qué decir —dijo Keith.

—No te preocupes —dijo ella, besándolo ligeramente en la mejilla—. Te quiero. Todo lo demás quedó en el pasado.

Para entonces la «belleza» de Renata ya no significaba nada para él. Era un escollo. Ella estaba perdida en su interior, muy, muy lejos de su carne, de su piel perfecta. Keith no era médico, no podía curarla, y no quería que ella sintiera que su pasado, sus problemas, se interponían entre ellos como una hirviente bola infernal. No quería que pensara que él esperaba algo, de tal modo que si ella no se comportaba de manera terapéutica, haciendo tal o cual cosa, iba a decepcionarlo de alguna manera. No quería que ella tuviera la más mínima posibilidad de creer que había fracasado o que podía fallarle.

—Hagas lo que hagas —le dijo—, me parecerá bien. Para siempre, me refiero. Si alguna vez quieres apuñalarme en el corazón, seguro que me dolerá y moriré... pero te perdono por adelantado. Lo único que me gustaría sería poder ser felices juntos como gente normal y corriente, quizá vivir juntos en Suiza o algo así y olvidarnos de todo lo demás. Sacar a las vacas a pastar y recogerlas luego por la noche. Algo así.

Renata sonrió, sonrió de verdad, y ambos juntaron los cuerpos, mirándose a los ojos mutuamente. Aquel era todo el paisaje que conocían y durante un rato no supieron nada más.

Oh, y salieron afuera a un gran parque, era diferente, el mundo había cambiado y cuando salieron era completamente nuevo: resultó que el apartamento de Renata estaba en el segundo piso de un pequeño edificio de estilo japonés, había tiendas en la planta baja, estaban en medio de un parque que se extendía por kilómetros y más kilómetros en todas direcciones. No había coches ni calles asfaltadas, sólo prados verdes sin hollar, gente caminando a todas partes, todo limpio, todo el mundo afable y sonriente, paseando cogidos de la mano. Renata y Keith subieron a una colina con sus amigos y luego descendieron entre más edificios pequeños y grandes carpas. Una procesión de enormes marionetas, dirigidas por malabaristas vestidos de arlequines, música de panderetas y tambores y grandes campanas. No era Nueva York. Quizá algún rincón de California. ¡Un parque tan verde y gigantesco! El sol iluminaba los colores y los rostros y sus pieles maravillosas. Era un paraíso. Renata se cortó en un dedo y empezó a sangrar. No es nada, dijo. El dedo de Keith sangraba exactamente en el mismo sitio. El dolor no era molesto. Se sonrieron el uno al otro. El dolor era agradable.

No, esta parte sólo fue un sueño.

## 20

A los veintidós años, Renata podía parecer fatigada de recorrer mundo, de vuelta de todo, como si entendiera el pesar con una perspicacia propia de alguien más mayor; al mismo tiempo, era joven y desconsoladoramente inocente. Podía pasar de un complicado interés entremezclado con desprecio a ser una niña de nueve años prematuramente corrompida que ahora hubiera sido salvada y se viera perdida en el instante, perdida en un momento de pura alegría, con su percepción infantil, despierta y viva ante la desprejuiciada libertad de la pura *diversión*.

A menudo, al ver sus fotos, uno quería protegerla, animarla, demostrarle que el mundo no era tan malo.

Tenía una gracia innata. Detenía y movía su cuerpo con elegancia, fluidez. Todos los fotógrafos adoraban el modo en el que caminaba, el modo en el que se plantaba o se sentaba a descansar. Podía activar un conocimiento de su sensualidad, una mirada abrasadora y una nueva inclinación de su pelvis, sutil pero real. Podía activarla y desactivarla.

Una vez pasó a tener poder como modelo, sufría ocasionales rabietas o ataques, por ejemplo cuando se aburría y los técnicos no acababan de conseguir que la iluminación quedara tal y como ellos querían, pero no era personal, la tormenta pasaba en un momento, era fácil hacerla reír. Renata no era una zorra en el sentido de joder a todos aquellos por debajo de ella, no era nada despectiva con los ayudantes y los técnicos. Puede que no se esforzara necesariamente por aprenderse sus nombres, pero sí que hablaba con ellos con genuina afabilidad y reconocía rostros repetidos de una sesión fotográfica a otra. Era una profesional. Todo el mundo acaba harto y agotado de vez en cuando.

Renata vestía una chaqueta negra de Calvin Klein desgastada, con pantalones a juego y tres complejos brazaletes de plata completamente diferentes entre sí en la muñeca izquierda, dos más en la derecha. Las manos metidas en los bolsillos de los pantalones. Nada de camiseta bajo la chaqueta. Ningún collar ni pendientes, al margen de una única perla en el lóbulo derecho.

Renata vestía un vestido de noche de encaje, entallado, que a primera vista parecía lencería. Su expresión, indescifrable, con una tenue insinuación de una sonrisa secreta.

Chaqueta gris con corbata de seda para hombre. El pelo movido por una corriente de aire proveniente de su derecha. Los labios de Renata, su mirada como de rusa del siglo XIX.

En una composición ampliada a tamaño mayor que el natural para ser exhibida en una exposición de Cesar Sutherland, el fotógrafo de arte pornográfico de moda (que por cierto es negro y gay), Renata se reclina con el pelo recogido hacia atrás, sosteniendo un clarinete frente a su cadera, una gargantilla enjoyada alrededor del cuello, completamente desnuda salvo por las rituales medias negras de seda con su correspondiente ligero, zapatos de tacón y un tanga negro y diminuto que aprieta su vulva. En sus labios y en los ojos resplandecientes, una sonrisa desconocida y extrañamente excitada, pero quizá también avergonzada, una sonrisa excitada por la vergüenza.

En otra aparece de pie completamente desnuda, con expresión hosca, el pelo alborotado y húmedo, los labios hinchados, tocando con los dedos de la mano izquierda su sexo semiafeitado. Viejos brazaletes de estilo bizantino y un elaborado pendiente en el lóbulo izquierdo que es el que queda a la vista. En blanco y negro. En realidad, la típica pose «artística», prácticamente pornográfica. Renata nunca sintió demasiada modestia por sus pechos. Estaba encantada con ellos. Se los había aumentado a los diecisiete años y eran perfectos, no demasiado grandes, con la forma indicada. Los pezones, sin embargo, no tenían demasiada sensibilidad debido a la operación. Se endurecían con los cambios de temperatura y también al ser frotados, pero eróticamente no sentía gran cosa. Sus pechos tampoco eran tan suaves como otros que Keith había conocido. Eran problemáticos.

Renata llamó una noche a Keith y le dijo, en voz baja y reposada, tan reposada como para parecer inducida por un fármaco, que estaba bien, que no se preocupara, que iba a abortar por la mañana y que pensaba que él debía saberlo.

—Sólo te estoy informando de un *fait accompli*.

Él ni siquiera había sabido que estuviera embarazada.

—Espera —le dijo—. Mejor lo hablamos.

Keith no sabía lo que quería y no había tiempo suficiente. Él estaba en Nueva York con el grupo. Renata le llamaba desde Copenhague. Él quería que ella esperase.

Habían ido juntos a Francia, a una playa nudista. Lo único que Keith podía recordar era el mar azul, y una sensación amortiguada, como si el sonido no llegara demasiado lejos. El violento contraste de la arena blanca y la suave (o no tan suave) piel aceitosa y en carne viva. El sol cociéndolos lentamente en un estupor, su conciencia social fundiéndose bajo la luz elemental y la embriaguez del calor. Un aquí y ahora sensual. Complicado y complicador, incluso hablando entre sí en voz baja, imaginando que estaban hablando, que podían hablar y el otro oiría.

Después del aborto, cuando él se la introducía demasiado, ella decía que le dolía. Keith no se lo creía o pensaba que estaba exagerando o que debía acudir a otro ginecólogo, pero ella no quiso. Keith pensaba que sería una fase y que ya pasaría. La acariciaba, la abrazaba, le susurraba y besaba sus lágrimas. De modo que no follaban demasiado. Pero estaban enamorados. Eran una pareja. Si tenían que estar en dos lugares separados de la Tierra debido a sus carreras, acumulaban llamadas a larga distancia en sus facturas telefónicas. Hablaban a diario. «¿Dónde estabas?», preguntaba uno si no había encontrado al otro.

Así, Renata conocía las últimas opiniones de Keith sobre la retroalimentación y sus efectos sobre el cerebro y el sistema nervioso, los últimos cotilleos del mundo de la música y cómo progresaban las relaciones entre los miembros del grupo. Renata le contaba cómo había pasado el día, a qué gentes del mundo del arte y la moda había conocido y qué le habían parecido, qué modas empezaban a imponerse, y a Keith todo esto siempre le interesaba mucho, y le gustaba saber que, por ejemplo, el azul marino empezaba a usarse en sustitución del negro.

El negro no iba a desaparecer, pero el azul marino parecía más nuevo. A Keith le encantaban los detalles de ese tipo, que luego les dejaba caer a Tania y a Shawn. O puede que Renata le contara que Julia Raspberry estaba con el mono a los nueve meses de embarazo y que había dado a luz sentada en la taza del váter y que Sheila, su amante, había cortado el cordón umbilical con una botella rota de Barbaresco que les había costado cien dólares.

Renata tenía un cuarto de sangre judía. Una vez había viajado a Israel, pero dijo que no se sentía judía de esa manera. Nunca había entrado en una sinagoga. Pero Hitler la habría considerado judía. Las SS la habrían metido en uno de aquellos trenes. Se había matriculado en Smith y había suspendido, después lo había intentado durante un año en la Universidad de Siracusa. Decía despreciar a su hermana pequeña, Sasha, por motivos que nunca quedaron claros.

Renata se tumbó sobre la cama en su habitación de hotel, en Venezuela, desnuda, una composición pensada para que Keith la viera a su regreso. Una imagen que él jamás olvidaría. Renata había ingerido varios Roxicet, un narcótico analgésico más o menos similar al Percodan, y se había cortado las muñecas, y luego, pensando quizá que no estaba llegando a ninguna parte, también las venas de su codo derecho, con mayor efecto. Era zurda. La sangre empapaba las sábanas y también el suelo, húmeda y carmesí, atrayendo a media docena de moscas. Las puertas de cristal que daban al balcón estaban abiertas, dejando entrar una brisa cálida que olía a las *empanadas* que vendían en la calle.

Gilberto, al cual Renata había conocido dos años antes, seguía enviándole flores, regalos de cumpleaños y cartas ocasionales. Abordó a Keith tres días después de que ella hubiera fallecido, cuando Keith estaba sentado a solas en un restaurante, intentando obligarse a comer.

Aquella noche, Keith fue arrestado por posesión de heroína. Era una acusación falsa y las pruebas habían sido ocultadas previamente en su habitación. En aquellos días, la única droga que usaba era el alcohol, y tampoco demasiado.

Más tarde se preguntó si Renata habría contactado con Gilberto. Se preguntó cuánto de todo aquello había sido planeado por ella, al margen de su muerte. Renata había admirado enormemente suicidios como los de Sylvia Plath, Yukio Mishima, Ian Curtis, Anne Sexton. Pensaba que la gente que vivía «como menos que sí mismos» eran unos cobardes. Gilberto culpó a

Keith de ser un drogadicto y de haber abusado emocionalmente de Renata, lo cual la habría conducido a quitarse la vida. En el restaurante, le dijo:

–Tú la has matado. La empujaste a ello.

Keith fue incapaz de defenderse, no ante un desconocido, pero le pareció una acusación injusta.

Culpable o no, fue castigado. Le rompieron los dedos, uno tras otro, los diez. Luego, al menos uno de ellos lo violó, aunque para ese momento poco le importaba ya. Un mes más tarde, Tony, el representante del grupo, consiguió que desestimaran los cargos tras pagar una elevada suma. Keith era ya adicto a la heroína. Había empezado a tomarla para superar el dolor y para no pensar en nada. Un homosexual agradable llamado Pascual había cuidado de él, lavándole e inyectándole. Chupándole el pene de vez en cuando como recompensa.

Renata se había matado y lo había matado también a él, como al sirviente de un faraón, aniquilado como sacrificio para los muertos sagrados. Lo había dejado en este mundo para que fuera consciente de ello, para que la recordara, para verla desnuda, una mano surgiendo de su sexo.

## 21

Keith sale a la puerta a recibir a Consuela. Lleva una camisa de color canela, unos pantalones tostados y holgados, y le dice, confirmando su nerviosismo:

—Lo siento, pero vamos a tener que prescindir de sus servicios. La propietaria se ha pasado por aquí este fin de semana y quiere empezar a usar una nueva agencia que le ha recomendado su hermano. Lo siento... He pensado que sería mejor decírselo en persona que llamar a la agencia, y también... Aquí tiene —le alarga un sobre—. A modo de finiquito, para compensar lo repentino del asunto. No tiene que declararlo si no quiere.

Casi sonríe, pero no del todo. Consuela está aturdida; asiente, le da las gracias, él asiente a su vez y vuelve a encaminarse hacia la casa, deseándole buena suerte.

Sentada en su coche, Consuela descubre que el sobre contiene trescientos dólares en efectivo. Se da cuenta de que saben algo, pero todo le resulta desconcertante. La teoría en la calle es que Elvis y los hermanos Rodríguez sufrieron un asalto, que habían robado algo y que alguien se lo arrebató, quizá una pandilla vietnamita o algo así, porque los asesinatos no seguían en absoluto el estilo del barrio, ni tampoco los tiroteos exagerados con Uzis de los negros.

Pero habían planeado venir aquí, a la casa Durand. Sin embargo, Elvis no llegó a decirle exactamente cuándo, de modo que puede que hubieran estado enfrascados en otro trabajo, uno que no le hubiera mencionado. Le parece demasiada coincidencia que justo la hayan despedido ahora, hoy, a menos que sospechen algo. Y si aquí no pasó nada, ¿por qué iban a sospechar?

Consuela descubre que, por algún motivo, mientras se aleja, el dinero la hace llorar, de algún modo ha reavivado la conmoción de averiguar, el otro día, que Elvis estaba muerto. Su cuerpo quemado. Y la policía tampoco se iba a romper el cuello intentando averiguar quién había sido el responsable. ¿Quién sabe? Puede que el propio LAPD hubiera sido el responsable. Puede que hubiera habido un encuentro imprevisto, un intercambio de palabras. Teddy siempre había sido demasiado impetuoso.

Consuela niega con la cabeza. Todavía no puede creerlo. Esta mañana, mientras limpiaba el apartamento del japonés, no hacía más que pensar: *¿cuándo voy a despertar?* Se da cuenta de que lo mejor será que se pase por la agencia. Que les explique lo que le ha contado Keith. Han prescindido de ella, pero no por culpa suya. Él le ha dicho que no tenía por qué decir nada acerca del sobre de dinero, ¿verdad? Será sólo para ella y sus hijos.

Un gran suspiro. Quizá esta noche contrate a una canguro y llame a su amiga Pepa. Podrán ir las dos a la cantina de Richie a emborracharse. Siente la necesidad de hablarle a alguien de Elvis, de confesar.

## 22

—Toca mis heridas —dice Justine, sentada en la bañera Art Decó elevada sobre cuatro patas de oro talladas, sobre un suelo de baldosines blancos y negros. Tiene el pelo húmedo de tal modo que se le ven las orejas perforadas.

Keith, que hasta ahora había estado sentado sobre la tapa del retrete, se acerca a ella, duda, alzando la mirada del frágil cuerpo hasta los ojos, descendiendo luego por los pequeños pechos blancos y luego sus costillas.

—No tengas miedo —dice ella, medio divertida—. Tócalas. Mete el dedo.

Hay un pequeño círculo de carne roja e hinchada alrededor de cada uno de los impactos de bala. Keith toca la herida en forma de moneda, todavía en rápido proceso de cicatrización, y presiona suavemente con el índice derecho sobre la carne pegajosa, experimentando táctilmente el calor generado por la regeneración, su viscosidad, tan caliente como un caldo interplanetario.

—¿Te duele? —pregunta mirándole a la cara.

—No —responde ella—. Más bien me pica y... no sé, tiene hambre. Necesito más sangre.

Él asiente. Cree entenderlo. El agua tibia de la bañera tiene un arremolinado color rojo ladrillo, provocado por la sustancia negruzca que emana de Justine cuando duerme y que en esta ocasión había quedado apelmazada en las heridas. Las de salida, en la espalda, son más grandes, pero parecen estar curándose con la misma rapidez.

Cuando alguien es mordido por un vampiro y sorbido hasta la muerte, dicho individuo se transformará a su vez en vampiro al cabo de dos o tres noches por regla general, a menos que se vea expuesto a la luz solar durante todo el día o sea decapitado, quemado, sometido a una autopsia o sumergido en agua, tanto da que sea dulce que salada. La estaca a través del corazón tiene un efecto paralizador, y puede llegar a ser fatal si permanece ahí durante tiempo suficiente.

El «jarabe azucarado» que Justine le ha inyectado en un par de ocasiones a Keith está a punto de perder su efecto por completo. Su vínculo telepático es tenue.

Mientras ella se maquilla, se queja ante Keith:

—No me apetece nada hacer esto. No estoy preparada para hablar con nadie.

—No tendrás que decir gran cosa —responde él.

Una vez vestida, Justine se toma su tiempo, vendando las manos de Keith de una manera especial que ha aprendido para darles firmeza. Él gime en determinado momento, pero cuando ella levanta la mirada, asiente y le dice que siga.

Luego en el coche, en el Mercedes, a medida que van penetrando en el mar de luces, Justine se siente ligeramente excitada, le sorprende, sólo por un momento, lo mucho que ha cambiado todo. Este enjambre urbano eléctrico e interminable de estrellas caídas resulta incomprensible en términos de la Francia rural del siglo XV.

Conducen hasta Santa Mónica, entran en Stephen's para hacer un reconocimiento mientras beben un vaso de vino. Sí, Justine bebe vino tinto, aunque sólo a sorbitos muy espaciados. Es pronto, ni siquiera medianoche. Hay muchos sitios a los que poder ir para encontrar a un solitario. Con su sencillo pero ajustado «pequeño vestido negro», Justine se vería abordada de inmediato en caso de entrar en un bar de lesbianas; el resto sería muy fácil. Alguien la desea, un deseo imposible en cualquier caso, un deseo por algo que en la vida real no existe. Un deseo que les deja en la mayor parte de los casos con una herida y, en ocasiones, un recuerdo indistinto que aparece de vez en cuando mientras duermen, en sus sueños. En ocasiones, ese deseo imposible les dejará *completamente agotados*.

Keith dice: «la conozco», tocando ligeramente su mano, y Justine levanta la mirada para ver a una mujer joven que se acerca a su mesa, sonriendo sin afectación. Resulta ser doctora, uno de los médicos que trató las heridas de Keith. Menciona que hace más de un año que no lo ve. Cuando él empieza a presentarla como la «doctora Rothschild», ella rechaza la formalidad, se llama Tamara, y como tal se presenta ante Justine.

La medicina moderna en general, y no digamos ya las mujeres que la ejercen, es algo que a Justine le resulta completamente ajeno, alejado de su experiencia, de modo que estudia a Tamara mientras ésta, sin temor y tras haber sido invitada a sentarse, pronto se toma la libertad de preguntarle a Keith por sus manos. En su mirada, a pesar de que no haya sacado el tema, uno puede ver que, por lo último que sabía, Keith había vuelto a la heroína. Sin embargo parece tenerle cierto aprecio y no juzgarle.

Tamara no es hermosa, pero ciertamente es atractiva, más aún, quizá, por la limpia mirada de inteligencia sin arrogancia ni vanidad que desprenden sus ojos de color azul claro. Por qué debería provocarla todo esto, Justine lo ignora; lo único que sabe es que se siente provocada.

—Bueno, tienes buen aspecto —dice Tamara—. Parece que te van bien las cosas.

Aquí, presumiblemente, está haciendo una referencia a las drogas. Sólo ahora, socialmente, una vez que su motivo original para sentarse con ellos, su «excusa» —la condición de Keith como antiguo paciente suyo y su interés por él— se ha agotado, sólo ahora se muestra ligeramente incómoda o tímida.

Tamara explica que ha venido con una colega, tras participar en un simposio sobre nervios dañados, parte de una conferencia que se celebra durante toda una semana en un hotel cercano.

—Así que, cuando te he visto, después de que desaparecieras de aquella manera… tenía que ver qué tal te iba.

Tamara sonríe en dirección a Justine, disculpándose de manera no verbal por no haberse fijado apenas en ella. Justine le sostiene la mirada y añade algo a la suya. Keith se da cuenta, posiblemente con alarma.

—Tengo que ir al servicio —dice Tamara, y Justine asiente.

—Yo también.

De camino, Tamara le dice:

—Todas las enfermeras y terapeutas apreciaban mucho a Keith y le deseaban lo mejor.

—Sí —dice Justine un tanto inconexamente—. Es muy majo.

En el espacioso e hipermoderno cuarto de baño, dos jóvenes y escotadas rubias charlan sobre un joven actor conocido de ambas que ha utilizado esteroides para aumentar sus pectorales de la noche a la mañana. Ya llevan una cantidad considerable de maquillaje encima, y ahora, una de ellas, con una capa de pelo teñida, se pone un poco más de colorete.

–¿Tienes Xanax? —le pregunta la otra, revisando los contenidos de su bolso. Sí. Lo ingieren con agua y salen.

Justine permanece en pie junto al cubículo, escuchando el sonido de la micción de Tamara. Parece joven para ser doctora y no una mera estudiante de medicina. Morena, una blusa modesta, falda. Apenas maquillaje. Lápiz de labios terroso. Tiene una ocasional y fugaz torpeza en la manera de acomodar el cuerpo, la cabeza sobre el cuello.

Cuando tira de la cadena y sale, se siente ligeramente perpleja al encontrarse a Justine allí plantada, tan cerca. Francamente, es demasiado inocente. Justine le pregunta, ¿dónde vives? Los ojos de Tamara se dilatan. Si hubiera usado gafas o lentes de contacto habría sido más difícil conseguir el enlace. ¿Se ha marchado tu amiga? Bien. Conduce de vuelta a casa y espéranos en el portal. Toma, escribe aquí la dirección.

Normalmente, cuando una persona es mordida y el veneno inyectado, tras haber dormido largo rato puede actuar con naturalidad, y sin embargo cumplir aquello a lo que ha accedido hipnóticamente. En *este* estado inmediato, sin embargo, Tamara podría actuar como colocada, y el trance es frágil y puede romperse. Todo lo que Tamara tiene que hacer es pedirle al *valet* el coche, darle la propina, conducir hasta casa y esperar. Tareas sencillas incluso en piloto automático.

A Keith no le hace gracia el plan. Deja dinero sobre la mesa y siguen a Tamara hasta su apartamento, pillando todos los semáforos en verde. Ella está en el portal, esperando su llegada, con el bolso sobre el regazo.

—Justine —dice Keith antes de entrar—. No me gusta la idea. Es una buena chica. Fue muy amable conmigo.

—No sabrá ni que le ha pasado algo. Sencillamente pensará que bebió en exceso. No le haré daño.

Tamara abre la puerta principal y les deja entrar. Parece estar abstraída, como concentrada en un problema complejo, ajena a lo que la rodea.

Toman el ascensor hasta el quinto piso. Es un edificio nuevo. Los pasillos tienen una moqueta espesa y mullida. Tamara abre sus dos cerraduras y los tres entran en su casa. Justine se percata de que Keith no quiere decir nada en presencia de la joven doctora, como si temiera perturbar el hechizo. No quiere que ella recuerde nada de esto. Keith se acerca a Justine y le dice:

—Me lo has prometido. No le saques demasiado.

Los colmillos de Justine están ahora completamente extendidos. En el dormitorio, iluminada por la mesita de noche, hace que Tamara se desnude. Keith se marcha o por lo menos hace ademán de ello, deteniéndose en la sala de estar, indeciso. Justine ayuda a la somnolienta Tamara, tirando de los pantis.

Ésta queda tumbada de costado sobre la cama, en braguitas y un sujetador beige con encaje rosa. Justine la gira cuidadosamente hasta ponerla boca abajo y muerde en la vena azul tras la rodilla derecha. Es una sangre cálida y excelente. Sangre veloz, secreta.

Justine se atraganta y desfallece momentáneamente. Está con su hermana, Fleur. Es un día soleado y van a bordo de un bote. El bote se mueve sin remos. En un gran río, silencioso, carente de cualquier sonido, ni el ruido del agua chapaleando contra la quilla ni el siseo del viento. Llegan a una isla y desembarcan. A lo lejos se ve a varias personas tomando el sol tendidas sobre la arena. Puede que algunas tengan alas.

La principal atracción en esta isla en mitad del gran río es una colina. Justine y Fleur recorren la carretera que asciende rodeando la colina. Lejos del sol, a la fresca y refrescante sombra. Fleur lleva una caja. Su intención es enterrar dicha caja. Alrededor de la espiral se encuentran con un viejo coche, quizá un Packard, un Stutz-Bearcat, un descapotable, y hay un hombre sentado al volante. Justine salta sobre él. Ella y Fleur lo reducen y lo dejan tirado a un lado de la carretera de tierra. Se llevan su coche y el coche se las lleva a ellas. La ascensión siguiendo la curva de la espiral se convierte inexplicablemente en un descenso. Conducen cuesta abajo hasta el interior de la isla, más y más abajo, hasta llegar a una enorme caverna bajo el río.

Se oye un ruido. ¿Qué es? ¿Un gallo torturado? ¿Un perro? ¿Un hombre que grita a pleno pulmón? Las criaturas aladas —¿son ángeles?— se acercan. Justine y Fleur. A su alrededor, sobre la tierra negra y espesa, saltan unas ranas diminutas, crías de pato salen de sus cascarones. Hay niños, niños cariacontecidos con grotescos crecimientos de oscuro pelo púbico adulto, penes adultos y testículos adultos, vulvas que se desarrollan como pegajosas campanas de flor, floreciendo a cámara acelerada, ahora un pene negro, húmedo, en un niño blanco y angelical con alas que de repente despliega una sonrisa perturbadora. La extraña caja cae al suelo. ¿Qué hay en su interior?

Tamara gime. Justine, apoyándose contra la pared, viendo la habitación como bajo un efecto estroboscópico, se echa a temblar, y lo siente cuando Keith, con tristeza pero implacable, corta con un cuchillo para conectar las mordeduras en una única herida, embadurnándose de sangre. El veneno azucarado tiene un efecto coagulante. La boca púrpura de la herida se hincha. Tamara se revuelve, vuelve a colocarse de costado y sube las rodillas, adoptando una posición fetal. Cuerpo cálido, íntimo, revelado. Con los ojos cerrados, dice: «Ay, ay». La boca de Justine gotea sangre. Keith se levanta, se vuelve hacia ella y le limpia la boca con las mangas de su camisa. Justine respira.

## 23

Keith se despierta aproximadamente a las dos y media de la tarde. Le gustaría dormir más, pero no puede. Le resulta un coñazo lavarse. Llevar a cabo las abluciones más normales y corrientes siempre le resulta trabajoso y pesado debido a sus manos. Cuando era yonqui, a menudo podía pasar días sin lavarse. Le daba igual. O más bien era un experimento, para ver qué se sentía. Entonces tenía las manos aún peor. Lavarse el pelo o afeitarse era una auténtica prueba de paciencia. Tienes la botella de champú en la mano derecha y el pelo mojado, bajo la ducha, echas un buen chorro de jabón sobre la palma de la mano izquierda y te pringas con ella el pelo. Has de utilizar la mano izquierda simplemente como una paleta para subir el champú hasta el pelo. Luego usas la derecha para frotarte. Pequeños detalles. Molestias menores. Objetos que se te escurren. No podía, por ejemplo, llevar un plato y un vaso desde la cocina hasta el salón para sentarse a cenar delante de la televisión. Su mano izquierda era demasiado débil como para acarrear un plato con comida, y si lo que llevaba era el vaso comenzaba bien, pero luego se demostraba incapaz de sostenerlo, su mano desobedecía las órdenes y lo soltaba. Botones, cordones de zapatos, cargar una bolsa desde la tienda. Era diferente. Intentaba coger algo y lo derribaba o se le escapaba, era débil.

Tenía amigos drogadictos. Una pareja en particular. David y Lorene. En ocasiones Lorene bailaba desnuda en un club, pero parecía incapaz de conservar un trabajo. Fueron muy amables con Keith, a su manera. Ganaron dinero con él, pero a él no le importaba. Le ayudaban a tratar con los camellos más duros y paranoicos, que no querían venderle a nadie que no conocieran. Normalmente hispanos, pero en ocasiones también blancos o negros. Un tipo negro llamado Ricky le resultó particularmente aterrador. Ricky llevaba tres noches sin dormir y tenía un arma, estaba sentado en el asiento trasero del coche y se le ocurrió sacarla. Le preguntó a Keith que si le gustaban The Cure.

Más tarde, Lorene le contó que supuestamente Ricky había violado a otra bailarina conocida suya. Fue a llevarle heroína a su casa después de que ella saliera del trabajo y sencillamente lo hizo… y luego no le cobró las drogas. Sólo llevaba un mes fuera de la cárcel. La policía ya andaba más o menos buscándolo porque no había vuelto a ver a su agente de la condicional desde la primera visita. Se habría dado cuenta enseguida de que andaba colocado.

Keith está de un humor de perros. Se siente mal por lo sucedido con la doctora Rothschild. Está preocupado por ella. ¿Qué hora es? Las tres y cuarto. Keith se pregunta si será posible dar con ella a través de la centralita del hospital. No sabe si, teniendo en cuenta lo de la conferencia, llevará encima el busca o no. Se le haría raro hablar con ella por teléfono. Decide no intentarlo. La operadora le pediría que se identificase. Probablemente estará bien.

Vestido, Keith sale al exterior. Están aquí el jardinero y su hijo. Keith los saluda con un ademán de la cabeza, da un breve paseo y vuelve a entrar en la casa.

Echa de menos a sus compañeros de grupo. Tenerlos alrededor. Sabe que en su momento no necesariamente los apreciaba tanto. Se pasaban todo el tiempo juntos y en ocasiones le ponían de los nervios. Pero le apreciaban, le sostenían con su afecto, y ese entorno de camaradería es algo que echa de menos. Le parece como si hubieran transcurrido setenta y cinco años. O cien. En ocasiones sueña que compone nuevas canciones, que se las está enseñando al grupo, y que sus dedos se mueven con más destreza de la que jamás tuvieron en el mundo real. Intentando impresionar a Michael con un nuevo tema. Conoce a Michael desde que tenían ocho años.

Vale. Son las 3:49. Saca el listín telefónico. Le pone nervioso imaginar el mundo ordenado y determinado que le aguarda al otro lado de la línea.

—¿Podría ponerme con la doctora Rothschild?

—Un momento, por favor.

La llamada de Keith queda en espera. Le entran ganas de colgar. En realidad no conoce a Tamara. En determinado momento, mientras pasaba de ortopedas a especialistas de la mano, fue paciente suyo durante una temporada. Es neuróloga. Fue curioso. Cuando entró en la consulta hicieron buenas migas de inmediato o, por lo menos, Keith respondió mejor de lo normal a lo que ella aportaba de sí misma a su afabilidad profesional, a su actitud. No parecía tener la más mínima prisa, como si dispusiera de todo el día. Casi como si le diera pereza volver a sus otras rutinas. Por algún motivo, Keith fue más sincero y abierto con ella, reconociendo su dolor y el tormento mental ocasionado por su situación. Sentía que podía hablar con ella, con su bata blanca. ¿Por qué no? No era un tipo de persona con el que hubiera tenido contacto anteriormente. Después, pasó a hacérsele extraño.

La siguiente vez que Keith acudió a su consulta, ella le dijo que se había comprado el cedé de SMX y que le había gustado. Él se sintió avergonzado. Para empezar, no le gustaba pensar en aquella época de su vida. En segundo lugar, al haber «violado» la separación entre sus dos especialidades, Tamara demostró cierta inocencia, cierta falta de saber estar, y Keith no quería que se diera cuenta de ello. Tampoco creía, por otra parte, que tuviera la formación necesaria o como quieras llamarlo para disfrutar de verdad de la música de SMX, para abandonarse a su ruido. Pero no quería que se sintiera fuera de onda. Quizá sí le había gustado. Si así había sido, le parecía bien. Le alegraba.

Cuando le llamaba a casa para hacerle una receta, se presentaba identificándose como «Tamara», no como «la doctora Rothschild». Al principio Keith se había sentido halagado, hasta que decidió que no significaba nada, que formaba parte de su estilo de «nuevo médico». Por supuesto, Tamara había visto y tratado a gente en todo tipo de circunstancias extremas, gente de la calle, pandilleros, mentirosos y capullos, gente hundida en la más profunda miseria, todo lo cual había contribuido sin duda a su mirada imperturbable, a cierta cualidad impávida. No, estrictamente hablando no se puede decir que sea una ingenua.

—Adelante —dice la operadora, desconectándose.

—Habla la doctora Rothschild —anuncia Tamara, neutral pero afable, profesional, ignorando quién podrá ser.

—Soy Keith. Espero no interrumpir nada.

## 24

Tamara está teniendo un día pésimo. Se ha despertado tarde, demasiado tarde, y ya no ha vuelto a pillar el ritmo. Cuando recibe la llamada de Keith, se alegra de saber de él, como si llevara todo el día esperándola de manera inconsciente.

—¿Estás bien? —pregunta, y Tamara se siente avergonzada.

No sabe qué es lo que pasó anoche, ha preferido no darle demasiadas vueltas por el momento, pero ya sólo el hecho de que Keith le haya hecho esa pregunta significa bastante.

—Estoy bien —responde—, pero no recuerdo demasiado bien qué fue lo que pasó exactamente después de que os encontrara a ti y a tu novia.

—Es posible que bebieras un poco más de la cuenta, nada más.

—Oh, Dios —esto va tan en contra de sus costumbres que sólo puede negar con la cabeza, amonestándose a sí misma.

—¿Tienes resaca?

—Y que lo digas —responde ella—. Llevo todo el día sintiéndome rarísima desde que me he levantado.

—¿Qué tal el trabajo? —pregunta Keith, y la desenvoltura de su familiaridad hace que Tamara se dé cuenta de que se están tratando como si fueran amigos, y la idea le resulta agradable, la complace, por muy accidental y extraña que pueda ser.

—Fatal. No consigo concentrarme.

Tamara titubea. Tiene algo en la parte trasera del cerebro, pero no consigue recordarlo. Por un momento le preocupa que Keith pueda pensar que se le está insinuando si le sugiere mantener el contacto, pero ella tiene una relación estable con Patrick y Keith está con... Justine. Tamara sólo es capaz de recordar vagamente el rostro de Justine. Una intensa oleada de curiosidad por ambos se apodera de ella y le pregunta a Keith si le apetece quedar para tomar un café. Mañana, viendo lo hecha polvo que está hoy.

Claro que sí, dice él.

Tamara vuelve a sus historiales y diagramas. Hace un año, cuando Keith era su paciente, se compró el disco de su grupo. Pasó a ser un motivo de disputa con su novio, porque a ella le apetecía ponerlo continuamente y Patrick decía que le resultaba sumamente molesto, que era como estar en una rampa del aeropuerto de Los Ángeles rodeado de aviones aterrizando y colisionando. Demasiado hipermoderno para él.

A Tamara le pareció que no lo estaba escuchando de la manera adecuada. A ella le sugería todo tipo de planos de experiencia e imaginación, sueños de un esplendor desconocido, ese tipo de cosas. Sonaba diferente cada vez que lo ponía.

Es curioso. No está segura del motivo, pero está convencida de que Keith ha dejado de consumir heroína. Pero hay algo en esencia misterioso en su nueva vida con su joven acompañante francesa. Tamara ve los ojos de Justine clavados en los suyos, tiene un destello de memoria y durante un abochornado segundo se pregunta si lo que ha olvidado no será un *menage-à-trois*. No, qué idea tan ridícula. Keith no habría participado en algo así. No le habría hecho eso a ella.

Aun así, el aire parece preñado de un cierto e indiscutible aroma a peligro. Soy demasiado aburrida, piensa Tamara. Lleva una vida tan ordenada que cualquier variación, por pequeña que sea, le resulta inquietante. Las rutinas de la profesión médica la han vuelto espantadiza en contra de su naturaleza, que siempre había sido la de correr riesgos, seguir su curiosidad. Uno puede llegar a ser tan prudente que igual le valdría esconderse de la vida y morir.

## 25

Andy llama y dice que, si te apetece, acaban de devolverme dos pizzas hawaianas por ausencia del destinatario. Jason dice que enseguida va. Junto a la puerta trasera de la pizzería, con la voz amortiguada por el habitual estruendo del tráfico, Andy dice:

—¿Crees que podrás colarme este sábado en el concierto de Saint Agatha? ¿En el *backstage*?

—Claro —dice Jason. No puede creer que se pasara una tarde

tonteando con Andy, cuando aún iban al instituto. Andy es tan débil... Meten las pizzas en la furgoneta.

Cuando Jason organizó su fiesta en honor a Ian Curtis, celebrando el famoso suicidio del cantante de Joy Division, con sus letras increíblemente depresivas, que se ahorcó justo antes del inicio de la primera gira del grupo por Estados Unidos (esto sucedía en 1980, prácticamente en la prehistoria, por lo que había acabado siendo un acontecimiento legendario), Andy fue uno de los payasos que se dejó llevar tanto por el ambiente que se cortó superficialmente las muñecas y fue dejando pringados de sangre los parabrisas de los coches... La cosa se salió un poco de madre, con todos aquellos tipos con las sogas al cuello cuando entró la policía, todos empalmados y con el rabo *hasta aquí*. La verdad es que fue genial. La fama de Jason creció. Ahora era *extremo*.

Al otro lado de la calle hay un ejemplo de arquitectura de la era espacial de finales de los cincuenta, clausurada. La pintura rosa desteñida. Sobre la blanca pared del almacén contiguo alguien ha pintado una gran imagen de la Virgen de Guadalupe.

—Tengo que irme —dice Jason, y Andy, ridículo con su uniforme de empleado de pizzería, con pinta como de haber esperado un beso o algo, se queda allí en pie, solo y desamparado, mientras Jason se aleja en su furgoneta.

Jason es delgado, rubio y frágil. En ocasiones usa sombra de ojos y lápiz de labios negro, el flequillo largo y caído sobre el lado izquierdo de la cara, recogido tras la oreja en el derecho. Tiene una mirada severa (o «taciturna»). Siente con orgullo que ha creado un estilo aquí entre la juventud de Los Ángeles. Chaquetas de terciopelo de color verde o burdeos, con camisas blancas con chorreras. Piensa que es posible que haya contribuido a volver a ponerlas de moda. Pero ambiciona hacer mucho más.

Esta tarde ha estado viendo una película en blanco y negro en la tele, titulada *El valor de Robert Greasewell*. Ese resulta ser el nombre de un barco en tiempos de la Guerra Fría. El capitán del navío, Robert Mitchum, tiene un montón de problemas. Están anclados en Helsinki o, quizá, en Estocolmo, y el mejor amigo de Robert Mitchum aparece muerto, arrastrado hasta la orilla por las olas. Luego resulta que hay un enano en el gran barco de la marina, no hacen más que llegar informes de avistamientos del enano. «Bueno pues *encuéntrenlo*», dice Mitchum. «Aunque tengan que desmontar el barco pieza a pieza para ello». Mientras tanto, en tierra firme, la novia de Robert Mitchum, Elke Sommer, es conocida por todos como la «señorita Stenko», un nombre que a Jason le ha parecido particularmente interesante por lo feo. Salen unos marineros japoneses bailando en un club y Robert Mitchum está emborrachándose tras haber sido relevado del mando. Le parece un signo ominoso, le confiesa a la señorita Stenko, que «el arte de bailar haya caído tan bajo».

Jason se ha perdido el final por ir al baño a cascarse una paja. Cuando vuelve a sentarse frente a la tele, ese actor negro que hace de Link en *Patrulla juvenil* está observando a través de sus gafas de sol a un «hermano» herido, tendido en el suelo, mientras le dice: «¿Ves? La *violencia* no es la respuesta. El Movimiento no necesita a más hijos de puta como tú». Más o menos a esa hora Tiff ha vuelto a casa. Jason le ha dicho:

—Qué ida de olla, como en los dibujos animados.

Pero Tiff no tenía ni idea de a qué venía el comentario. Estaban echando un anuncio sobre los músculos del culo y luego han visto un concierto. Tiff ha dicho, sosteniendo una cerveza:

—Hoy creía que me moría en el trabajo. Menuda mierda.

Jason ni le ha hecho caso. Luego han aparecido Michelle y Brian, hablando sobre *El crepúsculo de los ídolos*, el cual están intentando leer a la vez. Se han fumado unos porros y les ha entrado hambre, pero nadie tenía dinero. Es entonces cuando Andy ha llamado ofreciendo las pizzas.

Cuando Jason regresa con ellas, se encuentra con que también ha aparecido Ken y que alguien ha puesto un viejo disco de

Goldflesh. Jason quiere hablarle a Ken de una idea que se le ha ocurrido para un vídeo, un cortometraje sobre un oficial de las SS que, torturado por la culpa, se salta la tapa de los sesos.

—Ya lo han hecho —dice Ken. Sólo pretende desmoralizar a Jason y éste no consigue comprender por qué insiste en comportarse así. Sin embargo, después de haberse comido una porción de pizza, Ken dice, ¿y si en vez de un nazi es un cazador de brujas en la Edad Media? Podría torturar y quemar a las brujas, obligarlas a besar la cruz. Tienes razón, eso está mejor, admite Jason. Fue el holocausto de las mujeres, añade Michelle. Un pegajoso hilo de queso une su boca con la pizza. Quemaron, yo qué sé, como a nueve millones de mujeres en doscientos años. Las quemaron en la estaca. Usa un virado sepia, dice Ken, para que parezca antiguo. Como si acabaras de encontrar la película en una vieja iglesia. Luego Ken, que es muy guapo —bueno, más o menos—, les describe una tortura sobre la que ha oído hablar. Brian intenta superarle hablándoles de otra aún más brutal, pero no lo consigue.

Están en una casa baja pintada de rosa, alquilada a nombre de Tiff. Ésta lleva el pelo teñido de rubio platino, rizado en cascada y recogido en una coleta. Tan pronto como sale del trabajo, en la oficina en la que rellena aburridas bases de datos, se pinta los labios con un carmín rojo oscuro, etc. Le ha echado el ojo a Ken, el cual se está emborrachando.

A su alrededor, las demás casas y adosados son de color azul claro, amarillo, naranja y salmón. Hay palmeras, jacarandas y una nueva máquina de Coca-Colas roja. El sol poniente tiñe la atmósfera de un bronce brillante, las sombras de marrón.

Ken vuelve a su rollo de siempre, ayudado por Brian, sobre la superioridad del hombre blanco. Ken dice:

—Los descendientes de sajones, godos, celtas y vikingos. Normandos. No sé si los eslavos. Pero sí los anglos y los frisios. Francos, romanos y griegos. La fuerza de los fuertes.

—De ahí surge nuestra cultura —dice Jason—. Dominio, no

sumisión. No esa especie de rollo comunal que tienen en África, donde nunca hay progreso, donde nunca cambia nada.

Brian, con sus gafas y su pelo pincho teñido de negro, se muestra de acuerdo:

—Los Ángeles ya es prácticamente igual que en *Blade Runner* —dice—. Los hmong y los salvadoreños, los musulmanes… Ni siquiera quieren aprender inglés. No quieren adaptarse.

Ken asiente. Le da otro trago a su cerveza. La raza blanca está condenada. Superada en número. Qué trágico final para la historia del mundo. Qué farsa.

En la casa de al lado viven unos alcohólicos. El tipo solía dirigir porno y también hizo un par de ridículas películas de horror, lo más bajo del bajo presupuesto. En cualquier caso, el tal Minski tiene una especie de incapacidad y él y su mujer se enzarzan cada tanto en unas peleas alucinantes, llegando en ocasiones a clavarse cuchillos en los brazos y cosas así. La mujer parece particularmente violenta, pero aun así aparece de vez en cuando con un ojo morado. En cualquier caso, nunca se quejan del ruido. Al otro lado tienen a unos salvadoreños, que tampoco quieren saber nada de la policía. Al parecer viven unos veinte en la misma casa.

Jason entra en la cocina. Está hecha un desastre. Michelle está intentado amontonar los platos sucios y ordenar un poco, pero no parece estar teniendo demasiada suerte. Parece deprimida. También parece que la temperatura ha vuelto a subir desde que se ha puesto el sol.

—¿Te acuerdas de SMX? —pregunta Michelle.

—Smacks —dice Jason, terminándose su cerveza recalentada—. Sí. No estaban mal.

—Me gustaría volver a oírlos.

—Cómo no —dice él. Jason trabaja en una tienda de discos nuevos y usados. Los usados puede traérselos a casa siempre que quiera—. Estoy casi seguro de que lo tengo por aquí en casete. El primer disco, al menos. El segundo era una mierda.

—Ya —dice Michelle—. El guitarrista sufrió un accidente y tuvo que dejarlo o algo así, ¿no?

—Lo detuvieron por heroína. ¿Cómo es que los yonquis siempre son los mejores músicos? ¿O que los mejores músicos acaban siendo yonquis? Dios, vi a Smacks en directo en el Roxy y sonaron de puta madre. Me estás poniendo nostálgico. Y no hay nada peor que la nostalgia. La odio —añade Jason, sólo para hacer una declaración de algún tipo—. Es contraproducente —pero no está seguro de que sea verdad.

## 26

Cuando Justine sale de su cuarto, encuentra la casa llena de música y a Keith alborotado, tal y como se pone a veces, cuando le entra el impulso de enseñarle algo que de repente le parece importante o que siempre lo ha sido, aunque hasta ahora no se hubiera visto lo suficientemente inspirado como para decidir que ella necesita conocerlo. A Justine le gusta verlo así. Le escucha o mira lo que él le pide que mire e intenta comprenderlo.

Keith le ha enseñado lo que es la televisión y los noticiarios, la prensa amarilla, los anuncios, las películas sobre Vietnam, música y más música. Esta noche le toca al blues.

Más que nada se dedican a escuchar. Ocasionalmente él le cuenta alguna anécdota o señala algún fragmento que le gusta especialmente. Es blues acústico, añejo. Cantidad de temas interpretados únicamente por un cantante con una guitarra y un cuello de botella.

—Éste es Mississippi Fred McDowell.

A Keith le gustan los nombres. Adormilado John Estes. Willie McTell «el ciego».

—Poco se sabe a día de hoy de la vida de Barbacoa Bob —dice. Justine ríe. Siempre se siente bien cuando ella pilla sus chistes—. Me hubiera gustado haber sido así, haber tenido un nombre como

Rítmico Keith o Keith el Navajas, algo en esa onda. Luego los estudiosos podrían discutir sobre si había fallecido en una pelea de cuchillos o envenenado por una desconocida y celosa furcia.

—Eso te gustaría, ¿eh?

—Toma, claro.

—Me ha gustado esa de Robert Johnson —dice Justine—. ¿Cuántos años tenía cuando la grabó?

—Veintiséis, en 1937.

—Suena como si pudiera tener catorce… o ciento cinco.

—Ya.

—Antes intentaba ver a ancianos, centenarios. Pensaba que podría leer algo en sus ojos.

Mientras dice esto, es imposible que tenga aspecto de tener más de veintipocos años. Su piel es suave y carece de surcos. Nada en ella es viejo salvo, a veces, su mirada.

—También estudié a personas muertas en un par de ocasiones. Pero era difícil. En un sitio, los animales no hacían más que aparecer durante el día. Até el cadáver a un árbol, pero estaban empeñados en llevárselo. La otra vez pude ver más, comprender más. Pero entonces, un hombre que conocía se la llevó. Pensaba que sería un problema tenerla en la casa. Pero yo la estaba estudiando muy atentamente, era como si fuera mi hermana, así que fue una pena que se la llevara.

—¿En qué pensabas cuando la observabas?—pregunta Keith.

—No lo sé. Sentí como si comprendiera mejor quién era yo, lo que soy.

Keith guarda silencio. Escuchan a Bessie Smith cantar acompañada por un piano y un clarinetista.

—¿Crees que vas a necesitar más sangre esta noche? —pregunta Keith de repente. Está pensando en Tamara, la cual, está seguro de ello, debe seguir bajo el trance de Justine. Quizá, si necesita más, esta noche puedan salir y buscar a algún otro.

Justine le mira como si le estuviera leyendo el pensamiento.

Su impulso protector hacia Tamara podría servir únicamente para azuzarla, para conseguir que le entren ganas de contradecir sus deseos, de ser perversa.

—Sí, necesito algo más. Por las heridas. Salgamos.

Justine se cambia de ropa. Su falta de pudor frente a él tiene cierta cualidad descuidada, y sin embargo en ocasiones ella lo mira con otros ojos. Keith no sabe qué es lo que siente. Justine se peina el cabello y se aplica el lápiz de labios y colorete, observando su rostro interrogativamente en el espejo.

En público, es capaz de moverse con desenvoltura. Da una impresión a menudo remota y ensimismada, pero también puede ser despreocupada y coqueta, le gusta el flirteo.

—¿Qué tal estoy? —le pregunta, y Keith no dice nada mientras la mira de arriba abajo. Luego la abraza y le planta un beso en el cuello, haciendo que ella ría y se retuerza.

Los Ángeles es una ciudad de extras, de gente de más, mendigos y fugitivos, individuos sin nombre. O puede que los tengan, pero nadie sabe o quiere saber cuáles son. Nadie llora a la gente anónima cuando desaparece o aparece muerta.

—Esta vez elige tú —dice Justine, y Keith supone que este debe de ser su premio a cambio de no hacerle una visita rápida a Tamara Rothschild, a la cual Justine podría convocar a voluntad.

En un bar gay, un cuarentón rubio y atractivo invita a Keith a una copa y le pregunta si quiere ver su museo.

—Sí, me encantaría. ¿Te importa si viene también mi hermana?

—¿Tu hermana? Ningún problema. ¿Dónde está?

—Escuchando la música.

—Perdona la pregunta, pero no puedo evitar la curiosidad. ¿Qué te ha pasado en las manos?

—Antes era asesino a sueldo —responde Keith—. Me enamoré del tipo al que debía matar.

Keith siente las palabras como verdaderas en el momento de pronunciarlas y echa de menos a este imaginario amor largo tiempo perdido, desprendiendo verdadera emoción.

—Me llamo Dan —dice el otro.

Keith sonríe, asiente a modo de reconocimiento. No ofrece su nombre a cambio. Es como si se le hubiera pasado por alto. Dejan atrás el *medley* de Shirley Bassey y Keith no se resiste cuando Dan le masajea la nuca. Es agradable.

—¿Dónde has aparcado?

—Por allí.

Direcciones opuestas, por lo que deciden que Keith seguirá al Corvette negro de Dan. Es difícil decir qué piensa éste de lo de la hermana. Parece abierto a cualquier cosa. Justine ríe cuando Keith le explica el subterfugio.

—¿Tú mi hermano?

—Sí. Nos va a enseñar su colección.

Sin embargo, cuando llegan a su casa, en Beverly Hills, Dan parece mayor que Keith. Su pelo es blanco en vez de rubio. Su piel tiene un aspecto rugoso, como si hubiera pasado demasiados años demasiado bronceada. ¿De verdad cree que Keith se va a acostar con él?

Un sirviente negro, alto y calvo, les abre la puerta. Todo el interior, enorme y estratégicamente iluminado, está despejado, como una única habitación gigantesca elevada a lo largo de tres pisos de pasillos y galerías, escaleras al aire, techo acristalado y paredes de espejo en los lugares más insospechados, haciendo que resulte difícil calcular las dimensiones a ojo. Y ciertamente parece un museo, un museo del *kitsch* maya, inca y azteca. Puede que algunos de los objetos sean caros o raros, pero la abrumadora mayoría dan la impresión de ser baratijas y pequeñas estatuillas coloridas, cientos de ellas, hechas para los turistas, colgadas de cables, muñecas y similares, cables atornillados en las alturas y diagonalmente en las paredes, mesas de madera oscura y vitrinas en las que exhibir cerámica y figuritas de yeso pintadas, monos y jaguares de oro y jade, y dioses tallados en madera. Objetos baratos y evidentemente fabricados en masa en México D.F. junto a lo que podría ser una reliquia precolombina robada en una tumba.

Justine y Keith siguen a Dan por las escaleras, que parecen estar hechas de cristal, al igual que los pisos superiores, transparentes pero al parecer lo suficientemente resistentes como para soportar todo este peso. También hay pequeñas áreas entre piso y piso con sus propias escaleras, para confundir aún más las cosas. Por todas partes hay plantas enjarronadas, enredaderas y enormes frondas verdes, loros resecos y serpientes disecadas. Biombos pintados con jeroglíficos mayas que narran historias de guerreros y reyes largo tiempo olvidados.

Arriba, en el tercer piso, llegan al lugar en el que duerme Dan. Mirar hacia abajo a través del suelo de cristal provoca un efecto desorientador.

—Esto es genial —dice Keith, en parte con genuina admiración.

—Abriré el tragaluz —Dan se sienta sobre su amplia y baja cama y pulsa un interruptor. Observa a Justine por primera vez con interés. Luego ya no puede apartar la mirada.

Keith se siente como un chulo. Intenta aislarse de la situación y limitarse a disfrutar de la absoluta rareza del entorno, así como de lo que está sucediendo. Es un secreto. Algo que los demás desconocen o en lo que ni siquiera creen, nada que ver con vulgares fábulas sobre el bien y el mal. Justine tiene la boca sobre el cuello del tipo.

Pero sólo por un momento. Luego se vuelve hacia Keith y éste siente terror, es involuntario, hay sangre goteando de sus colmillos, su mirada inmóvil y cruel. Keith no se mueve. Un momento más tarde el asesinato ha desaparecido de los ojos de Justine.

—Corrupta —dice entre jadeos. Se limpia la boca, escupe sangre mezclada con saliva sobre el suelo. Está enfadada.

—El mayordomo —dice Keith. Se da cuenta de que ahora lo necesita con mayor intensidad.

Bajan al primer piso, dejando a Dan soñando boquiabierto, los ojos sin cerrar. Los empastes de sus dientes reflejan la luz.

El mayordomo no recibe con agrado a Justine cuando ésta entra en la cocina. Ve los colmillos de inmediato y le arroja una cubertería de plata, volviendo la cara para no tener que mirarle a los ojos. Intenta sacar un hacha de carnicero de un cajón.

—¡Aléjate de mí, me cago en la puta!

Pero Justine no se deja intimidar. Es rapidísima. Cierra el cajón de un golpe sobre la mano del mayordomo y a continuación salta sobre él, ágilmente. Él es mucho más alto y más fuerte, pero tan pronto como ella ha entrado en sus venas se le doblan las rodillas, gira al caer y ella lo monta sin soltarlo hasta que golpea contra el suelo azulejado.

Echando a andar en dirección opuesta, Keith se ve incapaz de soportarlo, demasiados nervios acumulados. Le asesta un patadón a una mesa de cristal, haciéndola añicos y enviando estruendosas esquirlas voladoras a todas partes.

El mayordomo, exangüe, sobrevivirá.

## 27

Tamara lleva una cinta añil en el pelo, a juego con su falda también añil. Por lo demás, lleva una blusa blanca y unas mallas azul marino, zapatos negros, bata blanca, busca y estetoscopio. Están sentados el uno frente al otro en la fresca cafetería del hospital, a las cuatro y media, una hora tranquila, de modo que apenas les acompaña nadie.

—Sigo sin sentirme del todo bien —dice ella. Parece vulnerable. A lo mejor un poco deprimida—. No me gusta decir esto, pero… ¿hicimos algo más la otra noche aparte de beber?

—¿Te refieres a algún tipo de droga extraña? —Keith está

citando a Iggy Pop. No espera que ella capte la referencia y efectivamente no lo hace.

—No sé. Es sólo que nunca había tenido pérdidas de memoria. ¿Me ofrecisteis alguna pastilla, un somnífero? ¿Es posible?

Keith reflexiona. Le da un bocado al croissant añejo que ha pedido para acompañar el café, como una especie de desayuno tras un sueño interrumpido e insatisfactorio.

—Puede que Justine te diera algo. No lo sé. Fuera lo que fuese, seguro que lo habrás expulsado del organismo en un par de días.

—¿Cómo puedes estar tan seguro, si no sabes lo que es?

—Si te lo contara no me creerías. Pero no corres ningún peligro, te lo juro.

—¿Por qué iba a correr peligro?

—No lo corres.

Tamara intenta asimilar esto, sin mirarle.

—Llevo una vida bastante extraña —añade Keith—. Todo el mundo dice lo mismo, supongo.

—Háblame más sobre tu vida. Estás con ella, Justine, ¿verdad? ¿De dónde sale el dinero?

—Es rica. Heredó una casa en Beverly Glen.

—Si quisiera visitarte allí, ¿habría algún problema?

—Claro que no. Me parecería estupendo.

—¿Estáis implicados en algún tipo de tráfico de drogas?

—No —Keith niega con la cabeza y sonríe, divertido—. Nada parecido.

Un par de minutos más tarde, Tamara pregunta:

—¿Qué tal las manos?

—Bien.

Se las enseña. Las vendas están un poco sucias, pero tampoco demasiado.

—¿Quién te las venda ahora?

—Justine.

—No lo hace nada mal.

A veces Tamara mueve la cabeza como con incomodidad, no como una joven segura de sí misma, de su gracia y su atractivo, sino más bien como alguien que tocara un oboe o un fagot.

¿Ha conseguido tranquilizarla? Por el modo en el que le está mirando, es evidente que todavía tiene ganas de hacerle muchas más preguntas. Pero cuanto más tiempo permanecen aquí sentados, incluso sin hablar o hablando sobre nada en particular, más le da la impresión de que se están comunicando, como si tuvieran una alianza lejos del escenario o detrás de la pantalla. Se sienten a gusto juntos. Ninguno de los dos le desea ningún mal al otro.

## 28

Hay un Mac en una habitación situada en la parte trasera de la casa, una habitación con el suelo recubierto por una esterilla de palmito, otro enorme cuadro geométrico, muebles de mimbre, estanterías a rebosar con una desordenada colección de libros. En el ordenador hay varios juegos y Keith ha encontrado uno al que le gusta jugar. Es lo único que puede hacer con el ordenador, jugar a este juego. Es un juego de fichas chinas, sutil y complejo. Apacible. El objetivo es ir retirando las fichas decoradas, dispuestas de manera aleatoria formando una pirámide, hasta haberlas retirado todas, revelando la ilustración de un colorido tigre de Bengala o de un dragón chino. En ese momento se oye un choque de platillos y el ordenador interpreta una cancioncilla para celebrar tu victoria. Es un juego complicado.

Esta noche, Keith gana dos veces seguidas, de modo que para. Va al salón, donde encuentra a Justine reclinada sobre el sofá. Se sienta poniéndose sobre el regazo los pies desnudos de ella. Justine lleva puesto un camisón blanco que le va ligeramente grande. Keith mete la mano entre sus muslos y nota su calidez. A ella no parece molestarle la mano. De hecho, la aprieta ligeramente.

—Nunca te he preguntado, ¿cómo te hiciste con esta casa?

Justine pone en orden sus pensamientos y luego responde, tomándose su tiempo, recitando la historia más coherente que ha sido capaz de contarle hasta ahora.

—Había un tipo llamado Maximilian Durand, cuya esposa había fallecido, que vivía aquí solo. Su único hijo era bailarín, vivía en Nueva York. No se hablaban. Max era muy rico. Había invertido en varias películas, como productor, pero se había cansado de todo eso. Su mujer había fallecido de cáncer y él la había visto consumirse durante más de un año. De modo que le tenía miedo a la muerte, mucho miedo. Se hizo vegetariano y practicaba yoga, viajó a la India y a Nepal. Tuvo todo tipo de aventuras. Escaló una montaña en el Himalaya y vivió completamente solo en los bosques de Oregón durante todo un año. Luego, de vuelta en Los Ángeles, una noche conoció a una mujer. Se volvió devoto de ella debido a ciertas habilidades singulares, y se convenció de que ella podría hacer algo para extender su vida más allá de su ciclo natural. No hacían vida social. Se casaron en Las Vegas en mitad de la noche. Vivieron juntos en esta casa. Podrían haber seguido así durante muchos años, pero él quería aquello que sólo ella podía darle. En resumidas cuentas, murió, creyendo mientras moría que pronto volvería a despertar. Los médicos dictaminaron «anemia perniciosa». Le dejó todas sus riquezas y propiedades a su esposa. Un abogado se encargó de organizarlo todo por ella. El hijo en Nueva York recibió algo de dinero y no hubo funeral al que pudiera asistir, ya que Max fue cremado dos días después de haber fallecido. A su viuda le pareció la mejor idea.

Al oír esto Keith prorrumpe en carcajadas. Cuando Justine sonríe, sólo un poquito, Keith interrumpe su risotada y se acerca a ella hasta prácticamente juntar sus caras, pone la mano derecha sobre sus cabellos y dice, en tono grave y apenas controlado:

—No deberías reírte de él.

Justine, sorprendida ante su atrevimiento, responde:

—No he sido *yo* quien se ha reído de él. Eras tú el que se estaba riendo. No es justo.

La voz de Justine tiembla como si estuviera a punto de echarse a llorar. Una lágrima asoma al ojo izquierdo de Keith, mientras la observa fijamente, tembloroso.

—¿Te acostaste con él? —pregunta de repente.

—¿Qué te hace pensar que puedes…? No. Lo intentó una vez, pero no sirvió de nada. Eres imposible. ¡No entiendes nada! Más le habría valido… ¡No! ¿Qué haces? ¡Para!

Keith la besa en la boca, aplastando sus labios en el momento en el que ella lo empuja para quitárselo de encima. Vuelve a intentarlo y luego renuncia, con una sonrisa curiosa en el rostro.

—No me importa lo de Max —dice al cabo de un rato—. Era un pardillo.

—¿Se puede saber qué te pasa? —dice Justine, provocada, una niña inocente perdida en su camisón, la larga melena morena alborotada—. Déjame en paz.

—No quiero dejarte en paz. Pero haré lo que me digas. Si quieres estar sola, te dejaré a solas.

Hay lágrimas en los ojos de Justine. Sigue enfadada. Keith se levanta y regresa a la habitación del ordenador. Al cabo de un rato, oye sus pies descalzos, pero ella no entra ni habla con él. Keith escucha con atención, intensificando su concentración. Cierra los ojos. ¿Qué está haciendo? Recuerda cuando se introducía la heroína fundida, mezclada con sangre, en la vena. Empujaba el émbolo y el subidón instantáneo le asustaba durante un microsegundo, siempre existía la posibilidad de que fuera mala mercancía o demasiado pura y sufriera una sobredosis. Llevaba una vida de mierda.

¿Y cómo es ahora? Recuerda el episodio de anoche con Dan y su mayordomo, ve los clásicos pinchazos en las gargantas de ambos. ¿Cómo es capaz de hablar con ella, con esta vampira, hablar con ella como si fuera una persona a la que ha llegado a conocer bien? Es una locura. Es como si estuvieran viviendo en la luna. Las cosas cambian cuando vives en la luna.

## 29

Un par de días más tarde, Justine y Keith apenas han vuelto a hablar, apenas han interactuado. Ni caza, ni sangre. Suena el timbre de la puerta. Son las tres de la tarde. Keith está despierto, recién duchado, viste una camiseta blanca y vaqueros, unos vaqueros negros que tiene desde hace cinco años. Desde antes de que empezaran los problemas, cuando aún podía tocar la guitarra. Se pone unos guantes y camina descalzo hasta la verja. ¿Quién será? El abogado, Philip, siempre llama antes para avisar. No sería propio de él aparecer de repente. El jardinero ya vino ayer. La nueva mujer de la limpieza no empieza hasta la semana que viene.

Oh, es la chica de la cresta. Mohína y malhumorada, moviéndose de un lado a otro con un vestido verde oliva con bolsillos pero sin mangas, cortado a la altura de los muslos. Zapatos negros y tobilleras negras. Como la última vez, cantidad de cadenitas como accesorios, unidas al vestido. Una gruesa muñequera de cuero negro cerrada en torno a su muñeca izquierda.

—Hola —saluda Keith abriendo la verja. Ella no parece contenta de estar allí y… ¿dónde ha dejado el coche? Keith no recuerda su nombre.

—Creo que no me dejaste ningún número de teléfono —dice ella—, por eso he venido sin avisar. Probablemente no venga en buen momento, pero iba con una amiga y me ha dejado tirada. Así que, lo siento, pero no tengo cómo volver a casa.

La muchacha parece estar desafiándole a que no la considere bienvenida. Si Keith le dijera: «Sí, no sé qué haces aquí, coge un taxi», probablemente se sentiría complacida o, si no complacida, al menos *satisfecha*.

—Me alegro de que hayas venido —dice Keith—. No te preocupes, más tarde puedo llevarte sin ningún problema.

Entran en la casa. Ella quiere curiosear un poco más. Intenta abrir las puertas de Justine, que están cerradas con llave. Mira a Keith con expresión interrogativa pero no dice nada. Él pone algo de música. Lo último en disco tunecino. Es genial.

De repente le viene a la cabeza el nombre y dice:

—¿Te apetece beber algo, Michelle?

—¿Qué tienes? —pregunta ella y le sigue hasta la cocina. Las cadenas hacen que tintinee un poco a cada paso. Mientras ella investiga los contenidos de la nevera, Keith puede oler su sudor y su perfume. Michelle saca una botella de cerveza negra Beck's. Keith coge otra.

Van a su cuarto y se sientan en el sofá. Ella saca de su bolso el número más reciente de *La noche más oscura*, la revista en la que colabora. En el índice, Keith ve una entrevista con Vladimir, el director de videoclips, por Michelle Zwick.

—No se lo he dicho a nadie —dice con toda seriedad—. Me gustaría entrevistarte, sería genial, pero si no estás preparado creo que puedo entenderlo.

Keith se ha quitado los guantes para poder hojear la revista. Es menos cutre de lo que había asumido. Michelle le toca la destrozada mano derecha, que sin vendas tiene mucho peor aspecto.

—Machacadas con una puerta de coche, dijiste.

—Más o menos. Es lo suficientemente descriptivo.

—Pero aun así podrías trabajar con *samplers* y sintetizadores, ¿no? Podrías seguir haciendo música, aunque fuese con un solo dedo.

—No quiero —dice Keith. Michelle le acaricia, examinando sus manos, una tras otra, observando su rostro de vez en cuando para ver cómo reacciona, mostrándose particularmente cuidadosa para no hacerle daño. Él se deja hacer.

Una noche de hace varios meses, Justine demostró mucha curiosidad por su historial sexual, quería saber si se acordaba de todas las mujeres con las que se había acostado. Si recordaba los nombres de todas ellas. Y luego, ¿alguna vez se había acostado con una negra? Sí. ¿Con una japonesa? Sí. ¿Otras orientales, alguna vietnamita? Una vietnamita, sí. En Houston. ¿Alguna mucho mayor que él? Sí. Cuando tenía dieciséis años, una mujer de San Luis, de treinta y seis. Le gustaba la carne joven. Michael se la folló antes y Keith nunca pensó que fuera a hacer lo mismo, pero una noche lo sedujo. ¿Alguna vez se había acostado con una gorda? Sí. Era muy guapa de cara y le apeteció hacerlo con ella. ¿Experiencias con otros hombres? Hubo una vez en Nueva Orleans, con un transexual muy atractivo, y luego en prisión, todas las noches Pascual me la chupaba y yo soñaba.

Ahora, en este momento, Keith desea tocar a Michelle, quiere ver y palpar sus grandes pechos, pero no quiere tomar la iniciativa, no con las manos jodidas. Nunca se masturba, por culpa de las manos. Hace cuatro años que no folla. Desde que murió Renata. Cuando era yonqui, una *stripper* intentó chupársela una noche, pero fue incapaz de mantener una erección, así que la cosa no llegó a ninguna parte.

El sabor de la cerveza le parece ahora ridículo. Ambos beben un poco más, bajo la luz arenosa, y Keith piensa en la doctora Rothschild, en Justine, en el concepto de las jóvenes prostitutas tailandesas que entrenan los músculos del coño para poder hacer trucos en los clubes nocturnos de Bangkok, como fumarse un cigarrillo, escribir con un rotulador o expulsar pelotas de ping pong de un lado a otro del cuarto. Se centra en los labios de Michelle, pintados de negro y relucientes, la carne desnuda de la mayor parte del cráneo, y dice:

—Me gustaría mucho que me dieras un beso.

Ella le muestra media sonrisa y lo rodea con los brazos. Se besan durante largo tiempo. Así tienen algo que hacer. Se besan y se besan. Cerveza en el aliento joven y cálido. La lengua de uno en la boca del otro. Parece gigantesca, esta única boca interconectada. La cinta termina y Keith se alegra. Siguen besándose, haciendo pausas ocasionales.

—Me gustas —dice Michelle en determinado momento.

Él vuelve a besarla a modo de respuesta y la atrae hacia sí. Es mortal y cálida, tonta y joven y sabia. Sabia cuando no habla, cuando desconoce, cuando no intenta saber qué es lo que sucede. A Keith le gusta el suave pelo de su cresta, el modo en el que resalta las delicadas cavidades a los lados y luego la parte trasera de su cráneo. Michelle suspira y cierra los ojos, su cráneo desnudo de lado, mordiéndose la lengua. La cama está justo allí. Michelle se pone en pie, se estira, tira de él. Se quita el vestido. Las cadenas oscilan y tintinean.

## 30

Conduciendo, evitando las autopistas, Keith se enfrenta al tráfico. La radio está puesta en la cadena favorita de Michelle. Keith siente que puede tocarla, que a ella no le molesta su tacto. Tiene aspecto de enfadada, pero sólo es su boca. Los dos llevan gafas de sol frente al blanco resplandor del sol, reflejado sobre todos estos coches metálicos, sucios y brillantes, viejos y nuevos.

Keith se siente comunicativo, aunque no hable demasiado rápido, pero preguntándole acerca de diferentes grupos que van sonando en la radio («¿Y éstos, te gustan?»), Michelle ha conseguido sacarle un par de opiniones.

—La mayoría de grupos, al margen de lo mucho que aguanten en el candelero como espectáculo, sólo tienen, como mucho, diez o doce buenas canciones. Un álbum de grandes éxitos, y eso estirando un poco del hilo. Mira a los Kinks. Treinta años, veinticinco álbumes más o menos, quizá cinco o seis buenas canciones. ZZ Top, una o dos. Los Dead, ninguna. Es muy difícil. Porque la forma es tan sencilla que has de ser ingenuo, de modo que lo primero que haces siempre es lo mejor. Tan pronto como empiezas a aprender a tocar de verdad, empiezas a perder lo que de verdad tienes.

Michelle le pasa un trozo de regaliz de fresa que lleva en el bolso. Ella ya está masticando otro, rojo sobre sus blancos dientes. Michelle piensa en diferentes grupos y discuten cuántas buenas canciones tienen cada uno de ellos, si es que tienen alguna. Neil Young y los Rolling Stones acaban con bastantes.

Son las siete y media y Keith se da cuenta de que le apetece comer algo. ¿Hamburguesas? Bien. Aparcan e invaden una especie de café rockabilly retro cincuentero, pintado de rosa y negro, los colores de Elvis Presley y Gene Vincent, que anuncia pastel de carne y puré de patatas con salsa en el menú, comida casera que a Keith nunca le pusieron en casa. Le pregunta a Michelle. A ella tampoco. A su madre le iba el té de trigo y los brotes, el tofu y el zumo de zanahoria; es vegetariana. «Yo no», dice Michelle y se pasa el dedo por la nariz para quitarse suciedad atmosférica o polvo del suelo. Piden hamburguesas y Coca-Colas y una ración de patatas fritas para compartir. Michelle empapa las patatas en ketchup. Rojo. Bajo esta luz parecen amarillas.

Keith le ha explicado (más mentiras, más o menos) que vive con una mujer rica que cuida de él. Es muy celosa, pero lo único que le importa es no saberlo. Mientras no tenga que enfrentarse directamente a la presencia de otra, no pasa nada. Siempre llega a casa entrada la noche, dice Keith. Michelle no parece juzgarle, ni pensar peor de él; la idea ni se le pasa por la cabeza.

Ella vive en una casa compartida, le cuenta, con Jason, Tiff y Brian. Brian es estudiante y trabaja a tiempo parcial en la biblioteca. Jason en una tienda de discos. Tiff en un sótano rodeada de ordenadores. Michelle tenía un empleo en una oficina, respondiendo al teléfono, pero la despidieron por llegar tarde. Fue entonces cuando se hizo la cresta. Ahora está en el paro.

—¿Necesitas que te preste algo de dinero? —dice Keith mientras ella sorbe de una pajita. Es curioso que sea él quien saque el tema, ya que antes ha pensado que sería ella quien se lo pediría. De hecho, cuando la ha visto aparecer antes, ha imaginado que ese sería su objetivo.

—Si te va bien —responde Michelle. Parece un poco hostil, quizá avergonzada.

—Toma. No le des más vueltas. No tiene ninguna importancia.

En cualquier caso, infectados por el intercambio de dinero, ninguno de los dos vuelve a sentirse tan libre con el otro durante el resto del trayecto.

Frente a la casa de yeso pintada de rosa, Michelle vuelve a besarlo, al principio sólo para despedirse. Luego, como si estuviera intentando decirle algo. O sólo por hacerlo.

Mientras siguen sentados el uno junto al otro, ella dice:

—Oh, Dios. ¿Ves a esos tipos sentados ahí en el porche? No me había fijado antes. Ése es Fred, el bajista de Saint Agatha. El otro es Ken. Será mejor que me vaya. Ya nos veremos.

## 31

—¿Quién era ese tipo con el que te estabas morreando delante del Benz? —pregunta Jason con una sonrisa burlona.

Los altavoces atronan rap industrial británico más bien frenético. «*Strap down! Get ready! Be refreshed*!»

—¿Por? ¿Es que Fred se ha puesto celoso? —pregunta Michelle con cierto placer, mientras vuelve a pintarse los labios. Se ha cambiado de vestido y se ha puesto unos zapatos de tacón y medias rotas. Van a salir todos juntos al Invisible Club.

—Sabes perfectamente que sí. Lo que quieres es hacerle sufrir —replica Jason como si estuviera citando algo, poniéndole una mano sobre el hombro bajo la estridente luz naranja.

—¿Dónde está Tiff?

—Nos espera allí. ¿Quién era el tipo?

*Strap down! Get ready! Be refreshed!*

—Si Fred quiere saberlo, que me lo pregunte él.

Jason la deja sola y va a buscar al extremadamente delgado Fred, que esta noche se siente repentinamente torturado por el amor. De natural moroso, con un apellido dividido por guiones, Fred cree en cuerpo y alma en la música de Saint Agatha; expresa todo lo que él siempre ha sido incapaz de decir. Ahora mismo está afuera en el jardín con Ken, escuchando a Ken contar una anécdota sobre sexo anal pensada para fardar y escandalizar, pero que sólo está sirviendo para hacerle más infeliz. Fred está colocado, vodka y MDA. No es desagradable a la vista. Jason le dice algo y vuelve a entrar en la casa. Cuando ve a Michelle, ésta le ignora y luego le envía una mirada demoníaca, burlona y omnisciente que le atraviesa como un rayo láser. Fred está encoñado. Le gustaría darle una paliza con su amor. Verse transfigurado por la piedad y el perdón mientras ella se arrastra y llora, llora con todo su corazón. Todos se apiñan en un par de coches y, por casualidad o designio, Fred acaba sentado junto a Michelle en el asiento trasero, rozando su muslo. El fin de semana pasado ni siquiera pensaba en ella. No le parecía nada especial. Ahora... es un enigma. No tiene la más remota idea de en qué puede estar pensando. En otro tiempo ella se sintió atraída por él, pero eso parece ahora un espejismo.

## 32

Patrick no entiende qué es lo que le pasa exactamente a Tamara. Enfermó levemente esta semana y desde entonces se ha mostrado abatida. Hoy es viernes por la noche y ambos han acudido a una fiesta en la casa de Malibú de Orlando Newman, el director del Instituto de Nuevos Estudios Económicos y Políticos, donde parece que a Patrick le van a ofrecer un empleo. Y Patrick lo quiere.

A pesar de que lleva varios años siendo analista de bolsa y estratega de mercado, en el fondo siempre ha sido un cerebrito. Está seguro de ser capaz de formular algo completamente nuevo, algo que podría afectar de una manera positiva a todo el mundo. ¿Qué fue lo que dijo Thorstein Veblen? *Teorizar con todo el abandono que surge de una completa indiferencia ante los hechos.*

Sin soltar su copa de Liebfräumilch, Patrick deja a los demás para subir la retorcida escalera de caracol que asciende hasta la habitación de «la torre», a la que su anfitrión afirma subir para pensar, para observar el cielo. Tal como temía, encuentra allí a Tamara. Está incluso peor de lo que había imaginado. Ha estado llorando. La encuentra sentada en el suelo, con el rostro enterrado en las manos.

—¿Qué te pasa? —le pregunta, sentándose a su lado, hablando con mucha suavidad y genuina preocupación. Si quiere volver a casa, la llevará a casa. La gente comprende esas cosas, estas debilidades humanas, o deberían hacerlo. Patrick masajea la espalda de Tamara, entre sus omoplatos, intentando animarla.

—Lo siento —dice ella—. No sé lo que me está pasando. Anoche tuve tal pesadilla... Me asusté mucho. Parece que aún no he conseguido superar la impresión. Patrick, no tengo ganas de seguir siendo médico. Estoy cansada de ver a los pacientes. No puedo afrontarlos...

—Quizá deberías pedir una excedencia —dice él—. Trabajas demasiado, estás emocionalmente agotada. Te identificas con sus problemas... Eres demasiado dura contigo misma.

—No lo sé, Patrick. A lo mejor tienes razón.

Anticipando sus necesidades, Patrick le pasa un pañuelo y ella sonríe y lo usa para sonarse la nariz.

—Siento todo esto —se excusa Tamara.

—No lo sientas. Te llevaré a casa.

—No, no hace falta. Tenemos que cenar, y no me molesta esta gente. Son tratables. Me arreglaré el maquillaje.

El aspecto de Patrick es de compostura y razonamiento, no falto de elegancia con sus gafas de montura metálica ligera y su cabello corto. Siempre parece sereno, incluso un poco lento en reaccionar. En este momento, probablemente no demuestra nada, pero se siente alarmado. Está prestando atención y nota que Tamara no se lo está contando todo. Tiene tal tendencia natural a la franqueza que cuando se produce una diferencia, Patrick es capaz de detectarla. Por ello, se siente indeciso. Su instinto es ser directo, quizá juguetón; es un juego que comparten en ocasiones, él haciendo preguntas, ella ofreciéndole sólo un par de datos y un contexto, y él suele adivinar. Pero en este caso, por algún motivo, no le parece el paso adecuado. Debe ser sutil y observador, paciente, hasta que ella le dé alguna señal. Hasta ahora habían estado por encima de estos pequeños engaños... o engañándose a sí mismos.

Comen ensalada, espárragos y guachinango, abajo, con los demás, ven la puesta de sol y escuchan el discurso de un tipo alemán acerca de la fabricación y las cambiantes oportunidades de inversión en la zona sur de China. El alemán ha estado allí. Habla pausadamente, provisionalmente; uno no puede adivinar qué es lo que piensa realmente. Tan pronto como sugiere una posibilidad, postula la contraria, todas las variables que podrían salir mal. Un teórico japonés llamado Hiroshi le interrumpe.

Tamara le dirige a Patrick una pequeña sonrisa, como para hacerle saber que la tormenta ha pasado, y él se la devuelve. No sabe qué hacer. Es evidente que existe un problema, pero desconoce cuál puede ser. Se siente indefenso ante la revelación de su propia ternura.

## 33

No hay nadie en casa. Las puertas a las habitaciones de Justine están abiertas. Keith puede sentir que no está aquí. Afuera está oscuro. Se ve atraído hacia ella. La echa de menos. Quiere verla, afuera en la oscuridad. No se le pasa por la cabeza ni por un segundo que ella ignore que Michelle ha estado aquí, y que han follado.

Sus ojos se acostumbran a la penumbra. En el jardín hay luces, pero por supuesto ella no las ha encendido. No le hacen falta. Puede ver bien en la oscuridad.

Le lleva un rato, pero finalmente la encuentra. Justine está sentada, en actitud devota, las piernas cruzadas como en la postura del loto, bajo las buganvillas y el bambú, sobre el suelo. Keith se sienta justo delante de ella. Se van a llenar la ropa de tierra, pero eso no les preocupa. Por primera vez en mucho tiempo, al percatarse de cómo viste, Keith experimenta un pinchazo de angustia, como si Justine fuera su hija. Es una absoluta tontería, pero esta emoción lo traspasa, se siente protector, maravillado... Ella lo mira y él toca su fría mano. El aire huele a flores y a humedad, a oscuridad y tierra. Justine lleva un vestido corto estampado de vivos colores, de cuello blanco y mangas cortas. Es como el vestido de una niña. Y también viste unas mallas, negras o azul marino. Y sus zapatos son zapatos con los que podría correr. Hay una expresión en particular que pone cuando parece estar mirando hacia arriba, y más arriba, y más arriba aún, sin ningún motivo, y sus oscuras pupilas se quedan sin espacio. Keith se la ha visto en momentos en los que se queda completamente en blanco o después de haberse alimentado o cuando intenta recordar algo y no es capaz.

—No sabía si ibas a volver —dice Justine, y Keith puede percibir, como en ocasiones, un deje de su francés perdido.

—No seas ridícula —responde él tras una pausa.

Justine parece suspirar y luego se vuelve para tumbarse de lado sobre el suelo. Se oyen ruidos amortiguados de tráfico, más allá de la colina.

—¿Cómo iba a dejarte? —añade Keith.

—No lo sé —responde ella al cabo de un rato—. Yo no te lo iba a impedir.

Justine se observa la mano, cercana a su cara, en el suelo.

—Había un chico con el que solía jugar, Yves, todas jugábamos con él. Yo no tenía más de seis o siete años, él era más joven, más pequeño… algo lento. No hablaba mucho, sólo sonreía. Y sin embargo, cuando estábamos en el bosque, no parecía tan tonto. Cogíamos pájaros —Justine coge un puñado de tierra, lo huele, parece quedarse contemplándolo—. Su hermana mayor fue violada por los salteadores. Gascones, bretones, valones. Nos robaron. Su hermana dio a luz a un bastardo y luego se exilió en lo más profundo del bosque… se hizo bruja. Vivió con Madre Jeanne y luego, cuando Madre Jeanne murió, la sustituyó. Vi cómo la quemaban, atada a una escalera, un día lluvioso. Recuerdo cómo gritó. Fue como si en realidad no lo esperara, y sin embargo como si no esperara otra cosa. Quizá, más que cualquier otra entre nosotras, entendió que el mundo es cruel y despiadado. Después de aquello, su hermano pequeño, Yves, empezó a comer tierra. Era lo único que hacía, muy triste… Hasta que murió.

Obedeciendo un impulso rudimentario, Keith hace rodar a Justine hasta ponerla de espaldas. Ella no se resiste. Sus manos son tan torpes que necesita las dos a la vez para poder abrirle el vestido, pero los botones se le escapan y ha de hacerlo con más lentitud. Lo desabotona casi hasta la cintura, desliza dentro su mano derecha, para sentir la piel lisa, blanca y suave, los pechos pequeños.

—Se te han curado las heridas.

—Eso es porque en realidad no soy de carne. Estoy hecha de carne nocturna o de carne soñada… No soy real.

Keith se tumba junto a ella. Ella demuestra el casto placer que esto le produce tocándolo, acariciándolo, pasándole la mano por la espalda, por el cuello, dejándola descansar sobre su mejilla.

—En aquellos tiempos los bosques eran vastos, se extendían hasta el infinito… y yo depredaba entre vagabundos y truhanes, viajeros… Durante el día, me refugiaba en una cueva.

—¿Cómo te…? Nunca me has contado nada sobre cómo te mordieron.

—No estoy segura —dice Justine—. Creo que fue alguien del *château*. Alguien de sangre noble. Aquella estirpe estaba maldita.

¿Está recordando más? Todo está tan oscuro… Keith desearía poder ver esos recuerdos a través de los ojos de Justine. Pero por otra parte, todo le resulta en cierto modo familiar, como si lo hubiera visto fugazmente en sueños.

—Sabía lo que estaba pasando —dice Justine—, esta tarde, cuando estabas con esa chica.

—Pensaba en ti mientras lo hacía con ella.

—No digas eso. ¿Qué es lo que intentas hacerme?

—No lo sé —dice Keith. Tumbado en el suelo junto a ella, se mueve para colocarse de tal modo que pueda rodearla con sus brazos, para poder besar su rostro.

—Si quieres, puedo traer a Tamara hasta aquí —dice Justine—. Puedes tenerla a ella también.

—No. Tú eres la única persona a la que ahora conozco en todo el mundo. Qué mala idea, ¿verdad?

Ella deja escapar un suspiro, temblando.

—Eres tan doloroso, me causas tanto dolor… Me siento constantemente… inundada por ti.

—Tu aliento es dulce —dice Keith, y la besa, ligeramente, en la mejilla y luego en los labios. Ella lo abraza de inmediato, muy fuerte. No deja de agarrarlo, y respira hondo.

—Haces que olvide lo que soy. Pero luego… tengo que volver a serlo y duele.

—Lo siento.

—No —dice ella—. No pasa nada. Es agradable.

Ruedan juntos, besándose, abrazados, en la oscuridad, sobre la tierra.

Al cabo de un rato ambos se levantan. Justine bosteza y estira los brazos. Hay tantos matices de negro en la noche... Le sonríe a Keith. Una sonrisa ingenua que él nunca había visto hasta ahora.

De nuevo en la casa, Justine gira sobre sí misma, con los brazos extendidos, cantando suavemente y en voz baja mientras avanza por el pasillo. Las luces nadan juntas en las retinas de Keith, prismas rojos y móviles, formas doradas, fragmentadas, en proceso de licuefacción. ¿Tiene alas Justine? ¿Tiene cicatrices en la espalda, donde se las cortaron? Ella canta una canción en francés, una que puede que recuerde de cuando era una niña campesina, hace tanto tiempo, antes del cemento, la luz eléctrica y los coches.

# Segunda PARTE

# 34

Supuestamente Sabrina es más práctica que Chase, por lo que observa la casa fijándose más en sus defectos, en aquello que hará falta arreglar, que en su historia y su supuesto romanticismo.

Situada en las colinas de Hollywood, es bastante vieja para las pautas locales, pues fue construida en 1923. Combina motivos españoles, mexicanos e italianos en una estructura techada con tejas rojas y forrada con cemento empedrado. La casa está orientada hacia un jardín trasero. La cocina da a la calle, cerca de la entrada. La parte trasera de la casa, por contraste, mira a través de unos enormes ventanales a los jardines, que son accesibles directamente desde el salón.

Los jardines están hechos una mierda. Los nogales y los frutales, los arbustos, las palmeras... todo está hecho una pena. En cualquier caso, es el tipo de proyecto que a Sabrina le gusta supervisar. Habla español con soltura, después de haber pasado largo tiempo en México y Latinoamérica, donde llegó a vivir tres años en Costa Rica. De modo que puede comunicarse con los jardineros y con el servicio. Es una tirana benevolente, o eso cree ella.

Chase es más soñador y uno puede hablarle de cualquier cosa porque cualquier cosa es susceptible de apoderarse de su imaginación durante un par de días. En diversos momentos se ha visto intensamente atraído por la noción de las visitas extraterrestres o por la hipnosis como método para explorar vidas pasadas. Es un entusiasta, y no todos sus entusiasmos desaparecen con un simple «puf». Uno tiende a no sacarle el tema de aquellas locuras en apariencia repudiadas y forzosamente olvidadas, pero él aún mantiene la convicción, aunque sólo sea en privado, de que fue un mercader aventurero que viajó por todo el mundo en una vida anterior, quizá en el 1200 o algo así. Ha tenido varios sueños que le han convencido de que esto es cierto.

A pesar de toda su imaginación e incluso su aparente chaladura, Chase es un empresario implacable que mantiene en secreto sus asuntos. Nada más conocerlo, puede parecer fácil sacarle dinero. Pero no lo es. Siempre tiene alguna demanda en marcha y generalmente cierra los acuerdos de manera extrajudicial, en sus propios términos. A sus tres hijos de sus dos anteriores esposas no les hace nada felices tanto secretismo y racanería. Sin embargo, no les parece inteligente quemar sus naves, pues ocasionalmente, sin ningún motivo, es capaz de mostrarse extraordinariamente generoso, como por capricho.

Sabrina es su tercera esposa y él es el tercer marido de ella. Sabrina es una belleza profesional, más o menos. A los cuarenta y tres años, diez menos que Chase, aún luce fenomenal. Quizá se excede en el gimnasio, pero tiene un rostro enigmático y sensual. Promete una interminable cadena de ideas o, al menos, una serie de poses interesantes. También tiende a amortiguar las repentinas explosiones de entusiasmo de Chase. Es un juego que a ambos les complace.

La historia de la casa es la siguiente: fue construida en 1923 para el magnate inmobiliario William Howard Sturdevant (no confundir con el otro William Sturdevant), gran amigo de Harry Culver, el promotor, muy dado a reclamos comerciales, como almuerzos gratuitos, carreras de coches de cajas para niños, concursos de belleza para bebés y focos visibles durante la noche a más de cincuenta kilómetros. Sturdevant obligaba a su ejército de vendedores a hacer ejercicios calisténicos y a entonar salmos de pensamiento positivo antes de la llegada de los autobuses cargados con posibles compradores, los cuales eran recibidos por una banda de música femenina. Sturdevant también estuvo asociado con Edgar Rice Burroughs, el creador de Tarzán y del suburbio de Tarzana. Pero Harriet, la señora Sturdevant, se enamoró de un veterano de la Primera Guerra Mundial con una pierna de madera y Sturdevant, ya fuera como consecuencia directa o no, sufrió un ataque al corazón y falleció.

En 1928, la casa fue comprada por Lawrence «Cosmo» Wheeler, el piloto e ingeniero aeronáutico fundador de Aurora Aviation, constructor de motores de avión que intentó competir con Lockheed y Douglas en la construcción de monoplanos para trasladar el correo. Cosmo Wheeler se casó con la actriz de cine mudo Daphne Phoenix, y durante un breve período mantuvo una vida social muy activa. Pero su avión tenía problemas de diseño en las alas y se estrelló repetidas veces. Cosmo se arruinó, Daphne Phoenix lo abandonó y él vendió la casa en 1932.

El siguiente propietario, Alfred Ulman, un productor de cine medio judío, tenía reputación de ser homosexual. Su esposa, Minerva, aparecía a menudo vestida con ropas de hombre, fumando en cigarrillo con boquilla, en ocasiones con el pelo muy corto. El mejor amigo de Ulman, Laszlo Bloch, que vivió durante una temporada en la casa, fue sospechoso más adelante de haber sido un agente nazi. En cualquier caso, tras una década de extravagantes bailes de máscaras y alcoholismo rampante, Alfred Ulman se pegó un tiro en 1942. Minerva continuó viviendo en la casa, acompañada de su inseparable compañera, la poetisa británica Jo Spurgeon, hasta 1954. Minerva falleció de asma.

La casa permaneció en venta, deshabitada, hasta 1958, año en que fue adquirida por la huidiza heredera Caroline Maria Severance, para vivir en ella con su amante, el pianista clásico Anton Roubatieff. Es posible que se hubieran casado, uno o dos años antes, en México. Su hija, Olga, nació con toda probabilidad en 1956. Poco se sabe acerca de los siguientes años al margen de que la pareja no era dada a dejarse ver. En 1967, Roubatieff desapareció o se marchó. Se rumoreó que Caroline Severance era una adicta a la morfina que nunca salía de casa durante el día. Falleció en 1973 en misteriosas circunstancias. Según Olga y sus amigos hippies, Caroline se suicidó mediante una sobredosis intencionada, supuestamente motivada por un dolor intratable provocado por una caída de un caballo sufrida en su juventud. Tenía una hernia discal degenerativa, afirmaría Olga. Por desgracia, nada de todo aquello pudo ser verificado, ya que Olga cremó el cuerpo de su madre, supuestamente siguiendo instrucciones dejadas por ella misma en una nota. Sin embargo, también prendió fuego a dicha nota. Cierto o no, el caso es que el comportamiento de Olga se consideró lo suficientemente peregrino como para justificar su internamiento durante tres años en una clínica psiquiátrica. Mientas tanto, representantes de la familia Severance procedentes de Vermont se hicieron cargo de los gastos de Olga Roubatieff, vendiendo la casa y estableciendo un fondo fiduciario.

En 1975, la casa pasó a ser propiedad del pintor Richard Fabian, el cual nunca dejó de vender sus retratos y paisajes, aborrecidos por la crítica, aunque vivía del dinero de su esposa, Cerise. Richard Fabian era un ultraderechista furibundo, miembro durante algún tiempo de una unidad paramilitar de los Minutemen. Le preocupaba la pureza racial, el comunismo y la manipulación de la cultura norteamericana a manos de los judíos. Si el mundo del arte consideraba por lo general su trabajo indigno de atención, Fabian respondía a esta indiferencia con un odio vitriólico centrado en la carencia de, en sus palabras, «la habilidad para dibujar correctamente». Después de que Cerise falleciera en un accidente de coche en 1984, Fabian se volvió un solitario y para cuando murió en 1991 estaba en bancarrota. Su hijo, con el que hacía tiempo que no se hablaba, trabajaba en Florida para la NASA, casado y con dos hijos, y no quiso saber nada de la casa ni de su contenido. Se la vendió por una miseria a Oswald Neff, el agente inmobiliario, conocido de Chase Blessington desde hacía muchos años.

Tras descubrir todas las extrañas antigüedades acumuladas en el sótano, Neff se puso en contacto con Chase, pensando en el prolongado interés de éste en todo lo relacionado con el arte folk norteamericano. Neff, que intentaba no rascarse un cáncer de piel en el puente de la nariz, se quedó sorprendido al saber que Chase quería comprar toda la casa. Neff fue el primero en interesarse por descubrir todo lo posible acerca de la historia del lugar, intrigado por sus recuerdos de la muerte de la mujer de Severance. Le contó a Chase lo que sabía, sólo para pasar un rato, y a éste se le despertó la curiosidad por saber mucho más.

—Es una casa con posibilidades —dijo Chase al ver el salón—. Siento algo aquí dentro.

Él y Sabrina habían redecorado todas las estancias. Sabrina tiene talento para eso. La «basura» en las habitaciones del sótano permanece intacta. Chase quiere tiempo para acostumbrarse a ella. A todas las figuras a tamaño real hechas de madera o metal, pintadas. Algunas parecen a punto de moverse. Supone que deben de ser obra de Richard Fabian, durante esos últimos años que permaneció en soledad.

Chase dice:

—Cuando estuve en Georgia, comí jamón al horno con judías verdes y maíz con miel. Bebí licor de contrabando de un caneco de barro. Hice negocios con un tipo llamado Turnipseed, Semilla de tulipán. En Atlanta, le presenté a Turnipseed a mi amigo Raymond Singh, el de Bombay.

Están en el sótano, examinando por encima las figuras, algunas de las cuales tienen grabadoras o altavoces de radio incrustadas en la cabeza. Sabrina se medio aburre.

—Pilas doble A —anuncia Chase—. Así sabremos qué tienen que decir.

—No estoy segura de querer saberlo. Me ponen nerviosa.

Varias de las figuras tienen nombre. Es decir, placas grabadas atornilladas a la base o colgadas de pequeñas cadenas alrededor del cuello. «Lady Maude». «Felix». «Sam Bell». Otras son arquetipos, como el Hombre Tatuado. La Mujer Serpiente. El Lanzador de cuchillos. Anciano Negro de Barba Blanca. Chica en Bikini. Madera tallada y pintada, cubierta con ropa y dotada de articulaciones móviles. Los pies son a menudo rudimentarios, y en un caso (El Hombre Espacial), únicamente ruedas.

Hay muchos lienzos amontonados contra las paredes. El hijo de Fabian no los quiere. Presumiblemente tiene buenos motivos para sentir lo que siente por su padre.

Sabrina observa perezosamente las pinturas, sin un interés particular, cuando Chase entra en la bodega. No es que aquí haya ningún hallazgo particularmente interesante, pero quiere volver a echar un vistazo.

Algunos de los paisajes no están tan mal. Aquí hay uno que le recuerda a Sabrina la Pensilvania rural, un lugar en el que en realidad nunca ha estado. Hay algo relativamente ominoso en estas ovejas merinas de negro rostro. No se trata de un paisaje particularmente afable. El amarillo ácido del sol, contorneado en negro, parece venenoso y tiene una especie de halo. El cielo es perfectamente azul, azul claro, pero el día parece oscuro. Inmóvil. Estos árboles asimétricos parecen antinaturales, creados antes que cultivados. Los únicos habitantes son las dos grandes y cremosas ovejas, con sus caras negras, sus negras pezuñas y sus espesos abrigos. Sabrina no cree que los seres humanos sean bienvenidos en este mundo.

Por algún motivo el cuadro le trae a la memoria el modo en el que Chase empezó hace varias semanas a invocar al «difunto Tolstoi» como modelo para su conducta, mencionándolo en cenas con todo tipo de individuos, oficiales del Gobierno, gente de la industria del entretenimiento, actores e incluso con los japoneses. Decía cosas como: «Cuando debo pensar hacia dónde ir o qué hacer a continuación, intento imaginar qué habría dicho el difunto Tolstoi». O: «Cuando me las tengo que ver con un problema complejo, intento pensar en el difunto Tolstoi». O, al saber de la situación de otra persona, quizá la de alguien que ha metido la pata, Chase adoptaba una expresión seria, meneaba la cabeza y decía: «Mejor le habría ido deteniéndose un momento a considerar qué habría hecho en su lugar el difunto Tolstoi».

Si alguien se lo preguntara directamente, Chase reconocería que nunca ha leído demasiado a Tolstoi y explicaría que esto en cualquier caso no le descalificaba para tener una *impresión* de su pensamiento y su obra en la que confiaba igualmente. Ya sólo decir «el difunto Tolstoi» conjura una imagen, ¿verdad? Leer los libros no es un requisito obligatorio. El recuerdo de un par de detalles biográficos y el aura que rodea a los libros cerrados basta para transmitir gran cantidad de información.

La explicación nunca dejaba de agradar. Y si algún bibliófilo ocasional íntimamente familiarizado con «el difunto Tolstoi» encontraba dicha referencia —la mera mención del concepto— inspiradora o alentadora, Chase sabía cuándo mantener la boca cerrada, cuándo era mejor limitarse a levantar una ceja o asentir en silencio o decir: «Cierto».

Ahora, sin embargo, el difunto Tolstoi parece haber agotado su etapa. Estas ovejas le recuerdan a Sabrina al anciano escritor, cuando le dio por vestirse como un campesino, despotricando contra lo que consideraba negaciones a ver o contar la verdad. Si los campesinos y los niños no apreciaban a Chopin, por ejemplo, es que había algo que no funcionaba en Chopin. La simplicidad era lo único que importaba. Simplicidad equivalía a verdad inmediata. Y sí, Sabrina ha leído *Anna Karenina* y casi todo *Guerra y paz*. (Se saltó algunas escenas de batalla y movimientos de tropas). Tolstoi podría haber sido una de aquellas silenciosas, misteriosas, inamovibles y posiblemente malévolas ovejas.

—¡Sabrina, ven! —Chase parece tener, por un momento, una mancha en la frente, como de ceniza; le brillan los ojos—. ¡He encontrado un pasillo secreto!

Ella le sigue de inmediato, para verlo. Él le demuestra cómo al girar una botella de vino descorchada y vacía, aparentemente atascada en el botellero, la pared a sus espaldas se mueve en casi completo silencio dejando al descubierto un pasaje. Uno podría no llegar ni a darse cuenta si no se fija rápidamente. Si después de haber girado la botella uno la empuja hacia abajo… la entrada permanece abierta.

—No sé, Chase. ¿Y si se cierra mientras estamos dentro?

—Pondremos un tope —dice arrastrando una caja y cogiendo una linterna. No puede evitar sentirse emocionado.

Chase entra el primero y cuando encuentra un interruptor de la luz que además funciona, en fin… Sabrina es demasiado curiosa, no puede resistirse.

No parece ser más que un pasillo desnudo con paredes de cemento que dobla una esquina y desemboca en una puerta. Una enorme puerta de madera tallada. La única bombilla desnuda que han dejado atrás no arroja suficiente luz como para ver los detalles. Están en penumbras.

—Mira, hay una llave en la cerradura. ¿No es increíble?

Chase casi está susurrando. Sabrina asiente en silencio. Está entusiasmada, pero parte de su excitación también trae consigo cierto temor. Puede ver que Chase también lo siente. Duda. Luego, finalmente, hace girar la llave. Extiende la mano hacia el pomo. La puerta se abre hacia dentro. Los dos entran precavidamente.

## 35

En la estancia secreta no hay interruptores, pero sí un enorme candelabro con rojas velas a medio consumir, conectadas entre sí por telas de araña... Sabrina no quiere quedarse aquí a solas, de modo que es ella la que va a buscar una caja de cerillas de madera. Encienden las velas.

La estancia está atiborrada con todo tipo de objetos, pero dominada por un gran cajón de madera oscura, tallado, como una caja puzzle. Curiosamente, está rodeado de cadenas.

Chase se echa a reír.

—Increíble, ¿verdad? ¿Qué crees que habrá ahí dentro?

—No lo sé. No entiendo lo de las cadenas.

En realidad a Sabrina no le hace ni pizca de gracia el cajón, pero el parpadeante resplandor de la luz de las velas convierte la aventura en ineludible, inevitable, y ella no carece de valor. Hay una parte de ella que se ve decididamente excitada por el riesgo.

—Se me dan bien las cerraduras —dice Chase, y si lo dice es que probablemente es verdad. Estudia el candado, saca su cartera del pantalón y extrae un imperdible o clip de hierro.

Hay más cajas alrededor. Sabrina ve, a la incierta y poco fiable luz de las velas, muchos objetos diferentes, uno tras otro. Una vieja gasolinera de juguete, hecha de metal, con sus surtidores y un elevador. Un banjo con las cuerdas sueltas. Un juego de bolos de madera, con la pintura descascarillada. Una amarillenta fotografía, enmarcada, de Berlín en 1932. En otra caja, encuentra varias revistas antiguas, una de una colonia nudista... Ver esto le repele, aunque no sabe por qué. La mujer de la portada, de frente y completamente desnuda, quizá en 1953.

Sabrina abre con cautela un enorme baúl y encuentra disfraces, huelen a viejos, aunque alguien dejó una bolsita con hierbas aromáticas. Las extravagantes telas le dan la impresión de no querer ser tocadas, como si pertenecieran a otro mundo, un mundo perdido. Y sin embargo parece no haber marcha atrás.

Joyería para vestidos, collar tras collar de perlas falsas, resplandecientes cuentas de plata, objetos más delicados, con filigranas de oro. Un fragmento de cristal rojo refleja la luz y parece cobrar vida, un rojo inconcebible para ella hasta entonces. Sabrina se ve seducida y ralentizada, sumida en un torpor, envejecida. Pero fascinada.

—Chase, mira —dice señalando la parte superior del muro frente a él, sobre el cual alguien ha pintado o trazado con una antorcha una enorme e irregular cruz negra.

—Ya lo tengo —dice él, abriendo el candado. Chase hace una pausa para mirarla a los ojos. Ella se acerca a él y comienzan a desenrollar la cadena. Hace ruido al golpear contra el suelo, traquetea y campanea.

En cuanto a la caja, no es fácil ver cómo se abre. Está tallada de tal manera que resulta complicado ver una línea clara que pudiera pertenecer a una hendidura, revelando una tapa. La tocan, la acarician con las manos, impelidos a resolver el misterio, sin intercambiar palabra.

Chase presiona una pequeña lengüeta, cede, y cree haber averiguado al fin cómo funciona el mecanismo. La levanta y la empuja, y Sabrina le ayuda. Tras el primer esfuerzo, se mueve con facilidad, sin crujir.

En el interior, tumbado de espaldas, un hombre. Abre los ojos.

—¡No! —exclama Sabrina e intenta retroceder. Pero le pesan las piernas, su voluntad es demasiado débil. Se vuelve hacia Chase, para exhortarle, y el vampiro captura su mirada. Sabrina lo sabe, es como si hubiera sabido que esto iba a suceder desde el primer momento en el que entraron en esta estancia. Intenta decir: «por favor», y el vampiro sabe lo que está pensando, y sonríe. No sin piedad, quizá. Chase, mientras tanto, permanece inmóvil. Tan pronto como tuvo oportunidad, clavó la mirada en lo más profundo de esos ojos negros sin fondo.

—Llevo mucho tiempo soñando con vosotros —dice el hombre, de pie junto a su caja—. Quiero saberlo todo sobre vosotros. Hace mucho tiempo que no tengo a nadie con quien hablar. He dormido, me hicieron dormir, pero ahora me he visto bendecido, vosotros me habéis despertado de mi sueño solitario. No podríais creer lo mucho que os amo por ello. Me habéis salvado. Ahora os salvaré yo a vosotros.

## 36

El sol fue, por supuesto, uno de los principales factores que llevaron a Biograph y a otros de los primeros estudios a instalarse en Los Ángeles; el otro era su cercanía a México, de tal modo que si uno quería eludir citaciones judiciales, detectives o a saboteadores pagados por el Trust de Thomas Alva Edison, cruzar la frontera era una opción sencilla y frecuente.

David Henry Reid había llegado hasta aquí desde Nueva York, donde había aparecido en los escenarios sin distinguirse particularmente. Había surgido un problema, complicaciones, y a David le había alegrado escapar, tener un motivo para trasladarse a California. Resultó que era mucho más efectivo en la pantalla de lo que podría haberlo sido jamás sobre el escenario. No trabajó para D. W. Griffith, sino que actuó para el Coronel John Bascombe, interviniendo como protagonista en una serie de largometrajes entre 1910 y 1912. *El ojo del Diablo*, *Amor ciego* (en el que interpretaba a un invidente), *El hechizo del Sultán*, *El hilo del destino*, *El pecado final* y, por último, *Éxtasis en la noche*, película tras la cual desapareció. Teniendo en cuenta el comportamiento de los actores, nadie se preocupó ni le echó demasiado de menos. Había jóvenes con pretensiones de sobra encantados de ocupar su puesto.

David había conocido a una mujer que lo tenía encandilado. Sólo aparecía de noche y se negaba a hablar sobre sí misma o su pasado. Paseaban juntos, tarde, más allá de la Misión de San Gabriel. Calle Spring arriba. David le hablaba de sus días en el teatro, exagerando, afirmando haber interpretado a Hamlet con grandes elogios. Le recitaba poemas mientras observaban juntos las estrellas. Hablaba sobre la novedad que representaba el cine y lo diferente que era. Se mostraba entusiasta con las películas en las que había participado. Justine, le decepcionó comprobar, no había visto ninguna.

Lo que sospechó, tras varios encuentros similares, fue que ella debía de ser la amante de un hombre mayor y rico. Se había cansado de ser una flor en un jarrón y en David buscaba, con cierta impudicia, a alguien más atractivo, de una edad similar, que no buscara casarse. A David todo esto le parecía razonable y merecedor de su tiempo.

Finalmente, ella le dijo que le gustaría ver su casa. Él estaba convencido de que aquella noche consumarían su aventura. Una circunstancia afortunada, ya que en vez de seguir alojándose en aquella piojosa pensión, había pasado la última semana cuidando de la casa de un amigo mientras éste y su esposa viajaban a Santa Fe.

Los naranjos y limoneros del jardín, los aguacates y las palmeras cargadas de dátiles... todo esto le mostró David, a la luz de la luna, como si fuera de su propiedad. Justine no pareció particularmente impresionada, y a David se le ocurrió de repente, debido a su acento, que debía tratarse de una condesa, exiliada de Francia a la Martinica, que de algún modo había acabado allí. Una pasión adúltera la había deshonrado. Eso explicaría su aire melancólico. A lo mejor tomaba opio para ahogar sus penas, ¡para olvidar! Aquella mujer caída en desgracia que acababa de conjurar le resultaba tremendamente excitante. Tan pronto como entraron en la casa intentó besar a Justine, sólo para averiguar que su pasión... se arremolinaba a su alrededor, era como si estuviera cayendo desde una gran altura a pesar de tener conciencia de estar derecho y de pie. Fue un dolor dulce, un dolor tan dulce... con los afilados colmillos hundiéndose cada vez más en lo que le parecía una enorme y oscura herida abierta. No lo entendía, y soñó, se vio a sí mismo de pie sobre las almenas de un castillo, en invierno, en Rusia o en algún otro sitio más extraño aún. Por abajo corría un río, cubierto por una delgada capa de hielo. El ambiente estaba frío y cargado, había nieve, y David se encontraba quizá a cincuenta metros sobre el agua, pensando *cuándo* (no si hacerlo o no, sino cuándo) lanzarse al río, con los pies por delante, para romper el hielo como si fuera cristal, despedazando esquirlas de azul y plata y oro, púrpura y gris. El aire estaba en silencio, con una inmovilidad ultraterrena.

Si las chicas de la limpieza hubieran llegado como de costumbre a la mañana siguiente, habrían encontrado el cadáver de David, pero habían salido de la ciudad porque su madre había caído enferma. Se lo habían explicado a David, pero su español no era tan bueno como él afirmaba, por lo que se había limitado a asentir sin comprender y no había contratado a nadie para sustituirlas. El Coronel Bascombe asumió que estaría borracho o que tenía un lío de faldas. David le había dado a Bascombe la impresión de ser uno de esos. De modo que el cadáver permaneció sin descubrir durante tres días y tres noches. Cuando se despertó, gradualmente, ignoraba en qué se había convertido. No conocía la palabra. Sin embargo todo era distinto. El nuevo vampiro se veía asolado por dolorosos apetitos: no dejaba de vomitar, pero nada salía de su interior. Luego miró por la ventana y pudo ver con gran claridad en la noche, a mucha distancia y percibiendo numerosos detalles hasta entonces invisibles para él.

Cuando Justine entró, fue como si estuviera salvado, se había sentido perdido y abandonado y ahora todo tendría sentido. Ella le ayudaría, juntos encontrarían una manera.

—Llego demasiado tarde —dijo ella, y David vio que llevaba un cuchillo. De algún modo supo de inmediato que su intención había sido matarlo, salvarlo de este tormento, este estado intermedio del alma.

Ahora Justine no quería saber nada de él. Se marchó. David no fue capaz de detenerla y no volvió a verla durante muchos años. Entre tanto, abandonado a su suerte, aprendió a sobrevivir.

Cuando vio a Justine, en un club nocturno, en 1939, se sintió traspasado por el amor. Ella lo reconoció, por supuesto, a pesar de que había cambiado. David le habló. Le dijo: «¿Por qué no salimos, como hacíamos entonces, a mirar las estrellas?»

Justine lo sopesó con la mirada. Fue desolador. David se dio cuenta de que no significaba nada para ella. Ni siquiera sentía la más mínima curiosidad. No pudo hacer otra cosa, en un lugar tan público, salvo verla marchar con su «cita».

En otra ocasión, la vio fugazmente, en los años sesenta, en un turbulento conflicto mafioso, pero no pudo llegar hasta ella. Está seguro de que en ocasiones piensa en él. Está seguro de que aún sigue cerca. La encontrará y se reunirán.

David ha hecho cosas terribles, y ha sufrido el destino accidental de verse confinado durante veinte años. Entró en coma, como si estuviera muerto, deteriorado y reseco, pero sigue vivo. Probablemente habría acabado muriendo de hambre ahí dentro no tardando mucho. La estúpida de Olga. Si sigue con vida, se lo hará pagar.

Pero ahora necesita bañarse en sangre.

## 37

El escritor dice:

—Le agradezco que haya accedido a hablar conmigo. Michael Stein, el amigo de Keith, dice que no sabe qué ha sido de él en este último año, más o menos, pero piensa que si alguien tiene alguna idea, ésa debería de ser usted.

—Ya veo —dice Tamara—. Ahora explíquemelo otra vez. ¿Está usted escribiendo un artículo sobre Renata Spengler o algo por el estilo?

—Tengo un contrato para un libro, por el cual he recibido un sustancioso adelanto. Voy bastante avanzado. Por ejemplo, he conseguido gran cantidad de información gracias a la compañera de habitación de Renata en Siracusa. Pero como podrá imaginarse, es crucial que consiga hablar con Keith.

—En realidad no sé dónde vive, pero da la casualidad de que me lo encontré no hace mucho. Pero no estoy segura de que sea bueno para él volver a hurgar en todo aquello. Prácticamente le arruinó la vida.

—Puedo entenderlo —dice el escritor—. Pero, por otra parte, podría ser beneficioso para él, como una *purga*. Además necesito oír su versión. Gilberto Reyes ha empezado a decir hace poco que no fue un suicidio, que sospecha que Keith la mató tras una de sus discusiones.

—Eso es absurdo y ridículo. Reyes está loco.

—No es que yo le crea, pero considero muy necesario hablar con Keith.

Tamara reflexiona. Está en su consulta, los historiales amontonados, lleva la bata blanca puesta. Mira al escritor y dice:

—Le llamaré y le diré que ha venido a verme. Pero no creo que quiera hablar con usted, así que no se haga muchas ilusiones.

—¿Tiene usted su número? ¿Qué tal si lo llamo yo? A lo mejor podríamos charlar un rato por teléfono.

—No —dice Tamara—. No participaré en ninguna emboscada.

—Disculpe si ha sonado así. Pero ya estoy muy avanzado en el proceso, tengo cantidad de material, y si él no participa me quedará un agujero enorme justo en el centro.

—Se lo diré. Pero de todos modos, ¿por qué se le ha ocurrido escribir un libro sobre Renata?

—Coincidí con ella, en varias ocasiones, y la entrevisté. Cuando falleció fue… trágico. Todos cuantos la conocieron siguen pensando en ella. Se lo mencioné a mi editor y antes de darme cuenta… Creo que va a ser lo mejor que he escrito nunca.

—Se lo diré a Keith. Discúlpeme, pero trabajo con tantos nombres que…

—Eric Zimmerman.

A Tamara no le gusta y él puede percibirlo. Un tipo de treinta y seis años, exitoso sin llegar a ser célebre, interesado en lo que sea que se ponga de moda, siempre escuchando música nueva, y que además es un relativo experto en asesinos en serie y crímenes extraños. Puede que este libro le proporcione una opción cinematográfica, de modo que nada le va a impedir encontrar a ese guitarrista acabado. Nada. Lo que haga falta. El Señor sabe que tiene sus métodos.

Uno de los motivos por los que a Tamara no le gusta es porque se ha dejado las gafas de sol puestas dentro del hospital, algo que le ha parecido particularmente afectado y vanidoso.

## 38

Esta tarde le toca a Michelle usar la furgoneta. Ha dejado a Jason en la tienda de discos y ahora ha venido hasta aquí. Llama al timbre. Es curioso. No había pensado venir aquí necesariamente para echar un polvo, pero ahora que ve aparecer a Keith nota una calidez en su interior y de repente le apetece mucho.

—Abre, anda —dice.

—No —responde él—. Hoy no quiero verte.

Desconcertada, necesita un momento antes de ser capaz de responder:

—¿Por qué no?

—No creo que sea buena idea. Si te sigue apeteciendo, quizá puedas volver en otro momento.

—Gilipollas —dice Michelle mientras él regresa por el camino de entrada al interior de la casa. Está muy enfadada con él. Hasta que no ha recorrido varios kilómetros no se le ocurre que quizá Keith piense que puede tratarla así porque le ha prestado dinero. Oh, ahora está furiosa. Conduce hasta la casa de Saint Agatha, escuchando una cinta de Skinny Puppy. El cantante dice: «*tortura*». Es la única palabra que oye, la única palabra que comprende.

Las lágrimas han hecho que se le corra el lápiz de ojos. Intenta arreglarlo, contemplativamente, tomándose su tiempo frente al espejo retrovisor. Luego entra en la casa de Saint Agatha y, como Fred no está, se muestra seductora frente a Tim, el mago del sintetizador y los ritmos programados. Éste le ofrece una calada de su porro. Michelle se bebe una Coca-Cola y Tim le pone algunas cintas sin mezclar del grupo. Ella le escucha charlatanear de esto y de lo de más allá. La atmósfera no es sexual, ahora no. La música, en su estado inacabado, le resulta más interesante que el acabado maquillado. El chunda-chunda robótico es tan intenso que funciona como una droga.

Y cuando llega Fred, su evidente tormento anima a Michelle. Le gusta verlo así.

## 39

Dos jóvenes, desnudas, yacen sobre el suelo, sumidas en un profundo trance, mordiscos recientes en sus gargantas. Sus ojos no muestran nada. Esperan a ser mordidas de nuevo.

La luz que entra en la estancia hace que su carne parezca amarillenta, ocre en las partes más bronceadas. Una de las jóvenes es japonesa. Es de día. David duerme.

Sabrina entra, se arrodilla displicente y empieza a restregar con un cepillo la sangre del suelo. También ella está en una especie de trance, pero al menos puede pensar. Con lentitud. Le cuesta esfuerzo. No es capaz de formar ninguna idea que vaya en contra de la voluntad recién impuesta de David. Es como si hubiera tomado un potente tranquilizante o una droga antipsicótica. Entumecida, sí, pero no un entumecimiento agradable ni tranquilizador.

Se pasa una hora frotando y luego para. No se percata de las grandes manchas que ha pasado por alto. Se levanta y empieza a recoger la ropa de las chicas, tirada en el suelo en un montón. No se le ocurre buscar dinero en sus carteras, ni siente la más mínima curiosidad por mirar sus carnés para averiguar sus nombres. La japonesa dice algo, pero Sabrina no la escucha ni intenta entenderla. Debe quemar la ropa. Y después pasar un par de horas poniéndose presentable, preparándose para David y para la noche.

Los miembros del servicio y los jardineros han sido despedidos. Aún no han contratado nuevos sirvientes. David quiere organizar obras teatrales, espectáculos privados, como los que produjo en esta casa en el pasado. Al parecer, lleva bastante tiempo ejerciendo su influencia sobre este lugar.

Chase se las está apañando mejor que ella, a pesar de que David le ladra sus órdenes con más desprecio. Chase es capaz de comportarse de una manera más o menos normal, al menos por teléfono. Está dispuesto a recibir con brazos abiertos lo que trae consigo David, tal y como él lo entiende o ha escogido verlo. David trae la vida eterna. Sólo hace falta organizar las cosas apropiadamente y Chase no tendrá que morir.

El hechizo o el veneno inyectado afecta a Sabrina de una manera distinta. Al principio le provocó grandes náuseas. Eso es porque se resiste, le dice Chase. ¿Por qué no dejarse llevar? David nos hará como él. No tendremos que morir. Sabrina siempre ha temido envejecer, ha odiado el concepto, pero no sabe si teme a la muerte en sí misma. Quizá sí lo haga. No lo sabe.

David ha tenido relaciones sexuales con ella, cuando se ha sentido estimulado, ahíto de sangre. David tiene una especie de orgasmo interior, interno, sin eyaculación. Hace que todo el mundo se desnude tan pronto como entran, eso seguro.

Los primeros días necesitó una gran cantidad de sangre. Su piel necesitaba empaparse en ella. Se lavaba el rostro con ella. Cuando ya no le son de más utilidad, las víctimas —él las llama sus «hijos»— son decapitadas. Hay una espada de oficial confederado, finamente equilibrada, entre los accesorios teatrales acumulados en la estancia secreta. Es lo que utiliza David. Hace que se arrodillen y se enfada si no consigue separar la cabeza del cuerpo de un solo tajo. En uno de estos casos, se dedicó a asestarle salvajes mandobles durante un buen rato. Al tipo le quedaba tan poca sangre que las nuevas laceraciones apenas sangraron. Las tiras de piel se desgajaban. Los cortes sólo desprendían fluidos claros.

David recoge algunas de las cabezas y habla con ellas, acariciándoles el pelo, dirigiéndose a ellas con cariño, en una ocasión incluso con lágrimas en la voz.

—Mira qué bella es —le dijo a Sabrina—. Creo que es a la que más quiero.

Sabrina observó los ojos vacíos de la joven hispana y se mostró de acuerdo.

—Tienes razón. Es la mejor que has tenido hasta ahora.

Chase ha salido a comprar un barco. Luego, por la noche, las cabezas y los cuerpos, envueltos en plástico negro, podrán ser llevados a bordo. Después les pondrán un lastre y los echarán al mar. Sin rastro. Los tiburones tendrán algo que llevarse a la boca. Asesinos. Nadan.

El ritmo ha decaído en los últimos días. David ha recuperado todo su vigor. Parece más joven, mejor. Deja caer insinuaciones que dan a entender que es terriblemente viejo, que ya vivía cuando los romanos echaban cristianos a los leones frente a multitudes sedientas de sangre.

—Soy capaz de recordar cosas que sucedieron hace mucho... Las veo con tanta claridad como si fueran una película. Eso es lo que veo, esas escenas, durante todo el día mientras descanso.

## 40

La estancia secreta fue construida en los años veinte para William Howard Sturdevant, como escondrijo para su licor de contrabando. Tenía intención de vender whisky canadiense, pero sus planes no llegaron a nada. No merecía la pena. La competición con los gángsters era demasiado salvaje.

A pesar de que David entró en la casa en 1938 aproximadamente, y tuvo en ella varios discípulos, no conoció la existencia de la estancia secreta hasta 1966, cuando regresó para mudarse definitivamente. Durante varios años, pocas cosas cambiaron. La ciudad estaba más llena que nunca de hombres y mujeres jóvenes fugados de sus casas, y tras haberse librado del pianista, Antón Roubatieff, jugueteó con madre e hija, obligándolas a realizar actos la una con la otra para su entretenimiento. Al cabo de un tiempo acabó por convertir a Caroline Severance en una vampira, y juntos organizaron obras de medianoche o «happenings», espectáculos para los que se sirvieron de jóvenes hippies que Olga reclutaba dándoles ácido, operando bajo el hechizo más ligero de David.

Algunos de aquellos hippies acabaron sintiendo una profunda reverencia por David, algo que le producía satisfacción. Sus poderes hipnóticos, sin mordisco de por medio, eran bastante intensos. Provocaban visiones que resultaban una gran revelación para él tanto como para los demás.

Pero se volvió descuidado. Puede que no le inyectara a Olga el suero con la constancia adecuada o que no le prestara la suficiente atención. Su influencia fue menguando. Había demasiadas distracciones, misas negras, por ejemplo, y permitía la entrada de demasiados desconocidos. Caroline Severance mató a un muchacho del que Olga creía estar enamorada, y un par de días más tarde Olga y algunos de los hippies expusieron a Caroline al sol, quemándola espantosamente hasta la muerte. David quedó encadenado en el interior de su caja oblonga.

Olga llevaba algún tiempo consumiendo demasiado ácido, además de pasarse el día fumando marihuana constantemente, como para poder explicarse ante las autoridades. Eso parece evidente. Esté donde esté ahora, ¿creerá realmente en lo sucedido o le habrán borrado el cerebro con electroshocks, clordiazepóxido y trifluoperazina? ¿Dónde estará ahora?

Chase, siempre cumplidor, ha contratado a un detective para que intente rastrearla. Si no se encuentra en algún lugar cercano, seguirá a salvo. De otro modo, ya veremos. Quizá David pueda perdonarla, a pesar de todo, como un Cristo.

Chase habla con Sabrina como si estuviera próximo a dominar todos los sistemas filosóficos, como si vivir durante cien años trajera consigo la sabiduría total, como si su destino fuera ser un Buda viviente, un profeta, nutrido por la sangre de sus congéneres. Como si, con el tiempo, como uno de los muertos vivientes, pudiera trascender su cuerpo, su carne, su forma misma. Se convertirá en Dios. Lo único que necesita es más tiempo. Tiempo ilimitado.

David ha salido varias noches a dar una vuelta en coche, explorando, comprobando cómo vive la gente en esta época. La televisión sólo puede enseñarte hasta cierto punto. Le resulta interesante espiar sin ser visto, incluso cuando no hay presas adecuadas a su alcance. Siente curiosidad. Desde las sombras, observa a la gente vivir, charlar, discutir, salir, desnudarse, acostarse, y no siente el menor deseo de interferir, sólo quiere desaparecer por completo. Ser menos que una mosca. Una mancha. En tales momentos pierde la voluntad y languidece, prácticamente incapaz de obligarse a ocultarse de la luz ante la llegada del alba. Llegando jadeante hasta su caja tras haber demorado intencionadamente su refugio hasta el último instante, provocando el riesgo de arder.

David se pregunta cómo es capaz de soportarlo Justine, cómo lo logra, en qué piensa durante la noche vacía, completamente vacía e interminable. ¿Dónde está? David sabe que en algún lugar no demasiado lejano.

Una enorme tristeza se posa sobre su cripta, como una luna gigante hecha de plomo. Durante todo el día observa sin parpadear el rostro ciego de esta luna de plomo.

## 41

—¿Recuerdas cómo me conociste? —pregunta Justine.

—Claro. Me preguntaste si tenía fuego y cuando empezaste a fumar me fijé en que no inhalabas el humo. Esperabas a que yo hiciera algo y entonces te ofreciste a invitarme a una copa.

—Y tú dijiste que de acuerdo, pero que habías quedado con alguien en tu piso en quince minutos. Luego me miraste a los ojos y me dijiste: «¿Quieres venir conmigo? No tardaré mucho». Y yo dije vale, y entonces... me avisaste de que ibas a comprar droga, por si eso me molestaba.

—Y tú sonreíste —prosigue Keith—, y dijiste que no con la cabeza.

Justine vuelve a sonreír ahora, una sonrisa seráfica que toma forma poco a poco. Están viendo una película de vampiros en la televisión nocturna. Keith la rodea con el brazo, ella tiene la cabeza apoyada en su hombro, alzando la mirada de vez en cuando para verle el rostro.

Un hombre y su hija visitan el castillo del Conde. El hombre es un filósofo, un científico, un estudioso, y charla con el Conde frente al rugiente fuego de la chimenea. Parece comprender lo que es el Conde, pero a la vez está convencido de que no sufrirá daño alguno. Los visitantes son sagrados. Pero se equivoca. Los criados entran en su cuarto en las primeras horas del día y lo asesinan con un hacha. Después arrojan su cadáver a un lago cercano, azul y profundo.

La hija, que parece tener unos dieciséis años, está ahora

desnuda sobre la cama. Está muerta. El Conde se vuelve hacia la cámara, jadeando. El blanco de sus ojos es ahora rojo.

Durante la pausa para los anuncios, Justine dice:

—Intenté renunciar a ello. Pensé que podía obligarme a morir de hambre. De esa manera, evitaría más pecados mortales. Me quedé en mi cueva y cada noche era un tormento, el dolor y el hambre eran espantosos, no podía soportarlo. Me decía a mí misma, sólo una noche más. Estaba demasiado débil.

Keith la besa en la frente, como absolviéndola. Ella sigue:

—Aguanté cuarenta y nueve días. Luego, una noche, estaba lloviendo y encontré a dos soldados, durmiendo junto a una hoguera cerca de la entrada. Así que los mordí a los dos. Los maté. En otra ocasión, intenté quedarme a la luz del alba, pero dolía demasiado. No fui capaz de esperar a que llegara el auténtico amanecer.

La película está doblada, presumiblemente del alemán. Resulta evidente que gran parte de la misma ha sido rodada en un castillo real e imponente. El hijo llega en busca de su padre y de su hermana, y descubre que los agentes de la autoridad local, la policía del siglo XIX, están al servicio del Conde. El mejor amigo del hijo es atacado con un hacha y pierde el brazo a la altura del hombro. Es una película violenta. La hermana, Natasha, reaparece convertida en vampira. Su hermano intenta hablar con ella. Incestuosamente seductora, Natasha se muestra encantadora, pero luego rompe el hechizo y desnuda los colmillos. El hermano le clava una estaca en el corazón.

Justine observa con atención. El criado malvado que blandía el hacha muere acuchillado unas veinte veces, escupiendo sangre por la boca. Cada incisión, una tras otra, queda marcada por un sonoro *clang*.

El Conde, por supuesto, tampoco escapará de esta. Ensartado en una estaca gigante, acaba sus días retorciéndose, con la punta asomándole del pecho a la altura del corazón. Luego se deshace gradualmente, merced a unos efectos especiales pasados de moda, hasta que sólo queda un esqueleto de ojos rojos y mandíbula descolgada. Finalmente, también los huesos se disuelven en una polvareda azulada.

La última escena es un plano de la hermana, muerta, en paz consigo misma, con una guirnalda de ajos alrededor del cuello. Su ataúd queda cerrado, asegurado con clavos e introducido en una tumba. La tierra cae sobre el agujero, cubriendo rojos pétalos de rosa. Entonces vemos al hermano, de luto, y a su amigo, el que perdió el brazo. La música sigue siendo ominosa mientras aparecen los créditos.

—Qué triste —dice Justine—. Ludvig amaba a su hermana. Me da la impresión de que era su único amor verdadero. Nunca volverá a ser feliz.

—No —dice Keith. Los dos están de acuerdo.

—¿Qué tal si invitas a Tamara a que nos haga una visita? —dice Justine al cabo de un rato. La doctora ha llamado antes, a eso de las nueve. Keith le ha contado a Justine lo del tal Eric Zimmerman y que Tamara quiere ver con sus propios ojos dónde vive ahora. Justine, en ese momento, se ha limitado a encogerse de hombros, diciendo: «No le voy a hacer nada más. Ya ha pasado demasiado tiempo... No me queda ningún poder sobre ella».

Ahora, cuando repite su idea, la de invitarla a que los visite, Keith decide, ¿por qué no? Si Justine tuviera motivos ulteriores, bien podría averiguar cuáles son. Pero en realidad no cree que vaya a morder otra vez a la doctora Rothschild. Más bien tiene la impresión de que a Justine le gustaría jugar a ser «normal» por una noche.

Hoy Keith ha tenido un sueño. Ahora se lo cuenta a Justine. Tenía una cita en un edificio de oficinas, y cuando ha entrado ha visto a todo el mundo que fue al instituto con él. Todos trabajando aquí, en estas oficinas, en el Gobierno, burócratas o algo parecido. Funcionarios. La mayoría de ellos parecían felices, frente a sus escritorios o yendo de aquí para allá. Keith ha recorrido un largo pasillo, ha girado a la izquierda y luego ha regresado hacia la puerta de entrada, unas puertas de cristal frente a una oscuridad interminable. Ha visto rostros en los que no había pensado desde hacía años. Rostros que recordaba perfectamente. Pero mientras caminaba entre ellos ha llegado a la conclusión de que era invisible. O en cualquier caso que nadie era capaz de verle. Ha visto a Craig Enloe riendo con Melissa Kent. Ha experimentado una gran angustia, y nostalgia, al darse cuenta de que ha dejado de ser alguien que pueda existir en su mundo.

—Ven aquí —le dice Justine, y Keith regresa al sofá, donde ella lo abraza. Tiene el rostro iluminado cuando, tras haberla besado, le entra el repentino impulso de morderla en el cuello, con bastante fuerza.

»Hazlo otra vez —dice Justine. En vez de eso, Keith desliza hacia abajo uno de los tirantes de su sujetador de encaje blanco y le muerde en el pecho desnudo.

»Más fuerte —dice ella. Esta nueva sensación es una revelación. Keith le muerde el pezón izquierdo. Con fuerza. A ella le gusta. La expresión seráfica se funde en algo más carnal; su boca está abierta y ella gime.

¿Cómo ha podido saber él que esto funcionaría, morderla de este modo? El rostro de Justine se disuelve. Él tiene suficiente sentido común como para no seguir mordiéndola. No, pero esa astucia, o burla, ha cumplido el propósito de ganarse la atención de su cuerpo, y de su interior emana algo cálido, radiante.

## 42

Justine cuida mucho su apariencia, su maquillaje y sus ropas. En años recientes ha pasado a encontrar un creciente placer en el hecho de tener ropa nueva. Teniendo dinero, hay tiendas que abren en exclusiva para ti a medianoche. Todo es posible con dinero. Antes de heredar «legalmente» una fortuna de Max Durand, Justine recurría a robar ocasionalmente cuando se quedaba sin fondos, poniendo a quien fuera bajo su hechizo de modo que se mostrase encantado de entrar en el banco y salir de vuelta con un puñado en efectivo.

Frente al espejo, le asalta un mal recuerdo; Justine agarra con fuerza el collar de perlas que estaba a punto de ponerse. En todas las épocas, una mujer sola, caminando sin rumbo en la noche, es un posible objetivo para criminales o pervertidos, violadores y asesinos. Normalmente, Justine está bien protegida; en varias ocasiones se ha encargado de semejantes atacantes sin demasiados problemas. En una ocasión, sin embargo, una pandilla de vaqueros borrachos la rodeó, y ella estaba en semejante inferioridad numérica que le pareció una estupidez mostrar los colmillos. Entre todos la redujeron y varios de ellos la violaron; después, sintiendo la necesidad de partir antes del amanecer, como forajidos a la fuga que eran, le asestaron diez o doce puñaladas y la dejaron por muerta. Esto sucedió quizá en 1883 o algo por el estilo. 1892. La colgaron, con su vestido desgarrado, de las ramas de un árbol.

Justine tiene ahora aspecto como de haberse vuelto de piedra. Se balancea ligeramente, de lado a lado, y se atreve a mirarse de nuevo, y empieza a cepillarse el pelo con decisión. Puede ver a Keith, reflejado en el espejo. Está leyendo una revista. Suena música, guitarras.

Justine es consciente, como a una gran distancia, de sentir un gran placer con él, y a la vez un gran temor. Keith le parece un portento no sólo por su atractivo físico, sino por su gracia, apreciable en todos sus movimientos, estropeada únicamente por el trágico detalle de las manos destrozadas.

Aun así, no son las cualidades físicas que ve en él las que despiertan sus pasiones; es el lado espiritual, su alma. La ha derretido, peligrosamente. A Justine le asusta lo que está pasando, le da miedo que pueda acabar muy mal para ambos.

Para llegar a una situación en la que a él le resultara indiferente la vida y pudiera considerar aceptable pasar algún tiempo con ella, acompañarla en sus rondas, antes debía haber muerto ya en parte. Un gran desastre le había afligido que lo había dejado indiferente ante la vida y la muerte.

Justine se acerca a él.

—Cuando morí —dice—, no sé lo que me ocurrió, pero fue terrible. O bien mi alma me abandonó y he existido todo este tiempo como un ser desalmado, lo cual explica por qué puedo soportar las cosas que hago, o bien mi alma sigue en mi interior, en algún rincón, oculta, encogida, doblemente maldita. No creo que siga teniendo alma. Eso es lo que me hace tan horrible.

—Yo siento un alma en tu interior —dice Keith, enternecido por su desaliento—. Está ahí dentro. Ni siquiera te preocuparías por ella si de verdad hubiera desaparecido. La noto en tu interior.

—¿Estás seguro? Entonces estoy condenada.

—No puedes saberlo. Lo que has hecho era necesario para tu supervivencia. ¿Acaso has asesinado caprichosamente a niños o has envenenado las aguas o has extendido la plaga? ¿Eh?

—No —dice ella, pero no está convencida. La melancolía se apodera de ella mientras recuerda algunos de sus actos. Justine se agarra a Keith e intenta pensar, comprender. Él es todo lo que ella tiene, y sabe que si se queda junto a él acabará siendo su ruina, su mal acabará infectándolo. Pero quizá haya llegado a su vida con un propósito. Quizá su encuentro pueda salvarles a ambos de algún modo. Esto a Justine le parece del todo imposible, ya que está convencida de que su unión es fruto de la más neutral casualidad; por lo tanto deberán extraer todo lo que puedan del aquí y ahora carnal. Le da miedo intentar imaginar nada más.

## 43

Todo lo que Keith ha hecho hasta ahora en relación a Justine lo ha hecho porque le ha salido de manera natural, le ha parecido lo correcto. Ocasionalmente se ha detenido a examinar su conducta hasta el punto de que en este momento es capaz de pensar racionalmente y todo parece tener sentido, teniendo en cuenta las circunstancias irreales que han pasado a formar parte de su vida. La atracción sexual hacia Justine ha llegado lentamente, a pesar de que desde el primer momento sintió curiosidad por ella en este aspecto. Desprende cierta lascivia casi inconsciente a la que él no desea responder. La ha visto ejercer su poder sobre otros con tanta facilidad, poniéndolos bajo su hechizo, que Keith, desde el principio, ha querido diferenciarse de todos *los demás*, incluso si eso implica mantener para siempre las distancias, acallando sus impulsos para ponerse a la altura de la nitrógena frialdad de ella. Puede hacerlo. Pero el caso es que se llevan bien, y el mismo hecho de no *querer* algo de ella les ha ayudado a intimar a medida que ha ido transcurriendo el tiempo.

Si él la ha tocado, ha sido en cierto modo para ponerse a prueba, así como para ponerla a prueba a ella. Necesitaba tocarla para mantener la fe en su corporeidad, para *encontrarla*... Más allá de esto, Keith no es capaz de seguir argumentando.

Cuando Justine dice que se pregunta si sigue teniendo alma o no, Keith siente una gran emoción henchirse en su interior, al mismo tiempo que se le ocurre que se trata de una pregunta falsa, que ella quiere oírselo decir, pero que por debajo, en el fondo, puede que crea realmente estar condenada, condenada literalmente, pero él está tan convencido de experimentar la luz de su alma que no puede creer sinceramente que ella piense de verdad estar desalmada.

No se trata de una pregunta moderna, esta consideración del alma. Keith deja de lado en un *instante* la nerviosa irreverencia con la que uno podría bromear ordinariamente acerca de un concepto tan ignoto y metafísico, para encontrar en su interior una intranquila pero inquebrantable reverencia que puede conectar con Justine como un tentáculo pegajoso, para responder a su necesidad.

Keith la ama o ama la parte de ella que puede reconocer, y es capaz de soportar la otra, puede exponerse a ella y colaborar con ella, incluso a pesar de que hacerlo equivale a jugar al que te pillo con la muerte. Se perdona a sí mismo por esta mórbida bravata, si es que acaso es eso. Lo que le interesa de Justine es precisamente aquello que está vivo, lo que es vulnerable, alcanzable, aquello junto a lo que puede estar como otro ser humano, un alma perdida, quizá, un pequeño parpadeo de luz que no quiere estar solo para siempre. Todo el elemento fantástico que los rodea (el que ella sea una vampira, que en una ocasión estuviera muerta y que lleve viva tanto tiempo) es algo con lo que intenta no obsesionarse o al menos pensar en ello lo mínimo y sólo cuando es necesario, noche a noche.

La vida es esencialmente misteriosa, y Keith parece haberlo aceptado. Cuando él y Justine follan, la alquimia de su unión crea un nuevo mundo oscuro completamente distinto a todo lo que cualquier otro pueda haber conocido, un mundo como una jungla hipnótica que nunca ha visto el sol, una jungla de enormes frutos pulposos de metal fundido y flores de acero goteante, insectos ciegos que llenan la noche y luego se alejan volando para siempre, animales que copulan sobre pegajosos árboles en forma de joya, penes sangrantes que se retuercen como serpientes alrededor de los tendones y las ramas óseas en dirección hacia las negriazules lagunas de líquido brillante, descendiendo al laberinto vivo que uno nunca se cansa de explorar, topando con relucientes y convulsas paredes y saliendo a canales que revientan en color allí donde no puede haber color, donde todo es negro, húmedo y resbaladizo, fragmentos de espejo que se unen y se desunen, se unen y se desunen en estancias iluminadas por la luna.

## 44

Chase habla con un grupo de chavales bajo un sol blanco y abrasador de ciencia ficción, junto a una verja de alambre de espino con un gran agujero, tras el cual sólo se ve tierra reseca y cristales rotos.

—Estamos rodando un documental sobre la vida de los adolescentes en la calle. Ocupas. Ese tipo de cosas. Os pagaremos cien dólares a cada uno.

—¿A cambio de qué, tío?

—Por la entrevista inicial. Luego, dependerá del director, de cuánto juego deis. Si es que dais alguno. Pero los cien dólares son vuestros, a menos que os comportéis como unos capullos.

Hay cinco, todos vestidos con harapos casi estilosos. A Chase le gustan, a su nueva manera. Los ve como peones. Siempre ha tenido tendencia a la manipulación, y ha sido lo suficientemente astuto como para salirse habitualmente con la suya. Se halla bajo el hechizo de David, cierto, pero también quiere el trato, está decidido a cooperar con toda su voluntad. Hace un par de años sufrió un episodio cardíaco, una extraña arritmia. Lo tuvieron bajo vigilancia en una unidad de cuidados coronarios. Odió su sentimiento de indefensión, indefensión y un miedo terrible. Si hubiera fallecido entonces, habría muerto como un borrego, como hacen la mayoría de los hombres, débil e ignorante. Esta extraordinaria y fantástica oportunidad... pues claro que se agarrará a ella como a un clavo ardiendo. Conocer a David es como tener la oportunidad de conocer a Dios. A Dios o al Diablo, pero a un ser sobrenatural capaz de conceder dones sobrenaturales.

Sabrina, por el contrario, parece poseer un fervor vital insuficiente. Chase piensa que tendrá que cuidar de sí misma. Si demuestra estar preparada para acompañarle, la querrá junto a él, atesorará su compañía, pero si no, está preparado para mostrarse inflexible, para soltar lastre en caso de ser necesario. Después de todo, es su tercera esposa. Sin lugar a dudas se casó con él convencida de que iba a sobrevivirle y a heredar, y eso le habría parecido bien. Bueno, quizá ahora será Chase el que sobreviva, si bien en otro plano de existencia, gracias a una solución extraordinaria.

Por la noche, Chase y David van a la casa ocupada. Es un edificio residencial abandonado, parcialmente quemado y clausurado con tablas desde hace varios años. Por la tarde había cinco chavales. Ahora son siete. Uno de los nuevos, un chico que lleva una gorra de béisbol de lado, insiste en recibir el dinero por adelantado.

—Para mí que sois maricones.

—Primero las entrevistas —dice David.

No hay electricidad, ni agua. La habitación de las entrevistas tiene velas y una linterna de pilas.

—¿Cómo te llamas? —pregunta David.

—Flip. Para vosotros, Fliper.

David ríe, establece contacto ocular. Hipnotiza al muchacho. Cada vez que entra otro, lo hace ponerse en fila india. Los últimos dos, Ruby y Mark, quedan en trance, pero los envía a sentarse a la otra habitación.

—Desnudaos —les dice David a los cinco adolescentes en fila—. Quitáoslo todo.

Chase, sin que nadie se lo pida, recoge las ropas del suelo y las amontona en un rincón, malolientes, húmedas de sudor.

David chupa del cuello de una chica gorda, luego le saca algo más a Flip. A Chase le da la impresión de que el momento se prolonga durante largo tiempo. Chase aguarda, intranquilo.

Cuando David termina de succionar a Flip, se vuelve hacia Chase con una expresión muy extraña en el rostro. Parece como si no supiera dónde está. Se tambalea, luego vuelve a dirigir su atención hacia los chicos de la fila. En la mano lleva un cuchillo. Los chicos ven el cuchillo, que destella reflejando la exigua luz dorada. Permanecen dóciles, casi con medias sonrisas. David se tapa las orejas con las manos, como si quisiera protegerse de un enorme estrépito, con la boca abierta, los ojos cerrados. Luego recupera la compostura y empieza a cortar gargantas, desde detrás de cada figura, cuchilladas sonrientes de oreja a oreja, sosteniéndoles la cabeza del pelo si el cuerpo se derrumba demasiado deprisa, demasiado pesado e inerte.

Chase observa desde la puerta, no demasiado repugnado, sin reconocer la emoción que le inunda como si fuera tinta.

Uno de los chavales gime, otro jadea. Una especie de silbido marca el final de cada última exhalación. Resultan interesantes las posturas en las que han caído. David duda, desplazando un tobillo con su zapato. Le asesta un tajo al rostro de uno de los chicos. Poniéndose de cuclillas, castra a Flip y coloca el producto de su operación en la boca de la chica gorda. Le saca los ojos a una rubia y los deposita en el hueco en el que antes solían estar el pene y los testículos de Flip, sobre la herida roja y abierta, que se asemeja a un coño. Se limpia las manos y el cuchillo con una camiseta que ha cogido del montón.

Salen del edificio, llevándose consigo a Ruby y a Mark, que parecen ignorar lo que les ha sucedido a sus amigos. Un pequeño riachuelo de sangre estaba empezando a fluir desde el interior de la habitación de la matanza; al parecer el suelo no está a nivel, debido a un terremoto o a una mala construcción. El riachuelo se estaba dirigiendo lentamente hacia la escalera.

Chase consigue contener cualquier tipo de juicio a la conducta de David. No está preparado para pensar nada malo sobre la manifestación de la Muerte. Las reglas han cambiado.

Ligeramente manchado de sangre, David se acomoda en el asiento trasero junto a Ruby, sobándola mientras el callado y delgaducho Mark se sienta delante.

—Qué guapa eres —murmura David, besando a Ruby en la frente. No es que sea particularmente atractiva. Lleva un aro en la nariz y la letra S tatuada sobre el hombro izquierdo. Pelo castaño con mechas verdes y rosas.

Ruby deja escapar un prolongado suspiro, refugiando la cabeza en el pecho de David, mientras éste la abraza.

—Siento latir tu corazón —dice él—. Eres un encanto.

La besa en la mejilla y sigue abrazándola durante todo el trayecto de regreso a casa.

A pesar de lo que le dice su cerebro, Chase experimenta algunas dificultades para conducir. Le tiemblan tanto las piernas que no le resulta fácil pisar el acelerador, y su pie parece empeñado en aplastar el freno. No sabe si David se percata de ello.

## 45

Ha sido la sangre de Flip. Tan pronto como los caninos de David han entrado en contacto con ella, todo ha cambiado radicalmente, universos de colores y llameantes átomos microscópicos arremolinándose en nebulosas irregulares matemáticamente predefinidas, átomos que podrían ser planetas o las constelaciones interiores de toda la realidad, de todos los cuerpos, de toda la materia, de estas paredes de cartón yeso barato y de esta carne, el vapor de agua suspendido y mezclado con agentes químicos en este aire desolado, las hamburguesas y tacos en el aliento de estos adolescentes… David acaba de experimentar un repentino subidón de ácido. Flip iba colocado. David ha sabido de lo que se trataba gracias a Olga en 1969.

La sangre de la chica gorda ingerida anteriormente ha diluido en parte el efecto, pero aun así David está decidido a experimentarlo hasta el final, a dejarse llevar por él y ver hasta dónde llega. Antes de morder a Flip, había estado sufriendo un terrible dolor de cabeza provocado por la cantidad de energía necesaria para ejercer semejante nivel de control. Sus poderes hipnóticos no son infinitos, se había excedido en su uso. La suerte es que, tanta gente, una vez en trance, deja de resistirse, y nunca vuelve a hacerlo de nuevo, incluso a pesar de que el hechizo pueda debilitarse y desaparecer.

Todos estos paisajes flotantes, puntos negros sobre montañas de cráneos. El desagradable y chillón zumbido de la misma nota primitiva e infantil repetida una y otra vez, vidas planas en pantallas de televisor de cemento pegajoso y el pene, el pene una y otra vez en la boca, los otros agujeros, el cuello. En el asiento trasero del coche, ve todos los edificios en llamas, fuegos de color cereza bajo la noche eléctrica y artificial. Cuerpos muertos que gimen a un lado de la carretera, arrastrándose, esqueletos negros y requemados, como si hubieran sido quemados con aceite.

Este pecho pertenece a una niña de trece años. No, es una vieja bruja. El resto de su cuerpo se está desmoronando, rojo y púrpura al pudrirse. Exteriormente, David mantiene la calma. Era actor. Lo más fácil del mundo para un actor es mostrar un rostro imperturbable.

Lo único que puede recordar de la luz del sol son algunas escenas de antiguas películas mudas, sobreexpuestas. Blanco y negro, pero en realidad gris. Blanco como si la tierra estuviera colisionando con el sol.

Aquella noche, aquella noche. David cree que tenía una erección cuando murió. Justine se le acercó mucho, y era tan oscura como si estuviera hecha de la misma oscuridad. Expiró, inspiró. Justine, en un vestido blanco frente a un cielo tormentoso, fugaz, nubes oscuras aceleradas a cámara rápida frente a un cielo rojo anaranjado.

La montaña de cráneos. Intenta escalar la montaña de azul grisáceo y marfil, en ocasiones calaveras ensangrentadas. Lleva puesto un traje negro, escalando los cráneos lo mejor que puede, resbalando, haciéndose daño en las manos, jadeando; los cráneos caen bajo sus pies. No importa cuánto tiempo siga escalando, sigue sin poder ver la cresta de la montaña. Algunos de los rostros le resultan familiares. Los pisotea, triunfal, alcanzando un jardín estéril con un cielo negro y una luna blanca. El cielo desciende de tal manera que David puede alzar los brazos y tocarlo si quiere. No es suficiente.

Sale del coche y se dirige hacia la casa, rodeando con el brazo los hombros de Ruby. Luego le pone la mano entre los omoplatos y la empuja hacia el interior.

## 46

Lo que hace Keith a menudo es salir a dar una vuelta con el coche, con la música a todo volumen. Se para en algún sitio en el que pueda comer en el coche, sentarse afuera a comer o llevar algo a casa. Estas expediciones le ocupan una o dos horas, a veces más, dependiendo de lo lejos que llegue.

A Justine le gusta acompañarle, después de que anochezca. En cualquier caso, esté ella o no con él, Keith siempre pide dos o tres raciones. Luego vuelve a comer lo mismo al día siguiente, en casa. O vuelve a salir y sus porciones intactas comienzan a acumularse. A Justine le gusta verlo comer. Le gusta sentirse una ciudadana de esta extensión urbana, ligeramente sudorosa, entrando con aplomo, observando al resto de comensales en el local de turno, ya sea restaurante, *cabaña*, bar o grill.

Por lo general Keith prefiere pequeñas unidades contenidas en sí mismas, como los burritos de frijoles negros, las samosas hindúes de verduras o cordero, pizzas individuales, la famosa hamburguesa con patatas que hacen en Jimmy's, medio pollo frito a la jamaicana o shawarma siria de cordero con pepinillos y baba ghanoush. Cuando Justine está con él, le gusta olfatearlo todo, y hasta ahora nunca le ha sentado mal *probar* exquisiteces tales como el helado de mango.

Esta noche van a un hindú para llevar. Keith deja las bolsas blancas en el asiento delantero, a su lado, mientras Justine se sienta en el trasero. Las samosas y las pakoras y el chutney de menta huelen bien incluso con las ventanillas bajadas. Los dos van más o menos elegantemente vestidos. Es viernes. Keith lleva un traje de lino color crema, una camisa color ciruela y guantes negros sobre las manos vendadas. Justine, interpretando un papel en el asiento trasero, lleva un vestido corto color melocotón, pendientes de oro, collar y pulsera también de oro, y medias y zapatos de un tono frambuesa.

Pasan lentamente frente a los chaperos hasta que Justine ve a uno que le gusta. Al abrir la puerta de atrás, su falda se eleva, intencionadamente, para mostrar un muslo pálido y suave. También una liga. El joven rubio lleva una gorra de béisbol puesta del revés. Se siente afortunado. Es posible que no tenga más de catorce años. Alto para su edad, y bronceado.

—¿Cómo te llamas? —pregunta Justine.

—Dree.

El chico sonríe, preguntándose qué es lo que se espera de él. Tiene una erección y Justine la toca ligeramente a través de los vaqueros. Él suspira y sólo hace falta un momento para que la mire a los ojos.

Justine muerde el pliegue del codo. Lo sacan del coche y lo dejan en un callejón, sentado junto a un contenedor, para que duerma durante una o dos horas. Justine se acomoda en el asiento del copiloto y Keith se come una samosa mientras conduce de vuelta a casa.

Tamara y su novio van a venir de visita un poco más tarde. Justine está inquieta y acalorada. Quiere estar junto a Keith. Está excitada. Nada de lo que le haya sucedido en el pasado parece importar tanto como su erotizada relación actual con este hombre.

De vuelta en casa, se dan cuenta de que aún faltan cuarenta

y cinco minutos para que lleguen sus invitados. Este nuevo elemento que comparten, el sexo… ¿Qué otra cosa van a hacer? Ni siquiera tienen que desnudarse del todo. La sangre late negra. Keith la muerde. Su aliento especiado, extático, la muerde en el vulnerable cuello.

A Justine le parece como si su miembro le reordenara la vagina, llevándola en nuevas direcciones, moviendo en su interior lo que sea que quede en ella que pueda corresponderse al vientre de una mujer humana y viva. Justine se siente violentamente conmovida, y sus pasajes secretos agarran y retuercen y contorsionan con tirantez, pero todo conduce hacia tal saturación de paz, una paz líquida, que la succión húmeda de su negrura interior la lleva hasta una dicha inenarrable. Lo que en ella es como un coño aprieta, se convulsiona. No es capaz de abrazar a Keith con toda la fuerza con la que le gustaría hacerlo. Justine quiere *fundirse* literalmente con él, expirar en un charco de resplandeciente sangre de color rubí o lo que sea que quede después de la sangre.

Devotamente, Keith se concentra en aumentar la fricción, sin permitirse sentir miedo ante el intenso dolor que le producen alguno de los espasmos momentáneos de Justine. En ocasiones, siente como si el interior de su cuerpo le estuviera arrastrando del pene, como si se lo estuviera estirando hasta alcanzar una longitud de un metro o como si se lo hubiera biseccionado en dos cabezas, cada una de ellas penetrando en busca de nuevos y separados territorios. El mundo exterior queda completamente arrasado en la onda expansiva de su amor cegador.

Se unen en mutua devoción sobre el suelo del dormitorio de Keith. Cuando han acabado, Justine no quiere que él salga de ella. «Oh, no, *no*», pero él debe retirarse. Poco después, ella lo sigue hasta el baño, donde Keith se lava el pene intentando retirar una sustancia negra, pegajosa, cosquilleante y ardiente. Pero no se va.

—Se seca y luego parece desaparecer mientras duermo.

Justine apoya un pie sobre el asiento del retrete, intentando verse la vulva en el espejo.

—¿Yo también tengo?

—No —responde él, examinando el vestíbulo de sus genitales—. Surge de dentro de ti. Puedo sentirlo, o eso creo al menos, cuando empieza a fluir. Me gusta —añade, y ella se siente complacida. Sus colmillos asoman cuando sonríe.

Suena el timbre del interfono de la puerta principal.

—Oh, no —dice Justine, fingiendo asustarse.

—Yo te protegeré —dice Keith, tomándola entre sus brazos, y ella permite, en broma, que la consuele.

## 47

Como Tamara no puede —no quiere— ocultarle nada a Patrick durante mucho tiempo, le ha contado todo lo referente a la noche que se encontró con Keith y Justine, sin obviar su extraño epílogo y la subsiguiente cita con Keith.

Ahora, más o menos una semana después de haberse enterado, Patrick sigue mostrándose suspicaz y escéptico ante la supuesta buena voluntad de Keith. Cuando éste llamó para invitar a Tamara, ella naturalmente le preguntó si podía ir con Patrick. Keith respondió que sí, por supuesto.

Han estado en una fiesta en Laurel Canyon, de modo que parar aquí les pilla prácticamente de paso en el camino de vuelta a casa.

Es Justine quien les deja entrar y quien les recibe en la puerta. Patrick y Tamara van muy elegantes. Patrick con un blazer azul marino y una camisa de seda negra. Puede que lleve una pizca de gel en el pelo. Gafas de montura fina. Un flipado de la nueva ola. Tamara lleva un vestido añil bastante sensual, escotado, con los brazos desnudos. La melena suelta. Un par de pecas.

Se sientan juntos. Justine trae cuatro copas, una botella de champagne. Es un salón maravilloso en lo que parece ser una casa espectacular.

Keith entra, les saluda y se sienta.

—¿De quién es ese cuadro? —pregunta Patrick señalando la pintura que ocupa la mayor parte de la pared a su derecha, los hexágonos radiales.

—No lo sé —dice Justine—. ¿Te gusta?

—Sí. Parece un Baltasar Cady.

—Fue mi difunto esposo quien lo compró —explica ella—. Hay más, del mismo artista, en algunas de las otras habitaciones. ¿Un brindis?

—Sí —interviene Tamara—. Por la amistad y la verdad.

Entrechocan las copas y beben.

Patrick se siente fascinado por los amantes. Le parece que hacen una pareja estupenda, perfectamente complementada. Los dos son muy atractivos. Deja de lado cualquier otra cuestión para limitarse a absorber la impresión que causan.

Tamara le cuenta a Keith lo del escritor y Keith le da las gracias por no haberle dado su teléfono.

—Ojalá no hubiera nadie empeñado en escribir un libro así —dice—. Supongo que era inevitable, pero es una lástima. Ojalá pudiera impedírselo.

—Estás muy guapa —le dice Justine a Tamara. Justine no parece llevar maquillaje, pero tiene los labios terriblemente rojos.

—Gracias. A mí me gusta tu vestido.

—¿De verdad? Eres demasiado amable. Keith me ha contado lo encantadora que eres, y ahora puedo verlo. En tus ojos. Pero la noche que nos conocimos me temo que pensé que eras un poco, ah... estirada.

—¿Ah, sí? —dice Tamara, tras una pausa.

—Sí. Pero estaba equivocada. Siento mucho lo que te pasó aquella noche.

—¿Qué me hiciste? —pregunta Tamara, sin agresividad, reclinándose sobre el respaldo del sofá, balanceando un decollete negro sobre el pie derecho. Echa un buen trago de champagne. Patrick hace lo mismo, como si se sintiera obligado. Está bueno. Siente cierta simpatía compartida con Keith, y se da cuenta de que Tamara tenía razón. La situación no es ni mucho menos blanca o negra—. ¿Me diste alguna droga? Y si fue así, ¿de qué tipo?

Justine deja su copa y sonríe de tal manera que parece querer indicar que no va a responder, que está perdida. Keith se acaba su copa, con calma, y vuelve a servirles a todos, pero a Justine un poco más, sosteniendo la botella con su mano enguantada.

—¿Por qué te preocupa? —pregunta Justine al fin.

—No me gustan los misterios —replica Tamara.

—¿Por eso has dicho «y la verdad»?

—Sí, quiero que me digas la verdad.

—Yo también quiero saberla —dice Patrick, y Justine se vuelve hacia él; entre ambos se interpone la mesa baja de cristal esmerilado, sobre la que reposa una vasija de porcelana en forma de huevo elíptico alzado sobre un extremo, blanca con un mapa de mil ríos o calles entrecruzadas en azul. Se hace difícil no seguir su mirada.

—Soy un vampiro —dice Justine—. Te hipnoticé y después te extraje un poco de sangre del pliegue trasero de una rodilla.

Estas palabras resultan tan inesperadas y absurdas, cuando no dementes, que Patrick y Tamara se quedan sencillamente helados, conmocionados. Tamara se limita a mirar con los ojos de par en par. Patrick quiere reírse, pero de repente se le pasa por la cabeza que uno no se ríe a la ligera de una mujer desquiciada en su propia casa.

Justine baja la cabeza, como si estuviera pensando. Luego, cuando vuelve a alzarla, muestra los colmillos.

—A lo mejor pensaréis que no son reales —dice, y a continuación se levanta y, tras dudar sólo un momento, asciende caminando la pared hasta llegar al elevado techo mientras la gravedad desnuda sus muslos. Tamara se vuelve hacia Patrick, pasmada, para comprobar si él está viendo lo mismo que ella.

Justine se deja caer hacia atrás, cayendo al suelo con la ligereza de una gata. Cuando vuelve y hace ademán de irse a sentar junto a Tamara, ésta se echa hacia un lado, dejando escapar un incontenible gritito.

—No voy a hacerte daño —dice Justine—. Pero me resulta un tanto agotador... A los dos os gustaría creer que se trata de una especie de truco. Veamos. No se me ocurre qué otra cosa hacer. ¿Queréis clavarme un cuchillo y comprobar que no muero?

—No —dice Patrick—. Mejor nos dejamos de cuchillos.

—Además podría ser una hoja retráctil, con sangre falsa —interviene Keith, y Justine le dedica una sonrisa. A ella nunca se le hubiera ocurrido una cosa así.

—Recuerdo... que tenía una costra detrás de la rodilla —dice Tamara. Es evidente, en cualquier caso, que no sabe qué pensar de todo esto. Sus ojos le revelan a Patrick que se ha sentido profundamente turbada (igual que él) por la visión de Justine caminando por la pared de esa manera, tan natural. Ha sido demasiado estrambótico.

Justine se ha rendido. Se sienta sobre el regazo de Keith, de lado, rodeándole el cuello con los brazos. Sin hablar, están en comunión.

—¿Y qué hay de ti? —le pregunta Patrick a Keith.

Keith no responde, aunque a lo mejor está a punto de hacerlo. Patrick se descubre afectado por la falta de cálculo o culpa en la mirada que le dirige Keith.

—Vámonos —le dice en voz baja a Tamara, y ella permite que la conduzca hasta el exterior, donde el olor a jazmín se ha apoderado de la cálida brisa nocturna. Tamara se muestra dócil, exhausta de repente. Ciertamente esta no es una noche en la que vaya a dejarla para que duerma sola. Patrick sigue pensando en Justine en brazos de Keith, sin ni siquiera levantar la mirada para verles partir.

## 48

El programa de Jason, *La noche más oscura*, se ve en esta ocasión animado no sólo por los habituales insertos de películas de Russ Meyer (mujeronas de grandes pechos meneándose al son de guitarras surferas de los sesenta) más varios momentos extraídos de películas de horror italianas o planos de porno en blanco y negro que duran un microsegundo o tres mujeres atractivas quitándose las faldas, plantándose con sus corsés y sus medias para revelar repentinamente un pene; en mitad de todo esto, vemos «en directo» a Michelle con una sonrisa de delirio en el rostro y la cresta untada en crema de afeitar que a continuación desaparece, junto a la pelusilla de cinco días en el resto del cráneo, ante el paso de una navaja de afeitar enarbolada por una mano que es la de Ken.

Vídeos de varios grupos. Jason, por iniciativa propia, pone la versión pocas veces vista de "Cierrapuertas" de SMX, una canción que sube y sube y sube en intensidad, creando un crescendo tras otro de ruido y retroalimentación capaz de alterar la conciencia.

Michelle observa con atención, en los monitores, extremadamente colocada, distraída por su calva pelada. De sus lóbulos cuelgan unos pendientes nuevos y pesados. El vídeo tiene una especie de indefinida narración, quizá. El director ha rayado el negativo y multiplica los cambios de plano cada vez que muestra al grupo. Todo aparece cubierto por líneas blancas irregulares. Ahí está Keith, con aspecto de saber lo que está haciendo, sonriendo para sí mismo, mientras su guitarra gime y gruñe y se funde con corpulencia.

—Me lo he follado —les anuncia Michelle a Jason y a Ken. Tiff está en el baño o de otro modo lo habría oído también.

—¿A quién? —pregunta Ken.

—A ese tío. Espera. Ahí. Al guitarrista.

Jason dice, resentido por algún motivo:

—¿Y cómo fue?

—Oh —responde Michelle—. No es más que un tío. Ahora tiene las manos hechas una mierda, ¿sabes? Se las machacaron con la puerta de un coche... por eso se metió a la heroína. Por eso ya no puede tocar la guitarra.

Tiff regresa a la sala de control. Está riendo por algo que le ha dicho uno de los técnicos. Cuando acaben aquí, saldrán todos juntos. Son las dos de la madrugada.

## 49

—Y si hay vampiros, ¿por qué no brujas? —dice Patrick, frente a su café en la mesa de la cocina.

—Pues eso, ¿por qué no? —responde Tamara, con el pelo húmedo, cubierta con su bata de felpa.

—Claro —añade él—. Y también ovnis, telepatía, astrología, hombres lobo... Ya sé, voy a llamar a una de esas líneas de adivinos que anuncian por la tele.

Patrick hace rodar los ojos y aprieta una lima para echar unas gotas sobre su media papaya.

—No es más que un truco —continúa—. Me sorprende que incluso se te ocurra pensártelo dos veces.

—Tengo una mente abierta.

—Lo único que vimos que resulte complicado de explicar —interrumpe Patrick— es cómo subió esa pared. Si no hubiera sido, en fin, algo tan *teatrero,* podríamos haberla examinado en busca de agarraderos ocultos. Seguro que fue algo así. Debe de ser gimnasta o artista y le gusta ponerse colmillos de pega.

—Ya lo sé —admite Tamara—. Tiene que ser eso. Sólo que... ¿por qué? Como broma, supongo.

—Nada más que una broma rara de roquero alternativo, ideada por la novia de un bromista que solía tocar en un grupo raro de rock alternativo. ¿Te acuerdas de esa canción que decía, «*Ahora ya no me ves*»? Pues lo mismo.

—Pero lo cierto es que en cierto modo me caen bien —dice Tamara.

—A mí también. Si les demostramos que sabemos aceptar una broma, quizá puedan ser nuestros amigos alternativos.

## 50

En alta mar, en el barco, arrojando cajas envueltas en bolsas negras de plástico lastradas con cadenas y bloques de cemento, torsos pesados y resbaladizos o piernas unidas a la cadera, un trasero que asoma entre el plástico negro, limítate a arrojarlos al agua mientras el barco sigue el vaivén de la marea, arriba y abajo. Al cabo de un rato, ninguno ha de seguir fingiendo hallarse bajo un hechizo. Chase maneja el barco, en la radio suena música, éxitos de toda la vida, "The Lion Sleeps Tonight" y Jim Morrison cantando «*mojo rising... There's a mojo rising*», mientras Mark, con una cinta alrededor del pelo aclarado con Clorox, arroja por la borda el último con un chapoteo. Chase le ofrece algo de café del termo, hace frío aquí en alta mar, y Mark se echa dos bolsitas de leche en polvo y tres, no, cuatro terrones de azúcar. En el dedo lleva una especie de anillo sacado de una caja de cereales o algo así. Chase piensa en Cracker Jacks, pero no lo dice, no quiere revelar su edad. Ni siquiera sabe si los siguen vendiendo.

Mark no para de temblar y moquear, sentado inmóvil mientras se dirigen de regreso a la costa. Es como si esperara algo de Chase sólo porque éste es un hombre adulto. Como los padres con los que lleva prostituyéndose y follando desde los doce años. ¿Está llorando? ¿Es posible que esté llorando? No, sólo es sal en los ojos, y está temblando, la nariz húmeda a causa del inesperado frío del Pacífico. Las gaviotas graznan, sucias aves.

Otra misión cumplida y Chase ya ha empezado a olvidar lo que acaban de hacer. El lado desagradable de la pequeña factoría de la muerte que es la vida eterna.

—Hay rosquillas —le dice a Mark.

El muchacho se come una, con más café, sin mirar a Chase, como si supiera que la figura paterna lo sacrificaría en un instante ante la promesa de más vida.

—Una vez bajé en una de esas jaulas —dice Chase de repente—. Ya sabes, ¿como en los documentales sobre tiburones de National Geographic?

—¿Ah, sí? —dice Mark—. ¿En serio? ¿Y había tiburones?

—Uno bien grande, golpeando con el morro contra los barrotes, intentado entrar. Podía verme. Vi que podía verme, sabía que estaba allí. Pensé que destrozaría la jaula.

—¿Qué tipo de tiburón era, tío? O sea, he visto esos con cabeza de martillo y son feos de la hostia. Si te pillara uno de esos sería cantidad de desagradable.

—Era un gran blanco. Y me quería. Era consciente de mi existencia, como comida. Después de aquello tuve varios sueños en los que era capaz de nadar por el aire y caía sobre mí en mitad de la calle un día soleado, desde dos metros de altura.

Mark ríe y se lleva otra rosquilla a la boca.

—Parece una pesadilla bastante chunga.

—Sí que lo era.

En la radio suena otra canción.

De nuevo en la casa, pasan los días y Mark no es mordido. Ruby, mientras tanto, tiene el delgaducho y huesudo cuerpo cubierto de heridas. Chase se pregunta por qué. Mark se limita a pasar el tiempo.

Se sientan frente a una gran mesa y comen filetes sangrantes, casi crudos, prácticamente quemados por fuera. David sigue durmiendo.

Mark dice:

—Tío, normalmente me gusta que la carne vea la sartén antes de comérmela.

—Échale sal —dice Sabrina.

—¿Tienes ketchup?

—Sí —dice Chase—. Minh, tráele el ketchup.

Minh es casi bonita, tiene diecisiete o dieciocho años y es la adición más reciente a la casa. Es la mascota de David. Según él, es una virtuosa del violín, pero aquí nadie la ha visto u oído tocar. No hay violines. Apenas habla.

—Y algo de Tabasco o Heinz 57 —añade Mark.

Según le ha contado a Chase, Mark es de Kansas. Él y su madre dejaron de comunicarse. Eso fue hace cuatro años. Regresó una vez. Ahora tiene dieciséis.

En el jardín, Chase encuentra a Ruby tirada boca abajo en el suelo. Mientras Chase la toca en busca de signos vitales —sí, sigue viva—, Mark se le acerca lentamente, incluso con timidez, como si no quisiera interferir, y luego dice, sin demasiada convicción:

—Me gustaría marcharme.

—No puedes. O sea, si por mí fuera, te daría un par de cientos de dólares y te compraría un billete de autobús a Wichita, pero…

—Lo entiendo. No crees que a David le fuera a hacer mucha gracia. No pasa nada —dice Mark, con gran serenidad, una versión prematura, y propia de un chaval sin infancia, de lo que sería una reflexión y una aceptación seria de la irracionalidad de la vida, o algo así. Chase lo siente por él y sufre un poco, poniendo a Ruby en pie para arrastrarla al interior. David casi la ha consumido por completo.

—¿Cuántos años crees que tendrá? —pregunta Mark, ayudándole con la babeante y comatosa Ruby, que parece responder más a su contacto que al de Chase, suponiendo que llegado este punto sea capaz de percibir quién es quién.

—No lo sabemos.

Tumban cómodamente a Ruby en el sofá. La tarde está bien avanzada. El sol se pondrá en breve.

Mark podría escapar, podría marcharse, ha habido muchas veces anteriores a esta en las que podría haberse limitado a salir andando. Chase no sabe qué está pensando o qué imagina que está pensando David. Quizá tengan algún tipo de comunicación que Chase ignora, aunque no cree que esto pueda ser cierto. David apenas parece consciente de la existencia de Mark. Teniendo en cuenta que tolera su presencia continuada, parece aceptar como algo perfectamente natural que haga las funciones de ayudante torpe y probablemente innecesario de Chase. A David debe de parecerle una situación ligeramente divertida, una que de algún modo afecta negativamente a Chase. Como si él debiera saber qué hacer, instintivamente, pero no lo sabe, y sigue sin hacer lo que debería haber hecho.

Es increíble cómo, en el momento en el que David se despierta por completo, todo el mundo en la casa lo *nota*, le nota a él levantarse y prepararse para las actividades nocturnas.

Esta noche pasa un largo rato en el cuarto de Sabrina. ¿Qué están haciendo? O mejor dicho: ¿qué le está haciendo David a ella? Quizá estén manteniendo una conversación filosófica. Ya ha sucedido en otras ocasiones. O a lo mejor puede que estén cometiendo alguna depravación. David tiene diferentes maneras de usarlos a todos. No hay nada que pueda contenerlo.

—Vaya, vaya —David está súbitamente entre ellos, en la sala de estar, observando a la pobre Ruby—. No tiene muy buena pinta, ¿verdad? Parece completamente consumida. ¿Qué crees tú, Chase?

—Que tienes razón.

—¿Ah, sí?

—Parece completamente consumida.

—Gracias por confirmar mi observación. Vamos a llevarla a algún sitio tranquilo en el que pueda descansar. Mark, ven a echarnos una mano, ¿quieres? Ruby era amiga tuya, ¿verdad?

—No. En realidad no. Éramos conocidos, nada más.

—¿Te caía bien?

—Es un poco hipócrita. Ya sabes, siempre hablando de ti a tus espaldas y ese tipo de cosas.

—Por desgracia, todos hemos conocido a alguien así. Claro que, por otra parte, ¿no crees que todos somos en parte un poco hipócritas? ¿Tú, yo, incluso Chase?

—Fijo. Todo el mundo está más o menos jodido.

David parece estar disfrutando de este coloquio. Llevan a Ruby hasta la sala de los sacrificios, donde hay un desagüe en el suelo y una manguera conectada a un grifo sobre una gran pila.

—Todo el mundo ha de morir en algún momento —dice David en un tono filosófico burlón, satisfecho consigo mismo, sencillamente por su relativa longevidad o inmortalidad o bien, de una manera más ominosa, por algún secreto que le ronda en la cabeza y que a Chase le da la sensación de que está a punto de compartir.

»La hoja del árbol se torna dorada o roja y cae aleteando al suelo. Cuatro de cada cinco cachorros de león mueren de hambre o enferman. Lo aceptan con relativa tranquilidad. Lo que debes hacer, si te turba, es centrarte en el tiempo anterior a tu nacimiento. Eras feliz entonces, sabías lo que era estar en paz. No existía el dolor y conocías todo el universo, lo conocías de dentro afuera.

El discurso, se percata Chase, está dirigido a Mark, y Mark lo comprende. David le da una palmadita en el hombro y dice:

—Quítate la ropa.

Mark asiente y obedece. Sin decir nada más, apoya las manos y las rodillas en el suelo. En una posición de sumisión, expectante, su delgaducho cuerpo frágil y tatuado, su pelo oxigenado muerto y carente de lustre. David sostiene en horizontal su preciada espada, sobre las puntas de los dedos, como una ofrenda egipcia en una ceremonia sagrada. Su afilada y finamente equilibrada espada de oficial confederado.

Chase la acepta cuando se la ofrece, la sopesa. Es una prueba. Recuerda que David le explicó en una ocasión que en los primeros tiempos del Ku Klux Klan, se cubrían con sábanas blancas «para asustar a los negros, que entonces eran muy supersticiosos». Las sábanas blancas y sus capirotes transformaban a los jinetes nocturnos en los fantasmas de los muertos por la Confederación. Y sin embargo David dice que no tiene nada en contra de los negros y que, de hecho, nunca ha estado en el Sur profundo.

Lo que más perturba a Chase es la voluntariedad de Mark, su pasiva aquiescencia. Demostrarse a sí mismo que es un depredador es una cosa, sabes que tiene que hacerlo, estar a la altura de la ocasión, pero ¿qué es lo que está haciendo Mark? ¿Cómo puede... suicidarse, a su edad, de esta manera?

Mark es un sacrificio. Chase, temblando, respira bien hondo y reza porque la habilidad y la fuerza que aún le puedan quedar le guíen hacia la gloria, como a Ramsés o a Tutmosis, un faraón guerrero, la encarnación de un dios.

¡Twunk! Oh, no, no va a desprenderse de un solo mandoble, debe de tener su truco, una vértebra en concreto a la que apuntar y que debería haber intuido instintivamente. ¡Tunk! Está cansado y Mark ha caído de lado, por lo que su postura ya no es la ideal, pero ahora Chase lo odia, reúne todo su frenesí y su rabia de vivir, de triunfar, de sobrevivir, y la cabeza sale rodando. La sangre vuela salpicándolo todo, Chase tiene la cara empapada, las manos, la camisa.

Ahora Ruby. David le retira el pelo para exponer la nuca

mientras ella se arrodilla, tambaleante, débil. Un pedazo de información almacenada en su cerebro… Ah, sí, durante la Revolución Francesa, en la guillotina, el pelo iba haciéndole perder el filo a la hoja. Chase lo hace mucho mejor en esta ocasión.

—Bésala —dice David, agarrando la cabeza cortada del pelo, y Chase está dispuesto. David ríe y Chase se sorprende a sí mismo acariciando la cabeza de Ruby entre sus manos. Le resulta fascinante, siente por ella un interés y una atracción que nunca había sentido mientras estuvo viva, se siente imbuido con la intrepidez y la lujuria de un demonio, de un Satanás, mientras besa la boca muerta y toca con su lengua viva y cálida el trozo de carne curiosamente maloliente que se esconde entre los labios de ella. Está enamorado de esta cabeza.

Sabrina no debe enterarse. Cuando Chase se convierta en vampiro, no hará cosas así, pero tales son sus ritos de iniciación, y debe tomar este poder más allá del entendimiento humano, tomarlo ahora o fracasar para siempre, y siente que en su interior tiene el valor de aceptar la transfiguración, y entonces sus miedos desaparecerán por completo.

Más tarde, metiendo a Mark y a Ruby en bolsas negras de plástico, le preocupa su respiración, el corazón parece palpitar como si cada latido fuera a ser el último. Ha de detenerse un rato. Sabe que sólo son nervios, no es posible que vaya a sufrir un ataque cardíaco y a caer muerto antes del cambio.

Respira regularmente, se tranquiliza, está bien. Se toma un descanso y se bebe una taza de té antes de volver a bajar para terminar el trabajo. Sale el sol y le hiere los ojos mientras llena el maletero del coche. Desde el interior, Sabrina dice:

—¿Adónde vas? ¿Qué ha pasado con tu amiguito?

Lo sabe, piensa Chase. ¿Y qué ha estado haciendo *ella* mientras tanto? David se la folla, y a ella le gusta. Si no es capaz de soportar hacia dónde va todo esto, que se suicide, piensa David. Es débil. Nunca lo comprenderá.

Le tiemblan las manos, pero ya se le pasará. Se ha lavado la sangre, pero Chase ya no está ni volverá a estar limpio.

## 51

Ella quiere que se lo haga todo. No quiere perderse ni una sola posibilidad de indulgencia en la carne. Estas noches comparten un estado de excitación constante, sus genitales responden incluso a una expresión momentánea del rostro, a un tono de voz. Hasta el último matiz entre ellos es sexual. La música que Keith tiene puesta cuando ella se despierta, el modo en el que vuelve la cabeza para observarla entrando en su habitación... Puro sexo.

Justine tiene celos del cuerpo de Keith, quiere que haga con ella cosas que nunca hizo con Renata ni con ninguna otra. Ella nunca había conocido a un hombre de una manera tan íntima y eso la fascina, hay una loca embriaguez, una exultación en su lascivia, en ser —tal y como ella lo considera— su puta.

Después de todo, Justine lleva mucho tiempo acostumbrada a considerarse a sí misma malvada, como si viviera en un estado de pecado permanente. Sí, sin duda, ha habido momentos en los que ha sentido un placer perverso en ello. Y ha habido momentos en los que ha yacido con mortales, pues a menudo se han sentido atraídos por ella, atraídos sexualmente, quizá de una manera más intensa aún al descubrir su verdadera naturaleza.

Pero nunca antes había deseado de tal manera interpretar el papel de la puta y entregarse al placer del cuerpo de un hombre, conocer hasta su último pliegue, permitirle penetrar en su interior y descargar en todos sus orificios, tragando su semilla como si, como solían decir de las comadrejas, fuera capaz de concebir a través de la boca.

Justine tiene la oscura fantasía de abrirse la carne con un cuchillo, creando heridas para que él pueda penetrarlas y curarlas con su semen; podría dar así a luz a quién sabe qué tipo de ondulantes demonios, resplandecientes y escurridizos, de un azul negruzco, un rojo húmedo.

En cualquier caso, a medida que ha ido sensibilizándose al placer, también ha comenzado a sentir dolor. Intenta hacerse un corte y le duele, agudamente, necesita hacer un esfuerzo consciente para dejar de percibirlo y le da la impresión de que la herida tarda más en cerrarse de lo que lo habría hecho antes. Justine está cambiando, sin saber cómo, y se atreve a desear, con increíble insensatez, una especie de loco milagro en el que ni siquiera se permite pensar.

Pero entonces, a la noche siguiente, nada más levantarse, lleva a cabo un experimento. Fríamente, lejos de Keith, se atraviesa la mano derecha con un cuchillo. Lo siente, le duele, pero no es ni de lejos una herida tan severa como habría sido si ella fuera humana, si la suya fuera carne mortal.

—¿Qué es lo que te has hecho? —pregunta Keith y ella se limita a encogerse de hombros, como si no hubiera hecho nada.

Se obliga a no sentir nada por él, a verlo como un ser ordinario, banal. Lo imagina muerto. Pasa así una hora, pero luego, de algún modo, vuelve a ella, un mínimo movimiento por parte de él prende la chispa, el modo en el que la observa, tan tranquilo, y Justine piensa: «Qué hermoso es». Su mano herida empieza a palpitar y sangra de nuevo, mientras ella le rodea el cuello con los brazos. Unen sus cuerpos, con toda familiaridad, como si esto fuera la cosa más natural del mundo.

Ella lo agota. Si su polla no está en su interior, tiene que estar tocándola o chupándola, engatusándola, enrojecida e irritada, para que vuelva a alzarse una vez más antes del amanecer. En ocasiones le parece que la polla tiene personalidad propia, voluntad propia, separada de la de Keith.

—Negro es el corazón de mi verdadero amor —canturrea él sonriendo, mientras le muestra parte de su misteriosa sustancia negra que se le ha quedado pegada en el dedo, alzándolo para que ella pueda verlo bien antes de que Keith se lo meta en la boca y lo chupe. No hay nada de ella que a él no le parezca adorable, parece estar diciéndole. Justine lo abraza con todas sus fuerzas, rodando sobre él, juntando sus versadas lenguas.

## 52

Dejándose llevar por un impulso, Keith hace una llamada a larga distancia a Nueva York. Son las 15:30, hora del Pacífico. En parte es porque le apetece que Michael sepa que se encuentra bien. No han hablado desde que Keith empezó la rehabilitación, hace más de un año. Antes de terminar, volvió a engancharse a la heroína, porque *quería*, y luego un mes o dos más tarde se encontró con Justine.

Flexiona los dedos. Resulta un tanto incomprensible, pero no parecen estar tan mal.

—¿Sí?

—Michael, soy Keith.

—Hostias. Entonces eso es que no estás muerto, ¿no?

—Todavía no.

Ríen juntos, su viejo vínculo reactivado de inmediato. Michael es capaz de leerle la voz.

—¿A qué te dedicas? Joder. ¿Todavía estás en Los Ángeles?

—Sí. Estoy con una chica. Es diferente, otro rollo por completo.

—Corren por ahí rumores, hijo de la gran puta, de que habías dejado este mundo terrenal. Se pasó por aquí un tío, un escritor. ¿Has sabido algo? Está preparando la biografía de Renata y quería localizarte.

—Ya —dice Keith circunspecto—. No quiero saber nada de él.

—¿En serio? ¿Por qué no?

—No quiero que escriba ese libro de mierda.

—Ah —Michael hace una pausa—. Oye, le pasé el nombre de la doctora aquella a la que estabas viendo. ¿Sabe ella dónde vives?

—No lo creo —miente Keith. Para cambiar de tema, dice—: ¿Y tú en qué andas? ¿Algún proyecto nuevo? Hace bastante tiempo que no le echo un ojo a la prensa alternativa. Aunque, bueno, ahora que lo pienso, conozco a una chavala que escribe en *La noche más oscura*.

—Rollo gótico oscuro, ¿no?

—Esa es la impresión que me ha querido dar.

—Pues yo ahora trabajo para una editorial, tío. Diseñando portadas de libros. Viajo en metro y llevo corbata.

—¡No me jodas!

—Sí. El hermano de Shawn era amigo del tipo y resulta que le gustaba el diseño de nuestros cedés y un par más que había hecho.

—¿Qué tal está Shawn?

—Genial. ¿Sabías que nos casamos?

Es la primera noticia que tiene Keith. El tema hace que se sienta progresivamente distante de todo aquello, a pesar de que no quiere, tras ese primer destello de reconocimiento fraternal.

—Además —dice Michael—, voy a trabajar en un disco para Ghost. ¿Te acuerdas de ellos? ¡Me encantaría que vinieras a echarme una mano! Me acaban de decir que quieren que tenga un rollo a lo Pink Floyd. Espeso, con muchas progresiones. Podrías manejar la mesa y programar cosas, si te parece interesante. Se supone que entramos en el estudio dentro de un mes. Si tienes alguna idea a medias, este podría ser un buen momento... Bueno, es para un sello pequeño, pero por algún motivo parecen dispuestos a dejar que la peña haga lo que quiera.

—Me lo pensaré —dice Keith.

—Háblame de tu chica —dice Michael, al cabo de un rato—. ¿Cómo se llama?

—Justine.

—¿Es francesa?

—Sí. Pero lleva bastante tiempo en Estados Unidos.

—¿Vivís juntos?

—Sí. Ahora mismo está en el cuarto de al lado, durmiendo.

Keith se siente incómodo e inquieto cuando cuelga el teléfono. No está seguro de que Justine vaya a comprenderlo. Pero sabe que se lo contará a pesar de que vaya a provocarle celos y descontento. ¿Es que acaso quiere hacerla infeliz? No lo sabe. Es imposible saber si los motivos de uno son puros o no.

## 53

Chase habla con Sabrina, en su dormitorio. Es curioso cómo todas las habitaciones han cambiado de aspecto, cómo su vulgaridad ha pasado a ser insegura, irreal. De algún modo, más por el viejo hábito de discutir que por genuina convicción, dejando sin decir todo lo que les separa como una pesada cortina, Chase ha acabado hablando sobre Raskolnikov, a pesar de que, bien mirado, su situación y la de Raskolnikov no tienen nada que ver.

—Recordarás que Raskolnikov ponderaba el dilema ético de que si el asesinato de una vieja despreciable impedía que Napoleón alcanzara su destino, en fin... ¿no debería aquel que tiene el potencial para ser un gran hombre actuar, acabar con el obstáculo y quitarlo de en medio?

—Pero la cosa no acaba demasiado bien para Raskolnikov, ¿verdad? Acaba paralizado. Se encuentra convertido en un asesino que ha matado a una vieja con un hacha, escondido en un desván, asustado hasta de salir de la cama. No es que sea un destino muy glorioso.

—Sí, ya lo sé. Pero tenía que intentarlo. Y recuerdo que incluso al difunto Tolstoi le daba miedo la muerte. Poco antes del final dijo: «¿Qué importa todo lo que he realizado, si todo ha de acabar en la muerte?»

Sabrina responde:

—Todo el mundo tiene sus momentos de debilidad. Tolstoi era humano, demasiado humano, y era como un libro abierto, no ocultaba nada. Admitió de motu proprio su temor natural por lo desconocido. Pero... ¿y si alguien te dijera que vas a vivir, pero que el precio por tu vida prolongada sería que cien chinos al otro lado del planeta fueran torturados hasta la muerte? ¿Dirías: «Sí, mátalos. Quiero vivir»? ¿Y si fueran cien niños, aquí en Estados Unidos, y tuvieras que mirarles a todos a la cara, uno a uno? ¿Merecería la pena? ¿Te parecería eso aceptable?

Chase no puede responder, es incapaz de hablar.

A Sabrina le tiembla la mano mientras se lleva un cigarrillo con filtro a la boca. Ha empezado a fumar de nuevo, después de haberlo dejado hace ya quince años. Tiene buen aspecto, como si una especie de oscuro glamour exudara de sus ojos, a pesar de que se nota que la tensión la está afectando.

En el enorme salón, los carpinteros están levantando un escenario siguiendo las especificaciones de David. Han subido las estatuas de madera de tamaño natural del sótano, a pesar de que todavía no hayan cumplido ninguna función. Están diseminadas al azar, mirando sin ver, en ocasiones dando la impresión de estar curiosamente animadas, como si contuvieran alguna forma de inteligencia desconocida, o conciencia, como si llegado el momento indicado, sí, pudieran moverse. Chase y Sabrina supervisan el trabajo y estudian las figuras. Ninguno de ellos está seguro de qué aspecto tendrá todo una vez quede acabado.

Sabrina intenta reconfortar a Chase, que parece atormentado, pero no es capaz de obligarse a mostrarle demasiado afecto. Si pudiera decir: «No pasa nada» o «Lo comprendo»... Pero ambas expresiones le parecen falsas, y cada día que pasa ambos se están convirtiendo, cada vez más, en desconocidos que se alejan el uno del otro. Perezosamente, como recurso para evitar cualquier otro tema, especulan, no por primera vez, acerca de la edad de David. Como «turistas», cosa que no son. Están lejos de serlo.

David ha contado diversas versiones contradictorias. Una vez, delante de ambos, dijo que había sido un druida, un sacerdote celta. En otra ocasión, sin embargo, afirmó haber visto levantar las pirámides de Egipto y haber adorado a Amón-Ra. Ahora Sabrina revela que le ha contado que fue mordido en Rumanía, mientras viajaba, en 1695. Y supuestamente fue actor en películas de cine mudo. Es muy posible que la verdad sea algo a lo que nunca ha hecho referencia ni ha comentado aún. Sabrina y Chase no tienen modo alguno de saberlo. Los obreros están levantando un escenario pintado. Varios telones distintos que se alternan según un sistema de poleas y palancas.

Sabrina y Chase se quedan sin cosas que decirse el uno al otro, y cada uno, por separado, durante un par de largos momentos, es consciente de la tristeza de este hecho. La falta de palabras. Palabras que no tienen utilidad alguna.

## 54

El aire es metálico y caduco, aire viejo recirculado por las cálidas e interminables avenidas de la ciudad. Helicópteros de la policía sobrevuelan, ominosos. Eric alza la mirada, luego observa a su alrededor a todos estos cuerpos bellos o semibellos, ensimismados, ligeros de ropa. Se acaba su comida tailandesa, gambas al curry con coco extremadamente picantes. Devlin, su colega el detective, le ha proporcionado los números de teléfono, las direcciones, y ya que sabe que una de ellas es la del novio de la doctora Rothschild, la otra, a nombre de J. Durand, parece su mejor opción. Devlin dice que ha llamado y que un hombre ha cogido el teléfono. Sí, parecía de la edad indicada y todo eso.

Devlin se está fumando un pitillo, echando las cenizas sobre un plato sucio. Está contando una historia de cuando solía ser poli. Tras cinco años en el cuerpo, su buen aspecto y su pelo rubio le llevaron a intentar ser actor. Ahora está más o menos en paro. El negocio de detective está pasando una mala racha.

Eric apenas lo escucha. Un coche negro para junto a la acera como si fuera el vehículo de un asesino a sueldo. Y de hecho el hispano que lo conduce tiene pinta de asesino a sueldo. Como si clavar la mirada en sus gafas de sol garantizara que eso sería lo último que fueras a ver. Perdido en sus reflexiones, Eric sólo responde cuando Devlin alcanza el final de su historia, siendo la conclusión la siguiente:

—Entonces me dije, me miré al espejo y me dije: Espabila de una vez. No ha sido la primera vez y no será la última.

—Buen consejo.

—Sí. Esperar lo mejor es lo único que puedes hacer. Anoche me detuve junto a un accidente de tráfico, un choque en la salida de la autopista de Santa Mónica. Todo el mundo estaba como colocado, ¿sabes? Joder, un negro y una familia de vietnamitas, todos manchados de sangre, pero ninguno herido de gravedad. Sonaba la radio y la iluminación era buena, muy cinematográfico todo. Todo el mundo se vio sacado de su existencia cotidiana. Fueron muy considerados unos con otros, muy educados, esperando a que llegara la policía.

—Ya —dice Eric—. Fue un acontecimiento social.

Cerca, donde ha aparcado, hay un parque infantil abandonado, rodeado por una verja, una puerta cerrada con candado, cemento. Está lleno de saguaros hechos de hierro o de acero, pintados con colores alegres, de diferentes tamaños para que uno pueda subir a ellos, sentarse, jugar. Pintados de verde, rojo, amarillo, pero ahora la pintura se ha desconchado dejando al descubierto el metal, y la que aún aguanta luce mortecina y ennegrecida.

Mientras conduce, pacientemente, dejando atrás hileras de palmeras y de coches, aparcamientos de centros comerciales, un día mortecino que en cualquier otro lugar le haría pensar a uno que iba a llover, Eric está pensando en Renata, es como si una vez más se le hubiera escapado. No consigue imaginarla. A veces le parece muy real, no sólo cuando está contemplando sus fotos, sino en otras ocasiones en las que de repente siente que sabe cómo se sentía o qué habría sentido acerca de algo en concreto si hubiera estado aquí ahora.

No debería sorprenderle a nadie que se sienta hechizado por ella o enamorado, obseso, creando un retrato robot a partir de todos los tentadores, pero en última instancia misteriosos, fragmentos de la historia de su vida. Se pasa horas poniendo una y otra vez uno de sus anuncios o repasando algunas tomas que quedaron en la sala de montaje, Renata en *topless*, tapada únicamente por un minúsculo bañador, emociones genuinas en el rostro, mientras piensa en lo que fuera que se le pasara por la cabeza estando en una playa de las Islas Canarias, tostada por el sol. Mientras una mujer le arregla el pelo, le pinta los labios.

Ha pasado un año desde que Eric y Julie dejaron de verse. De vez en cuando todavía hablan por teléfono, pero no hay intenciones de volver a reunirse, ni siquiera para quedar a comer. Viajando como viaja, Eric tiene una agenda de «amigos telefónicos», mujeres y hombres, a los que raras veces ve, si es que alguna vez lo hace. Puede parecer una amistad íntima, porque puede contarles cualquier cosa y viceversa, o puede parecer solitaria y desesperada, como si las voces sólo existieran en su cabeza.

Durante varios meses ha tenido la impresión cada vez más intensa de que sólo están él y Renata, como si se hubieran enlazado de alguna manera. Le parece más puro, ya que nunca podrá poseerla; se siente virtuoso, como si fuera un generoso y casto devoto de su espíritu. Si se ha masturbado mientras estudiaba imágenes de su cuerpo desnudo, se debe a que sólo es humano. Su intención es homenajearla. Si tuviera oportunidad, la adoraría, la veneraría, besaría sus pies y le lamería el culo, sería su esclavo; si así lo deseara, le dejaría que le meara en la boca, se bebería hasta la última gota. Eric nunca ha adorado a nadie de esta manera en la vida real, pero le gustaría poder hacerlo.

Por eso, está celoso de Keith y considera que fue indigno de Renata, no la amaba lo suficiente. A otro nivel, Eric quiere intimar con él de alguna manera, quiere caerle bien, porque ansía conocer el sabor del afecto de Keith, experimentarlo en modos inaccesibles de cualquier otra manera, sin la presencia de un «amor» momentáneo. Esto le permitirá sentirse más cercano a Renata, comprenderla mejor.

Eric se quita las gafas de sol y se las guarda en el bolsillo de la camisa. Lleva una diminuta grabadora pegada al cuerpo y una minúscula cámara que podría utilizar si surge la oportunidad. Lo último en tecnología japonesa, perfecto para el espionaje industrial. Eric lleva una camisa caqui con varios bolsillos, pantalones holgados también de color caqui, unas Air Jordan rojas y negras, un Rolex y una cruz colgada de una cadena en el cuello que se le enreda entre los negros pelos del pecho. Llama al interfono sin obtener respuesta. Espera unos largos e inciertos cinco minutos y luego vuelve a llamar. Está dispuesto a adoptar una actitud zen y a seguir esperando aquí un largo rato, consiga resultados o no.

Pero no, no va a ser necesario. Aquí viene Keith. Eric lo reconoce de inmediato. Nota una oleada de afecto que recorre su cuerpo, y le sonríe, convencido de que Keith también acabará apreciándolo a él. Ya comparten un vínculo, una conexión. Una afinidad. Keith se percatará de ello y será incapaz de resistirse.

## 55

Keith tiene un mal presentimiento, como si algo malo fuera a pasar. Se muestra educado con el tal Eric Zimmerman, pero la situación le pone nervioso. El caso es que no quiere que este libro se escriba. Así que el hecho de que Eric lo haya encontrado... Es como si Keith hubiera sufrido una conmoción, no sabe cómo reaccionar. Necesita más tiempo para pensar, pero eso no es posible. No debería haber llamado a Michael, piensa. Keith está en un apuro. Está a punto de tomar una decisión. Habla con más crispación de la que pretende, a pesar de que no importa lo que diga; su voz es como ruido carente de información.

—Entonces qué —dice Keith mientras pasean por el jardín—. ¿Va a ser uno de esos libros como la historia de Dorothy Stratten? *¿Retrato de una Playmate* o algo así?

—Bueno, espero que acabe teniendo algo más de clase. Algo más parecido al libro sobre Edie Sedgwick que publicaron hace un par de años.

—No sé quién es.

—Era una pobre niña rica, modelo. Anduvo con Andy Warhol y acabó metiéndose una sobredosis. Fue bastante conocida durante un par de segundos en su momento.

Tras andar un rato más y estudiar un par de flores sin pronunciar palabra, Keith dice:

—De verdad preferiría que no hicieras esto. No sirve a ningún propósito al margen de ganar dinero explotando la memoria de Renata. Creo que sería mejor dejarla como está, en la tumba. Ya tuvo demasiada publicidad barata mientras estaba viva.

—Siento mucho que pienses así —dice Eric—. Más aún, me consterna. Pero... el libro está casi terminado y se va a publicar. Y probablemente sería mucho menos «barato» si me ayudaras a comprender algunas cosas. No sólo porque puedes arrojar una luz diferente a la de cualquier otra persona sobre Renata, sino también porque Gilberto Reyes ha estado contando toda clase de mierdas sobre ti, mierdas a las que deberías responder, por tu propio bien.

—No me importa lo que pueda decir sobre mí —responde Keith—. Yo desde luego no tengo nada que decir sobre él.

—¿Qué hay de la idea de que cuando tú y Renata fuisteis a Venezuela, al final, fue porque tú querías comprar heroína porque el hábito se te estaba yendo de las manos? Eso al menos debería saberlo, teniendo en cuenta que te detuvieron por posesión de heroína tras el funeral y que luego pasaste algún tiempo desintoxicándote aquí en Estados Unidos.

—¿Cómo se te ocurre preguntarme algo así? —dice Keith—. ¿Estás grabando esto? Sí, ¿verdad? Hijo de la gran puta.

—Siempre lo hago, para contar con una copia de seguridad —dice Eric. En cualquier caso no le ha gustado verse descubierto, eso se nota.

Comienza a llover, suavemente, gotas marrones y plateadas. El aire parece pegajoso y huele a fruta ligeramente pasada y a humo distante.

—¿Quieres un té helado o una cerveza? —ofrece Keith educadamente, como si toda la tensión entre ellos hubiera desaparecido. Eric pide una cerveza. Keith vuelve a salir con dos Beck's negras, un par de manzanas, un trozo de queso y un gran cuchillo para cortarlo todo. Pueden sentarse en las sillas de bambú bajo la gran cúpula de buganvillas, donde también crecen algunas parras. Aquí estarán prácticamente a resguardo de la lluvia.

—Dime —dice Keith—, ¿has visto alguna vez una fotografía, con aspecto de haber sido tomada hace mucho, en la que Renata está de pie, desnuda, y del coño le sale una mano?

—Ah, sí. Esa la hizo Toulon. Está en su último libro.

Keith asiente. Ahora que sabe que existe, no tiene demasiada curiosidad por verla, por compararla con cómo ha permanecido en su cabeza. Se siente tranquilo, la tranquilidad de uno que ha aceptado su destino. Sentenciado a muerte. A ser fusilado o ahorcado. No te queda otra elección. No puedes hacer nada. Lo único, recuperar la compostura y aceptar lo que venga.

—Lo que me gustaría hacer —dice Eric, con el mejor de los ánimos— sería pasar algún tiempo contigo, quizá un par de días, y repasar el último año, mes a mes. Ya tengo cantidad de datos. He hablado con los demás miembros de tu grupo y tengo el calendario de gira, así como el calendario laboral de Renata, que me pasó su agencia, así que lo más básico, quién estuvo dónde y cuándo, ya lo sé. He hablado con modelos y fotógrafos que estuvieron con ella en sus últimas sesiones, y he pensado que si repasáramos juntos el material podría servir para refrescarte la memoria y así podríamos ver de verdad cómo fue cambiando su estado de ánimo dependiendo de lo que estuviera pasando entre vosotros.

—Has invertido muchas horas en esto —observa Keith—. ¿Te paga los gastos el editor?

—Cuento con un adelanto, sí.

Keith hace un gesto.

—Veo que has alquilado un coche. ¿Dónde te alojas?

La lluvia empieza a caer con más fuerza. Eric parece sentir que ha ganado y se le suelta la lengua. Le habla de un guión que escribió una vez.

—¿Vamos adentro mejor? —dice Keith.

—Vale.

Se levantan. Eric da un par de pasos y se vuelve para ver qué hace Keith, y ve lo que se avecina pero es incapaz de aceptarlo, no puede creerlo. Keith entierra el cuchillo en el pecho de Eric, una incisión destinada al corazón. Acuchillar a alguien en el estómago o en la espalda no sirve de nada, es demasiado incierto, mientras que rebanar el pescuezo implica un contacto demasiado cercano, una pelea. O eso le parece. Si esto no funciona, ya verá qué hace.

Pero todo va bien. Se mancha las manos de sangre, pero eso es todo. Eric muere tumbado de espaldas, mientras la lluvia cae sobre su rostro, dejando gotas que caen rodando hasta ser absorbidas por el césped sediento y avaricioso.

## 56

Mientras duerme, Justine teme ser espantosa a la vista, los ojos vidriosos, como los de un cadáver, quizá unas babas de sangre oscura resbalándole por la comisura de la boca. Al levantarse, se lava y se viste lentamente, pues sabe que algo ha ocurrido. Keith está a salvo, eso puede sentirlo, pero algo ha sucedido y Justine se siente apesadumbrada. Se viste de negro.

Afuera está lloviendo, suavemente. Encuentra a Keith todavía sentado bajo las enredaderas, contemplando al hombre al que ha matado tirado en el suelo. Justine siente un estremecimiento, que es la desnudez, y solloza, se le humedecen los ojos, llora, agarrándose a él. Cualquiera que fuera la divinidad que poseía Keith, ahora ha desaparecido. Ha caído, y ella se lamenta por él. Ahora es como ella. Lo ha envenenado. La herida sin cicatrizar, le suciedad de la carne, la negrura interior que comparten. Él la abraza y cuando intenta consolarla, Justine dice: Nunca habrías hecho esto si no me hubieras conocido. Soy la corrupción. Estamos condenados.

Más tarde, Justine añade, algo más calmada:

—No quiero vivir sin ti.

Keith entierra el rostro en su pecho. Es evidente que sabe lo que siente.

¿Qué van a hacer?

## 57

Es Justine quien devuelve el coche de alquiler. Juntos, entran en el hotel, suben a la habitación de Eric. Hacen sus maletas. Hay un ostentoso radiocasete y todo tipo de cintas. Unos auriculares de Sony. Su portátil. Se lo llevan todo, dejando la llave sobre la mesa, para la señora de la limpieza.

Keith experimenta temor, pero luego, una vez están de vuelta en el Mercedes, deja escapar un gran suspiro de alivio. Pone el motor en marcha. Nadie los detiene.

Le dice a Justine:

—Renata está muerta para mí. Lo sabes. Nunca pienso en ella.

—Vamos a parar en algún sitio —sugiere Justine.

Keith se muestra de acuerdo. Atrae a Justine hacia sí y ella le lame el cuello con su lengua rasposa, como la de un gato. Ahora mismo no está muy húmeda, ni muy caliente.

Keith conduce hasta un club nocturno que recuerda en West Hollywood, un local al que solía ir a comprar droga. Se sientan en una mesa desde la que pueden observar a los bailarines en la pista, principalmente parejas del mismo sexo y alguna que otra mixta aquí y allá. Luces azules y calurosas. Rojas e intensas. Luego, durante un largo rato, matices de rosa.

Justine le da un pequeño trago a su copa. Keith se embucha la suya de un trago y pide otra. Piensa en lo que ha dicho ella: «Estamos condenados». Parece verdad, pero se pregunta exactamente a qué se habrá referido. Si están condenados, ¿es culpa de él? Supone que si alguien investiga en serio la «desaparición» de Eric, el rastro conducirá hasta él. Y ya que Eric pudo encontrarle, es lógico pensar que cualquier otro pueda hacerlo también. No será un secreto que Eric quería hablar con él.

Justine, como si leyera su mente, le toca la mano. Él le agarra los dedos con su mano vendada. Sí, a un nivel mucho más elevado, al margen de si lo arrestan o no, están condenados. No hay esperanza.

A Keith no le importa. No hay que darle más vueltas. Lo peor ya ha ocurrido. Todos los preciosos momentos son un regalo.

Las copas están realmente aguadas. Justine se termina la suya. Keith quiere besarla, olvidarse de todo lo demás. El cadáver de Eric sigue tirado en el jardín, empapado, en la oscuridad. Ya se les ocurrirá un modo de librarse de él, de quitárselo de en medio.

Aprovechando un parón de la música, se marchan. Podría ser un buen local al que volver, en otro momento, a buscar alimento para Justine. Hay cantidad de rincones oscuros y parejas en ellos, besándose; prácticamente podría hacerlo aquí mismo, sin salir del club. Dos mujeres con el pelo corto recostadas contra una columna se separan. Una sonriente, la otra jadeante, incitada por más deseo del que quizá había anticipado. Para decepción de Keith, no vuelven a besarse. La que rebosa deseo mira fijamente a Justine. Luego posa sus impenetrables ojos en Keith. Keith y Justine se limitan a pasar junto a ellas. Él la lleva cogida de la fría mano, guiándola a través de la masa embriagada por el roce, el sexo, el alcohol. El ambiente lúbrico y lascivo no carece de atractivo.

Van a otro sitio, más tranquilo, un club de blues, donde pueden hablar. Un tipo toca la guitarra eléctrica. Keith pide dos hamburguesas y Justine sonríe cuando la camarera pone la suya enfrente de ella.

—Casi se me olvida —dice—. Creo que si pudiera, le echaría un montón de ketchup a la mía.

A Keith le parece un comentario gracioso y se echa a reír mientras el guitarrista sigue tocando un blues y todo el mundo fuma. Justine también ríe.

Keith se burla de ella tentándola con una patata frita, mojada en ketchup, sin decir nada, con una expresión inocente de «¿Quieres una?» en el rostro. Ella niega con la cabeza, ríe, se retira el pelo de la cara.

De regreso a casa, todas las luces se reflejan en el húmedo y negro resplandor de las calles. Cuando llegan, deciden que será mejor hacer algo con el cadáver de Eric antes de que se haga de día. Es una tarea agotadora.

## 58

Justine tiene el pelo húmedo, como si acabara de salir de la ducha; sólo lleva puesto un kimono azul de seda, con un gran sol rojo en la espalda. Tiene la piel maravillosamente limpia y pálida. Tamara percibe una ligera discordancia en el ambiente, y Justine, aunque se muestra afable, parece abatida por debajo. Keith, sin embargo, le ha parecido a Tamara nervioso y distraído cuando le ha abierto la puerta.

Patrick está de viaje y a Tamara le ha parecido buena idea aprovechar la ocasión. Su intención es devolverles la broma con otra. Ha venido a examinar a Justine, a forzar su farol. Las dos mujeres se enclaustran en la habitación de Keith, cerrando la puerta. Son las diez.

Lo primero que hace Tamara es tomarle la presión sanguínea a Justine. Aprieta un par de veces la pera y vuelve a intentarlo. Es imposible que sea tan baja. Tamara frunce el ceño.

No hay latidos discernibles. Ni pulso. Vuelve a ponerse el estetoscopio y se queda escuchando eternamente. Al final, sí, le parece haber oído un latido.

—¿Cuántos años tienes? —pregunta, intentando parecer tranquila.

—No lo sé —dice Justine. Cuando Tamara se la queda mirando, Justine prosigue, lentamente—. Cuando yo era joven, vivíamos muy lejos de París, y el abad no hablaba de cosas como el año. Puede que oyera un número, pero no lo recuerdo. Luego, estuve viviendo como un animal durante mucho tiempo.

Tamara dice, al cabo de un par de momentos, con gentileza:

—¿Puedo hacerte un par de preguntas tontas?

—Claro.

—¿Te molestan las cruces?

—No.

—¿Los ajos?

—No.

—¿Pero el sol…?

—La luz del sol me mataría. Sí.

—Me pregunto por qué será eso. Quizá sean los rayos ultravioleta. ¿Has estado alguna vez cerca de una lámpara de rayos UVA?

—No. Por favor, nada de experimentos.

Tamara reconoce el comentario como una broma y sonríe. Las dos sonríen juntas.

—¿Cuánta sangre necesitas?

—Necesito ingerir una o dos veces por semana. A veces ni siquiera tanto.

—¿Matas a alguien cada vez?

—No. No es necesario. Sólo de vez en cuando.

—¿Alguna vez has probado con bancos de sangre, plasma, algo por el estilo?

—Sí. Hace un par de años. No sirvió de nada. Tiene que ser sangre viva, de alguien vivo.

—¿Animales?

—No. Sólo seres humanos.

—¿Y siempre hipnotizas a quien sea antes de proceder?

—Sí. Intento hacerlo lo más indoloro posible. Normalmente disimulo la herida y los dejo sin recuerdos de nada extraño.

—¿Cómo conociste a Keith? ¿Lo mordiste?

—Sí, pero entonces tomaba heroína, así que no pude usar su sangre. Pero por algún motivo hicimos buenas migas. No sé por qué. Percibí algo en él, supongo.

—Y ahora tenéis una relación muy estrecha.

—Sí.

—¿Tiene él deseos de convertirse en vampiro?

—No. Dice que no quiere.

—Pero si le sacaras la sangre…

—Hasta que muriera. Entonces volvería a alzarse, transcurridos tres días, siempre y cuando nadie tocara el cuerpo.

—¿Por qué se produce el cambio? ¿Por qué no es igual que desangrarse?

—Oh, cuando les muerdo, les inyecto mi sustancia.

Justine le muestra los colmillos.

—¿Puedo verlos más de cerca? —pregunta Tamara, dejando que su entusiasmo por el conocimiento supere su temor instintivo.

Los ojos de Justine se dilatan, pero le permite a Tamara que examine su boca mortal. Es muy interesante. Justine demuestra cómo puede lanzar un chorrillo de este fluido transparente y viscoso, como una serpiente.

A Tamara le gustaría llevarse un poco para analizarlo en el laboratorio, pero no le parece que sea una buena idea pedírselo. Le parece que le cae bien a Justine, pero eso podría cambiar en un instante si Justine pasara a percibirla como una amenaza. Seguro que ya sólo con haberle revelado su condición debe considerar que está corriendo un enorme riesgo. Tamara no quiere abusar de ese auto de fe.

Esto es demasiado como para asimilarlo todo. Tamara se echa a temblar. El mundo es mucho más maravilloso y formidablemente extraño de lo que la mayoría de las personas sabrán jamás. No es capaz ni siquiera de imaginar lo que sería intentar plantearle el tema del vampirismo a cualquiera de sus colegas. Todo su mundo ha cambiado.

—¿Quieres ver cómo lo hago? —pregunta Justine, y a Tamara le lleva un momento darse cuenta de lo que le está ofreciendo.

—Sí.

—De acuerdo. De todos modos tenía que salir esta noche. Le preguntaré a Keith si le importa que nos acompañes.

A Keith no le importa o dice que no le importa. Justine se viste y toda la aventura parece divertirla, o esa es al menos la impresión que le da a Tamara.

—¿Cuántos hay como tú? —pregunta Tamara, en el coche.

—¿Cuántos vampiros? No lo sé —dice Justine con alegría—.

No muchos, me da la impresión. Los Ángeles es un buen sitio. Las condiciones son ideales… y aun así sólo me he topado con un par.

—¿Adónde vamos? ¿Vas a dar vueltas hasta que encuentres a alguien en la calle?

—No —Justine ríe.

—Hay un local sólo para mujeres —explica Keith— en el que Justine es muy popular.

—Cada par de meses —añade ella, sonriendo—. Es un sitio que nunca falla y además es rápido.

Justine se sume en sus pensamientos, observando el escenario nocturno de luces y negrura a través de la ventanilla. Tamara está nerviosa. No hay sitio para aparcar cerca del club, de modo que se echan a un lado para que Justine salga sola. Keith dice que seguirán dando vueltas y que regresarán cada cinco minutos más o menos. Justine asiente y se dirige hacia el club. Lleva una fina chaqueta roja de algodón sobre un sujetador negro y una minifalda azul, que deja el estómago al aire. Un poco de maquillaje y un collar de monedas de oro perforadas.

—Esto está pasando realmente, ¿verdad? —le dice Tamara a Keith al cabo de un par de minutos de dar vueltas con el coche, girando siempre a la derecha.

—Es real.

A continuación añade:

—No hará falta que te diga…

—Puedes confiar en mí —le interrumpe Tamara.

—Lo sé —responde él, al cabo de un momento—. Siento haberte hecho sentirte obligada a decirlo, pero me alegra que lo hayas hecho. No acabo de comprender qué está haciendo, por qué se ha descubierto de esta manera ante Patrick y ante ti. Va completamente en contra de su modo de vida, de lo cuidadosa que es en todo lo que hace.

—No la traicionaré. De hecho mi primera reacción es que debe de tratarse de alguna especie de enfermedad sanguínea.

—¿Una enfermedad que la mantiene joven para siempre, pero que la incapacita para ponerse bajo la luz del sol sin morir?

—¿Por qué no? ¿Adónde va la sangre, a todo esto?

—Un poco vuelve a salir, pero la mayoría desaparece en el interior de su cuerpo, por lo que yo sé.

—Puede que haya alguna manera de tratarla —dice Tamara—. Me gustaría analizar una muestra de su sangre, a ver qué hace.

Justine viene caminando por la acera, acompañada de otra mujer con el pelo negro y corto, estilo militar, pantalones y chupa de cuero negro ajustado y botas con pequeñas cadenas de plata. Se sientan en la parte de atrás. La mujer huele a alcohol y a sudor.

—Os presento a mi nueva amiga, Sal.

Sal no dice nada. Parpadea, pero parece estar sumida en un trance lúgubre. Keith conduce alejándoles de allí. Tamara se vuelve en el asiento del copiloto para observar lo que pasa en el de atrás.

—Mira —dice Justine extrayendo los colmillos.

Vuelve el rostro de Sal hacia el suyo, como si fuera a darle un beso. Lentamente presiona sobre la vena, después muerde, de modo que la piel se desgarre y la sangre fluya, hasta que los colmillos quedan completamente inmersos.

Keith echa el coche a un lado y aparca, apagando las luces.

Sal gime.

—Normalmente —explica Keith—, no lo haría en el cuello. Hay zonas menos llamativas.

—Como el pliegue interior de mi rodilla.

—Eso es.

—Y luego no recordará nada de esto.

—No creo —responde Keith, en voz baja. ¿Está triste? Tamara no acaba de saberlo. Parece sereno.

Cuando Justine termina, se deja caer un momento, apoyando la frente en los labios y la nariz de Sal. Se limpia la boca en la camiseta negra de la lesbiana.

—Me ha preguntado si necesitaba disciplina —dice Justine con una voz ligeramente ronca y grave—. ¿Qué quiere decir eso?

—¿Qué le has respondido? ¿Le has dicho que sí? —Keith parece divertido.

—Parecía tomárselo muy en serio, así que yo también me he puesto seria. Quería que le dijera que sí y eso es lo que le he respondido.

—¿Y eso es lo primero que te ha dicho?

—No. Me ha preguntado si había estado otras veces allí, y le he respondido que sí, pero que hacía ya algún tiempo. Explícame a qué se refería con lo de la «disciplina».

Tamara se percata de que los colmillos de Justine se han vuelto a replegar. Keith le explica qué es lo que tenía Sal probablemente en mente.

—El club parecía distinto —dice Justine, recordando—. ¿Qué hacemos con ella?

—Deberíamos llevarla de vuelta a donde la has encontrado. No se despertará hasta dentro de un rato, ¿verdad?

—No. ¿No prefieres dejarla en cualquier otro sitio?

—Creo que entre las dos deberíais llevarla de vuelta —dice Keith—, al menos hasta la puerta. Decid que ha bebido demasiado, que ha perdido el conocimiento. Ellos sabrán qué hacer con ella.

—Espera un momento —interviene Tamara.

—Lo haría yo mismo —dice Keith—, pero soy un tío y seguro que se pensarían lo peor. Especialmente teniendo en cuenta que le sangra el cuello.

—No quiero volver allí —dice tajantemente Justine, y Tamara se vuelve y se queja de que ella ha venido como observadora, que no debería intervenir. No quiere hacerlo.

—¿Y si la dejamos donde sea y resulta que la violan y la matan? —dice Keith.

—Eres perfectamente capaz de encontrar un sitio seguro si te da la gana —dice Justine, y Tamara llega a la conclusión de que toda la situación deriva de algún problema entre ambos amantes. Están discutiendo por discutir.

Justine añade:

—¿Qué tal el parque Griffith?

Pero Keith dice que no, que esta noche no.

Mientras tanto, sigue acercándolas inexorablemente al maldito club.

—*Cabrón* —dice Justine cuando detiene el coche.

Tamara y Justine agarran entre las dos a la alta y musculosa Sal y la llevan arrastrando los pies hasta la puerta del club, al mismo tiempo que llegan nuevas clientas.

—¿Qué le habéis hecho? —pregunta el portero gordo y tatuado de escaso bigote al verlas llegar con Sal, y Tamara responde con sorprendente compostura:

—Hemos jugado a los vampiros y se ha desmayado al ver la primera gota de sangre.

—Sí —añade Justine completamente seria—. Está hecha una floja. Menudo aburrimiento.

La sientan en una silla junto a la entrada, bajo una luz rojiza y amortiguada. Sal abre los ojos.

Justine la besa en la mejilla y ella y Tamara vuelven a salir, Tamara riendo para sí misma con sus vaqueros azules, su coleta y su camisa blanca de manga larga.

Ahora les resulta bastante gracioso, mientras se alejan de allí en el coche. Y cuanto más se hubiera enfadado cada una de ellas con Keith, cuanto más reacia se hubiera mostrado, más divertida le parece ahora toda la situación.

# Tercera PARTE

## 59

Es la misma cara de antes, pero diferente. Solía tener unas pequeñas sombras bajo los ojos; ahora han desaparecido. Es el mismo rostro, y sin embargo es como si antes hubiera estado llevando una máscara que ahora hubiera desaparecido, disuelta. Esa sonrisa relajada... En 1912 nunca hubiera permitido que su cara se mostrara de una forma tan abierta. David no puede creer que sea así de vulnerable. Debe de ser que necesita más tiempo para estudiar su actuación.

David la observa atentamente. También a sus compañeros, que no parecen haber recibido el bautismo de sangre. No, por lo que parece, están en completa posesión de su voluntad, acompañan a Justine por designio propio. Ella parece sentirse lo suficientemente a salvo mientras la mira. No, ella sabe que no es invulnerable, y su rostro no es tan constantemente accesible como le había parecido. Pero sí parece más joven de lo que la recuerda. Más esbelta, grácil, todo lo contrario a su vampira lánguida e inescrutable.

Odia verla así. Odia lo que verla así le hace por dentro. Hay demasiados misterios, demasiadas cosas en las que no quiere pensar, pero debe hacerlo. La situación es un problema que debe resolver. Puede que sea de naturaleza matemática. Puede que encuentre la respuesta en una resta o en una división, quitando algo o separando lo que ahora está unido.

El hombre, por ejemplo. Evidentemente, es un firme candidato como receptor de alguna especie de afecto por parte de Justine. David prefiere suponer otra cosa, pero cuanto más los observa juntos, más percibe que parecen estar familiarizados el uno con el otro, físicamente, amorosamente. Justine juega a un juego extraño, una mascarada. David es incapaz de adivinar sus motivos. Quizá haya una gran suma de dinero en juego y por eso le sigue la corriente. Quizá no quiera morderlo porque tiene SIDA.

Es sólo una de muchas posibles explicaciones. La mujer del pelo castaño podría ser la hermana del tipo, presumiblemente una lesbiana. Se sienta junto a Justine y el tipo en un reservado, en el bar. Están hablando de algo. David no consigue oírlo. Se pregunta quién será la mujer alta que las ha acompañado al interior del club para bolleras.

Fue en ese momento, mientras las tres mujeres avanzaban por la acera, cuando David se fijó en Justine.

Su rostro incandescente.

Su primer pensamiento fue: Tiene un parecido asombroso con Justine. Qué interesante. La seguiré.

Entonces se percató, debido a la presencia de las demás mujeres junto a la puerta del club, de que su presencia en el interior llamaría demasiado la atención.

Justine ha vuelto a salir con la que ahora le acompaña y se han metido en un coche que las estaba esperando. David se ha alegrado de no haber aparcado. Los ha seguido hasta este bar.

David ha anotado la matrícula, sin saber si servirá para algo o no. Como el local está bastante abarrotado, se ha atrevido a entrar. Justine no parece excesivamente precavida. Está memorizando su nuevo aspecto, sus expresiones, lo que lleva puesto. Le resulta perturbador verla sólo con ese sujetador negro; se ha quitado la chaqueta roja, dejando al aire sus hombros, sus brazos y su estómago; retirándose el pelo de la cara con un movimiento de la mano. Cuando se marchan, los sigue.

La mujer del pelo castaño vuelve a salir por el portón al volante de otro coche. Apunta la matrícula. Listo. Los actores principales ya están aquí. David se resiste a marcharse, a pesar de que no hay sitio para aparcar y salir del coche. Da una vuelta tras otra, lentamente, reflexionando acerca de lo que ha visto.

Le gustaría poder volver a verla, para asegurarse de que esto es real. Tendrá que volver otra noche.

No sabe qué es lo que va a hacer.

## 60

—¿Por qué no vas a por Tamara? No te costaría mucho —le dice Justine vestida con su camisón blanco, a oscuras.

—Está con Patrick.

—¿Y qué? Podrías quitársela.

—No quiero hacerlo.

—Pero entonces admites que podrías, ¿verdad?

—No, no lo creo. ¿Por qué, tienes celos?

—No puedo evitarlo. ¿Y si de repente envejeciera de un día para otro, si envejeciera cien años? Te daría asco mirarme.

—A lo mejor. ¿Cómo voy a saberlo? ¿Qué quieres que te diga? Pero eso sirve para los dos. ¿Y si los matones venezolanos me hubieran quemado la cara con cigarrillos y me hubieran desfigurado? Es todo tan hipotético...

—Yo te querría igual.

Keith se ríe de ella.

—Ni siquiera habrías llegado a conocerme nunca. Todavía no te he visto morder a nadie que sea feo o esté jodido.

—Pero si te quemaras *ahora*, cuidaría de ti. Te mordería y te convertiría en lo mismo que yo y toda la piel se te curaría.

—Si yo fuera un vampiro —dice Keith—, no haríamos más que aburrirnos el uno al otro hasta extremos ridículos. Me gustaría más, sólo por probar, serlo yo y que tú no lo fueras.

—Vaya sueño —dice ella, sin verle la más mínima gracia.

—¿Qué tal si te leo un poco más?

—Es tarde.

Algunas noches, Keith le lee en voz alta, últimamente pasajes de *Orlando*, de Virginia Wolf, que a ella le gusta particularmente. Keith descubrió hace algún tiempo que Justine es prácticamente iletrada. Ella se avergüenza por ello.

Ambos guardan silencio. Luego Keith dice, a bote pronto, como si hubieran seguido conversando todo este rato:

—Además, eliminé cualquier posibilidad de todo eso en el momento en el que me encargué de Eric Zimmerman. Y sabía lo que estaba haciendo.

—¿Y si los dos fuéramos chinos y viviéramos al otro lado del mundo? Si fuéramos gente corriente y nos conociéramos en la escuela.

—Estaríamos en una prisión china —anuncia Keith—. En la cárcel de los chinos.

—Bien —dice Justine con una pequeña sonrisa, llevándose los dedos vendados de Keith a los labios. El gesto tiene cierto deje ceremonial.

## 61

No quiere acercarse demasiado. Quizá no se acerca lo suficiente. Pero no quiere que Justine lo sienta acechando.

La noción de que no se acerca lo suficiente le hace querer acercarse más, y eso hace. Ve cosas. Les ve haciendo cosas. Una noche incluso entra en la casa. Luego se marcha corriendo.

No son calles en las que un automóvil pueda aparcar y pasar desapercibido, por lo que le da instrucciones a Minh para que le espere dando vueltas en un largo circuito, regresando a cada rato, y es capaz de reconocer el sonido del motor de este coche en particular. Si Minh fuera arrestada por algún error y no fuera capaz de dar una explicación satisfactoria, David cree que podría llegar hasta casa antes del amanecer. Por si acaso, evita esperar hasta el último momento.

Considera estas expediciones como «científicas». Sí, está estudiando los hábitos de Justine como si fuera una rara ave, digamos un colibrí que sólo bebe néctar de una flor exótica y específica, venenosa para cualquier otro animal.

## 62

Solían tocar un tema titulado "Cierrapuertas", durante veinte minutos, para finalizar sus conciertos. Keith se despierta tras haber soñado que lo estaba tocando, casualmente sobre un escenario. Durante un largo rato ni siquiera era consciente de la presencia de público.

Es la una y media de la tarde. Se siente intranquilo. Le apetece un zumo de naranja recién exprimido; decide ir a comprar, con el coche.

A veces solía pensar en el término "Cierrapuertas" como una respuesta a The Doors y a su motivo para llamarse The Doors, a Jim Morrison afirmando querer abrir las puertas de la percepción... Bueno, sólo era una broma, pero Keith concibió una especie de superhéroe de cómic, Cierrapuertas, y su magia era esa, ser capaz de cerrar la Gran Puerta. Podría cerrársela a cualquiera. ¿Era una manifestación de la muerte? No. Sencillamente cerraba la puerta. Que cada uno lo interprete como quiera.

A veces la puerta debe permanecer cerrada para mantener el mal en el exterior. Para no dejar entrar el frío. Ni a los animales salvajes. Para asegurarse de que los niños están bien.

Keith entra en una tienda de discos. Insatisfecho, sale sin comprar nada y entra abstraídamente en una de instrumentos. No se siente cómodo, pero aun así. Se mira las manos. Parecen desdibujadas y no tan contrahechas como en otro tiempo. Es como si se estuvieran moviendo a hipervelocidad, las ve borrosas porque vibran con nueva vida.

Esta parte de la tienda es tal muestrario de tecnología que parece el interior de un futuro de ciencia ficción, todo líneas puras y elegancia de influjo italiano. Keith baja un piso y luego otro, hasta llegar a la desierta sala de exposición en la que se amontonan todos los pianos y órganos y clavicordios, donde prácticamente no hay espacio para poder caminar entre los instrumentos y las macetas con helechos y palmitos. No hay más que silencio y un aire frío y viejo.

Keith se sienta frente a un piano, pensando en Justine. La sustancia negra que sale de su vagina en el momento del orgasmo... Keith cree que su cuerpo la ha absorbido, que le está nutriendo de algún modo. Está curándole las manos.

Aunque nunca estudió para ello, siempre se mostró convencido de que, a su modo, sabía tocar el piano. No era un problema de técnica.

Genial. Toca un acorde. Suavemente.

La sustancia negra no tiene ningún olor ni gusto desagradable. Es como tierra honda y oscura. Chocolate amargo sin endulzar. Chocolate abrasado.

Keith vuelve a presionar las teclas, con tanta suavidad que la única nota que suena de todo el acorde es la última. La bemol. Esta nota significa algo. De repente la angustia se apodera de él, podría echarse a llorar al recordar cómo se le acercaban, en la celda, apestando a sudor y a alcohol. Hacía mucho calor y lo agarraron. Al principio no sabía qué querían hacerle. ¿Violarlo? ¿Darle una paliza? Keith levantó la mirada para ver al que estaba al mando, su cara marrón y mojada, sus grandes labios rojos.

Sin demasiada fuerza, golpea el teclado con el puño, un amasijo de tonos, un acorde disonante, como tocar con una regla o un libro que crea lo que él siempre ha llamado un efecto arco iris.

Cuando sube de nuevo para marcharse, un tipo de color al que reconoce vagamente le sonríe y le saluda.

—Alonzo Pendergraph. Tocaba con Survival Network. Fuimos vuestros teloneros en Mineápolis —hace una pausa; rastas, piel café con leche—. No te acuerdas de nada, ¿verdad?

A Keith le agrada su estilo, así que niega con la cabeza y dice:

—Ni siquiera recuerdo haber estado en Mineápolis. Creo que tenía un resfriado.

Salen juntos a la calle.

—Jesús, ¿tienes un Mercedes? O sea, perdona que te lo diga, pero nunca pensé que ganarais tanto dinero.

—Es de mi novia —dice Keith, sonriendo—. Yo ni siquiera tengo un instrumento. Si no fuera por ella, estaría en la calle.

—¿No tienes guitarra? ¿En serio?

—Hace cinco años que no toco una. Cuatro.

—Eso está mal. Muy mal. Perdona si te pego la charla, pero ¿nunca piensas en toda esa gente que compró tus discos? Mmm, en tu verdadero público. Les gustaría saber en qué andas, tío. A mí al menos me gustaría. Incluso aunque sólo tuvieras, no sé, cincuenta mil fanáticos, uno de cada diez. Siguen siendo cincuenta mil personas que quieren oír tu música. Ésos son los que de verdad escuchan, los que intentan comprender, no los que se limitan a aparecer en el concierto porque te has puesto de moda, el plato del día.

—Tendría que aprender a tocar de nuevo —dice Keith.

—Eso puede ser un problema o una oportunidad.

—Ya.

A continuación, Keith dice:

—Me gustaría tocar, no sé, *una nota*. Una nota.

—Vente a mi casa. He convertido el garaje en un local de ensayo. Una nota. Lo entiendo.

## 63

—¿Has oído hablar de los «donantes universales»? Gente que puede donar sangre a cualquiera, sin importar el tipo.

—Sí —dice Patrick, aunque no parece demasiado seguro.

—Bueno, pues Justine es una «receptora universal». Puede recibir cualquiera, cualquier tipo de sangre. En la universidad tenía un compañero, Jay Culligan, que luego se hizo hematólogo. Me gustaría pedirle su opinión, si pudiera hacerlo de algún modo discreto. Existen enfermedades en las que el cuerpo daña sus propias células rojas, deficiencias de inmunoglobulina, deficiencia G6PD, que se trata mediante transfusiones, no hay otro remedio. Hay muchas cosas en su caso que no tienen el más mínimo sentido… como lo de tener que mantenerse a resguardo de la luz del sol. Puede que la luz ultravioleta tenga alguna especie de efecto exagerado. Y lo del envejecimiento, no estoy segura de si creerla o no. Me gustaría tener una muestra de su sangre, examinarla a ver si pasa algo que sea completamente inaudito.

Están hablando por teléfono. Normalmente, si no están juntos, por lo menos charlan telefónicamente. Patrick se niega a creer que nada de todo este rollo sobrenatural pueda ser cierto, pero Tamara parece convencida. Le seguirá la corriente, confía en ella, pero desearía que todo esto desapareciera.

En la pantalla del televisor localiza una imagen momentáneamente agradable, sin sonido, dos equipos de cuatro mujeres jugando al voley playa, en bikini. Las de negro parecen estar ganando a las del estampado selvático. Qué magníficos bronceados. Pies desnudos, piernas largas. Una bella joven lleva unas gafas de sol tintadas de azul agarradas con elástico y una gorra de béisbol puesta del revés. Da un salto y golpea la pelota. Patrick dice:

—Probablemente tengas razón.

## 64

La luz y carteles de habitaciones libres, palmeras y semáforos, coches por todas partes, las geometrías quebradas y horizontales de esta ciudad. Los sentidos de David son agudos, paladea los componentes químicos en el aire cargado y ahumado, ve una diminuta esquirla de cristal reflejar la luz negra y anaranjada de un neón a dos manzanas de distancia.

Él y Chase salen del coche, en esta melancólica calle, y suben al despacho del detective que han contratado para comprobar ciertos datos pertinentes. El detective se ha visto obligado a esperar y, como para demostrar que se trata de un gesto poco habitual recibir clientes a estas horas de la noche, sólo ha dejado encendido un pequeño flexo sobre su escritorio, de modo que la mayor parte de la ordenada habitación está a oscuras. El detective es un hombre gordo. Transpira.

—Aquí lo tienen —dice.

Chase coge el papel, lo estudia atentamente, esperando que su amo se sienta complacido.

David se sienta apoyando el cachete derecho del trasero sobre una esquina del escritorio, mirando fijamente al detective, que parece ofendido, pero no protesta.

—¿Y qué pasa con los archivos? ¿Guarda usted copia de todo?

—Naturalmente.

David niega lentamente con la cabeza.

—No quiero que quede registro alguno de esta transacción. Ni siquiera en su cabeza —dice, tocándose la sien con el dedo índice, en el momento en el que el gordo le mira a los ojos.

En apenas unos momentos, David se levanta y a continuación se agacha para morderle cuidadosamente en la muñeca. Le inyecta su veneno y luego baja la manga para ocultar la herida.

—¿No recordará nada? —pregunta Chase, y David dice:

—No.

Dejan al gordo detective recostado en su silla, libre de seguir con su gorda vida.

## 65

Sabe que no está aquí. La casa está a oscuras. De todos modos, tras echar un vistazo al jardín, se descubre entrando en su habitación. Lentamente, sin ver apenas lo que se despliega frente a sus ojos, vestida con su largo camisón blanco, Justine apoya la mejilla contra la fría superficie del espejo, medio esperando que su cara lo atraviese, pero no lo hace. Cierra los ojos y ve un negro remolino, algunos puntos azules que contornean algo que no consigue interpretar. Ve una escalera blanca puesta de lado, llamas de papel naranja y a Lucifer, con sus cuernos y su rabo, oscuro; uno no quiere observarlo demasiado atentamente, los ojos pugnan por desviar la mirada. Se da cuenta de que ya ha visto esto en un sueño. Le resulta familiar. Una pantalla, y tras la pantalla un lecho fúnebre. Keith yace sobre el lecho, con la cabeza elevada por unas almohadas. No parece feliz, ni mucho menos, pero sí tranquilo. Él sí que puede ver al Diablo y mirarle a la cara. No le falta miedo. Sería insensato no tenerlo.

Justine aprieta más la mejilla contra el cristal y abre los ojos. Formas oscuras, flotantes, pringosas, permanecen en su visión durante un rato, descendiendo, repitiéndose cada vez que parpadea. Sale del cuarto. Se desliza sobre el pasillo.

Justine se da un baño. El agua hace ruido.

En la bañera, se queda a remojo durante casi una hora. Cuando sale, el agua hace otro tipo de ruido, un chapoteo metódico en el momento en el que el volumen de su cuerpo crea un espacio vacío que se llena de inmediato. Enciende la luz y, una vez seca, se viste. Piensa en Keith mientras se viste, preguntándose si le agradará lo que se está poniendo.

Por un momento le resulta extraño que exista esta persona en la cual piensa, con la cual comparte más o menos su existencia. Nunca había habido alguien así en su vida. No de esta manera. La intranquiliza preguntarse dónde estará, adónde habrá ido. Es un misterio para ella.

Antes solía ver a cantidad de gente a la que no conocía. No existía la más remota posibilidad de llegar a conocerles jamás. Los veía ir y venir y no tenía modo alguno de comprender qué era lo que había en sus almas. Podría haber estado a un par de centímetros de alguien y, sin embargo, no saber absolutamente nada sobre cómo era su vida en realidad. No quería saberlo. Se mostraba indiferente o insensible. No sabía cómo comprender lo que tenía justo delante porque los veía sólo en relación al peligro que pudieran suponer para ella o como una manera de satisfacer su necesidad.

Fingía. Actuaba. Mentía.

Ahora, a través de Keith, se siente seducida por toda la gente que conoce ahí afuera. Tamara, la médico. Todos aquellos con los que entran en contacto en restaurantes, gasolineras, bares. Todos ellos llenos de vida. Incluso bajo la luz eléctrica nocturna, su carne resplandece dorada y cálida y roja.

Oh, Justine se aprieta los ojos cerrados con los dedos, presionando los globos oculares a través de los párpados. Busca perdón. ¿No es esa la voluntad de Dios? Si existe la piedad, que haya piedad. Es tan duro, tan doloroso comprender y aceptar la voluntad de Dios.

## 66

Es más de la una de la madrugada cuando al fin regresa. Se encuentra la casa llena de música, un coro solemne, el *Réquiem por las víctimas de la muerte negra*, de Heinrich Schütz, de 1499.

Keith se echa junto a ella en el sofá y le cuenta su tarde con Alonzo. La cena vegetariana que les ha preparado la novia de Alonzo, Bridget. El modo en el que Keith ha tocado, con concentración, una nota eterna en la guitarra eléctrica.

—¿Sabes lo que es un wah wah?

Justine niega con la cabeza.

—Yo solía ser el rey del wah wah —dice Keith sonriendo, y Justine sonríe con él.

»Había un grupo que se llamaba The Reverb Motherfuckers —prosigue Keith—. No estaban a la altura de su nombre. Pero si lo hubieran hecho, ese es el tipo de música que me gustaría tocar. Sería un Hijoputa Reverberante… en el sentido más estricto y elevado de la palabra.

¿Entiende Justine lo que le está diciendo? ¿Qué clase de imagen puede formarse en su cerebro a partir de estas palabras? Keith la besa. Le acaricia el pelo, el cogote. El coro acaba.

—¿En qué estás pensando? —pregunta—. ¿Ha pasado algo?

—No. Pero… anteanoche entró alguien aquí. Pude oírlo.

—¿Lo dices en serio?

—Sí.

—¿Por qué no me dijiste nada?

—Pensé que a lo mejor eran imaginaciones mías. No quería que dejaras de hacer lo que me estabas haciendo en ese momento.

—¿Alguien aquí dentro, en la casa?

—Sí.

—No lo entiendo.

—Es bastante sencillo. Era una criatura, capaz de moverse en silencio, una criatura de la noche. Como yo.

—Oh —Keith espera.

Justine guarda silencio durante un largo rato.

—Me siento muy psicológica —dice al fin—. No quise reconocerlo anteanoche, pero mis poderes no me han abandonado. Supe lo que estaba pasando. Supe que estaba aquí. Y luego se marchó.

—¿Y sabes quién es?

Justine niega con la cabeza, lentamente.

—No lo creo. No estoy segura.

Nada de todo esto pinta bien para Keith. Es como si Justine no quisiera pensar en ello, no quisiera saberlo, pero si alguien se ha colado en su casa, eso deja un evidente matiz de peligro en el ambiente.

—Verás —añade ella reflexivamente—. Nunca quise nada. Lo único que necesitaba era que las noches comenzaran y terminaran. No sentía deseo, ni odio, ni revulsión ante mi destino. Desperdiciaba el tiempo. No tenía nada especial que hacer.

»Estaba sola. Olvidé e incluso olvidé cómo había aprendido a olvidar. Nunca supuse que algún día fuera a tener la necesidad de reconocer a alguien. Miraba los rostros de la gente sin esperar reconocer jamás a nadie. No buscaba a nadie en particular. ¿Lo entiendes? Era transparente, era una sombra, y me convencí a mí misma de que así era como quería ser. Era superior. Poseía sabiduría, pero olvidé qué sabiduría era.

»Quienquiera que sea esta *criatura*, me conoce, cree conocerme. Eso pude sentirlo. No sé quién podrá ser. Pero quizá haya visto y oído suficiente y a partir de ahora se mantenga alejado.

—Alguien del pasado —dice Keith, y ella se encoge de hombros. Sí. Keith quiere saber más, pero no quiere tener que preguntar. De todos modos, es todo tan imposible… Todo.

—Estaba imaginando, en el coche, en el largo camino de vuelta a casa, cómo sería nuestra vida juntos —dice Keith algo más tarde, conciliador, y ella se acurruca, acercándose aún más a él, entre sus brazos, interesada, y él continúa:

»Tú te habías salvado y juntos íbamos a todas las playas del mundo. Nos tumbábamos al sol y nadábamos y reíamos. Nada podía salir mal. En las fiestas, nos emborrachábamos un poco, nos reíamos de nuestras bromas privadas y volvíamos al hotel y nos quitábamos rápidamente la ropa.

»Aquí en Estados Unidos conducíamos de una punta a otra del país, atravesando Arizona y Nuevo México, Texas, Luisiana, parando a comer en bares de carretera, a dormir en moteles baratos. Los vastos espacios abiertos nos hipnotizan —prosigue Keith, tocándola—, pasamos a dominar las sutiles variaciones del cielo. Nos aprendemos las carreteras secundarias de Maryland y Georgia y Carolina del Norte, vemos ríos y bosques y enormes camiones, fábricas y coches nuevos, atracos, diferentes uniformes policiales... y nos sentamos en una mesa de picnic a la sombra, besándonos, saboreando patatas fritas y ketchup y sal. Nos quedamos sin dinero. No pasa nada. Conseguimos trabajos absurdos.

Cuando Keith calla durante un rato, Justine murmura: «Más», con un tono de voz voluptuoso, como narcotizado.

—Nos bajamos del avión en Nueva York —dice él—. El cielo está gris y nublado. Cogemos un taxi hasta el centro de Manhattan y nos registramos en un hotel. Es viejo. Le doy al botones dos dólares de propina y tan pronto como desaparece nos quitamos la ropa y nos metemos en la cama. Por la ventana, podemos oír los cláxones de los coches, gente que grita, disparos...

—Sí —dice Justine—. Estamos a solas. Podríamos estar en el desierto, en una tienda. O en un barco.

## 67

Son las dos de la tarde del miércoles. Keith está durmiendo. Alguien llama al interfono. Se levanta irritado. Últimamente aparece demasiada gente. Menuda mierda.

—¿Sí? ¿Quién es?

—Devlin Spanswick. Quiero hacerle algunas preguntas sobre Eric Zimmerman.

—¿Es policía?

Keith piensa: «Se acabó». Se acuerda de dónde guardaron las pistolas de los tres ladrones mexicanos.

—No, soy detective privado. ¿Puedo entrar?

—Un minuto —dice Keith. Se pone unos vaqueros y una camiseta, coge uno de los revólveres, el que más le llama la atención, el más sencillo... después vuelve a dejarlo y va caminando hasta la verja. El tipo al otro lado de la puerta parece un actor, con su bronceado y su pelo rubio platino. Claro que, por otra parte, mucha gente tiene el mismo aspecto en esta ciudad.

—¿Qué es lo que quiere?

—No quiere dejarme pasar —observa Devlin—. ¿Por qué no?

—Váyase a la mierda —dice Keith, en un tono que en realidad no es hostil. Él y este tipo se entienden mutuamente—. Estaba durmiendo. ¿Qué es lo que quiere saber?

—Verá, mi amigo Eric dijo que iba a venir a hablar con usted, estaba deseándolo, y luego de repente deja su hotel y desaparece hacia rumbo desconocido, sin decirle nada a nadie... Eso no es nada propio de él, ¿sabe? A Eric le gusta que sus amigos sepan lo que hace, paso a paso. Si no escribe, es porque llama por teléfono. Así que quiero saber: ¿vino a verle? ¿Consiguió su entrevista?

—Sí. Hablamos. De hecho pensé que volvería más veces para seguir donde lo habíamos dejado.

—¿Tiene idea de adónde podría haber ido?

—¿A Venezuela? No lo sé. Al parecer tenía bastante de qué hablar con Gilberto Reyes. Al margen de eso, no tengo ni idea.

—¿Le dijo eso específicamente? ¿Que iba a ir a ver a Reyes?

—No lo sé. No me acuerdo.

Keith no tiene la impresión de haber asesinado a nadie. Ni siquiera tiene la impresión de estar mintiendo. Bosteza.

—¿Trasnochó ayer? —pregunta Devlin, con una sonrisa.

—Siempre.

—Bueno, aquí tiene mi tarjeta —Keith la acepta—. Si se le ocurre algo o si Eric contacta con usted, le estaría muy agradecido si me avisara. Puede dejar un mensaje en este número las 24 horas del día.

—De acuerdo.

Y así queda la cosa. Keith reconoce, en el día soleado, un aciago presagio. En cualquier caso, es capaz de relajarse y volver a dormirse.

## 68

Chase y Sabrina están sentados el uno al lado del otro, de cara al escenario, sobre el que se alzan en toda su gloria varias de las figuras de madera de tamaño natural, mudas. Bien entrada la tarde, David sigue durmiendo. El lanzador de cuchillos. El hombre del espacio. La chica del bikini.

—Me ha dicho que ya no falta mucho —dice Chase—. Esta mañana me ha preguntado si de verdad lo deseaba, y le he dicho que sí. La inmortalidad. Esa es la palabra que ha usado. ¿Y tú qué? Ven conmigo, por favor —se vuelve hacia Sabrina—. Tengo miedo. Me ha dicho que todavía quedan una o dos pruebas más, y que luego ya estará.

—No sé —dice ella—. Últimamente he tenido unos sueños de lo más extraños. Sigue bebiendo mi sangre. Me sacó un poco la otra noche. Estoy entumecida.

Últimamente sólo tienen una «invitada». Minh, la chica vietnamita. Aparece ahora, vestida de chófer. Lleva la larga melena negra recogida bajo la gorra. Cambia el telón de fondo del escenario, dejando un cielo morado de estilizadas nubes azules, con una desmesurada y enfática luna de un amarillo pálido. Activa una de las figuras, a modo de prueba. El lanzador de cuchillos dice:

—Cielo rojo a la noche, desgraciado en amores.

Angustiado, Chase dice, en voz baja:

—Debes hacerlo.

—¿No te parece —dice Sabrina— que a veces David es más grande o más pequeño, dependiendo del momento? Más alto, más bajo, más delgado o más sólido, fuerte. Su cuerpo cambia.

¿Le habrá entendido Chase? ¿Se lo ha dicho en voz alta? Sabrina le mira a la cara pero no puede estar segura.

## 69

En *Orlando*, Virginia Woolf escribe acerca del tiempo: «Una hora, una vez alojada en el caprichoso elemento del espíritu humano, puede ver alargada hasta cincuenta o cien veces su longitud en el reloj; por otra parte, una hora podría quedar representada con precisión en el esquema temporal de la mente por un solo segundo». Y: «Algunas semanas le sumaban un siglo a su edad, otras no más de tres segundos a lo sumo».

Justine se queda profundamente afectada al oírlo.

Parece como si hubiera secretos entre ella y Keith debido al asunto del «visitante». Él no parece aceptar la situación con la misma imperturbabilidad que ella. Es una señal, piensa Justine, una señal de algo más. En sí mismo no es importante que otro vampiro ande cerca, consciente de su existencia.

Justine convence a Keith para que le hable más sobre su nuevo amigo, el músico, Alonzo. Le fascina que sea negro.

—Yo tenía amigos negros en San Luis —dice Keith, cuando reconoce el foco de su curiosidad.

Estando en casa de Alonzo, ha conocido a sus vecinos, en el jardín trasero. Había un ciego, también negro, que estaba recitando la emisión radiofónica de un partido de los Dodgers, de manera que era difícil saber si de verdad lo estaba recordando o sencillamente inventándoselo.

«Hershiser sacrifica su bateo y logra avanzar una base. ¡Perfecto! He aquí un hombre dispuesto a todo para ganar».

El compañero del ciego era un blanco demacrado en silla de ruedas que no decía nada y que parecía prácticamente inconsciente hasta que de repente ha extendido la mano para agarrar una pelota de béisbol arrojada por el ciego en su dirección para ilustrar una recepción efectuada por el exterior derecho.

Según Alonzo, una anciana cuida de ambos. Justine quiere saber más sobre la novia de Alonzo. ¿Cómo es? Muy guapa.

Oh.

Keith conduce hasta el centro. Encuentra un candidato adecuado, un tipo ebrio al que se le han caído las llaves. El alcohol en su sangre hace que a Justine le entre sueño. Francamente, hubiera preferido no morderle. Mientras regresa al coche, con su minifalda, abotargada, se avergüenza de que Keith la vea así. Se avergüenza de ser lo que es.

Keith es un encanto. Le limpia la boca. Ella se deja caer y Keith la coloca bien en el asiento. El tipo sigue tirado en un portal.

—Estoy mareada —dice Justine mientras se alejan—. No, estoy bien. Estaré bien.

## 70

—No —dice Olga—. Por favor.

Está llorando, de pie en su cochambroso y diminuto piso. Huele a cerrado. Ha ganado bastante peso desde que era una adolescente.

—Me dejaste encerrado —dice David—. Veinte años ahí metido, en esa caja.

—José quería matarte, igual que a mi madre —dice Olga—. Fui yo la que le convencí para que no lo hiciera. El único modo de convencerle fue dejándole encadenarte. Pensé que seguirías durmiendo, que desconectarías.

—Fui bueno contigo.

—¡Me obligaste a acostarme con mi madre! —grita Olga. A continuación, vuelve a sollozar indefensa—. Oh, Dios, por favor.

Chase se siente incómodo. Está aquí como testigo, como mano derecha de David. Como lacayo. Su rostro no parece reflejar emoción mientras estudia a Olga, que ahora es una divorciada que trabaja de dependienta y paga tarde todas sus facturas. Su ex marido tiene la custodia de sus dos hijos. Ha sido miembro de la iglesia de la Cienciología y también pasó algún tiempo con un gurú tibetano en un ashram en las Rocosas.

—Quiero que digas lo mucho que sientes haberme dejado todos estos años encerrado en una caja. Es lo único que quiero, Olga. Quiero saber que lo sientes, que lo lamentas.

—Lo siento. Por favor. Lo siento mucho.

—Escríbelo. Toma. Escríbelo. «Lo siento». Y firma con tu nombre.

Moqueando, con la cara roja, Olga escribe *Lo siento* con un bolígrafo azul sobre una hoja amarilla de un cuaderno de notas. Firma con su nombre. Olga Roubatieff. Dubitativa, vuelve a dejar el bolígrafo sobre la mesa.

—Ahora cómetelo —dice David—. Para que forme parte de tu cuerpo. Lo mucho que lo sientes.

Sin vacilar, Olga arruga el papel amarillo, se lo mete en la boca y lo mastica. Una vez humedecido, es fácil partirlo con los dientes. Traga los fragmentos.

—Muy bien. Ahora di otra vez que lo sientes.

Olga abre la boca para decirlo, pero David se apodera por completo de su mirada y su voz resulta inaudible. David alarga la mano para agarrarla del pelo y la endereza. Le desabotona la blusa rosa que lleva puesta, sólo los botones inferiores, por debajo del sujetador. Chasquea los dedos haciéndole un gesto a Chase y éste da un valiente paso al frente con un cuchillo de carnicero en la mano.

David acaricia la mejilla de Olga mientras Chase le corta el vientre, haciendo una incisión y abriéndola en canal en busca del estómago, entre todo lo demás. Chase abre el estómago para encontrar, ahí, entre bilis y semisólidos, los pedazos masticados de papel amarillo, ahora en mucho peor estado.

—Sí, te creo. *Lo sientes*, ¿verdad que sí?

Sigue agarrándola del pelo hasta que muere. La punta de la lengua le asoma entre los labios. Es entonces cuando permite que caiga.

—Esta sangre no me sirve de nada —le dice a Chase—. Venga, muévete. Nos vamos.

## 71

Tan pronto como la madre de Michelle le da algún dinero, ésta decide devolverle sus cincuenta dólares a Keith. Sabe que no los espera, que no significará nada para él, pero es un gesto que no carece de atractivo.

Ha pasado una mala semana. Ha tenido vaginitis y se ha mosqueado con Tiff. De hecho aún siguen enfadadas. A Michelle se le cayó la cerveza encima de Tiff delante de unos tíos, luego se llamaron zorra la una a la otra y ahora apenas se hablan. Es una estupidez, la verdad, pero aún no se han reconciliado.

Además, se le ha retrasado la regla siete días. Eso sí que ha sido divertido. Hostias. Menuda mierda como para tenerla rondando en la cabeza, justo en un momento en el que probablemente ha estado bebiendo demasiado y tomando demasiadas drogas. No mola.

Al menos, ahora que se ha afeitado la cabeza puede que el pelo le crezca distinto. La cresta se le estaba quedando vieja.

Visitar a su madre suele ser casi siempre un coñazo, pero esta vez le ha compensado con creces. Resulta que Hacienda le acababa de devolver más dinero del que esperaba y se ha sentido lo suficientemente generosa como para darle parte a Michelle. Michelle ha pagado todas las facturas que tenía pendientes y aún le quedan un par de cientos de dólares.

Es una ridiculez desperdiciar parte para intentar impresionar a Keith, pero a Michelle no le gusta la idea de que pueda pensar mal de ella. Por qué debería molestarla esto, lo ignora. En fin, ya que la última vez no quiso verla, Michelle supone que podría presentarse otra vez en su casa, sólo que entonces se estaría poniendo en una situación demasiado vulnerable. Quedaría como una débil.

Esto es mucho mejor. En esto tendrá que fijarse.

Y además, a Jason le gustará. Ya le ha dicho varias veces que quiere ver la casa en la que vive Keith, sólo por saberlo. Esta noche no tenían previsto nada especial.

Ken les acompaña. Es un buen paseo. Ken les está hablando sobre un libro que ha leído. *Diario de una esclava* o algo así. No, es desde el punto de vista de una dominatrix.

—Cualquiera puede convertirse en un esclavo sexual —dice—. Acaba por gustarte. Empiezas a encontrar placer en el dolor.

Michelle no está demasiado convencida, a pesar de que cree que es verdad que no existe persona cuya voluntad no pueda ser rota. Si se hace con la suficiente habilidad. Se fuman un canuto. Jason conduce. Conduce bien cuando está colocado. Con cuidado y precaución.

Saint Agatha están fuera de minigira, por lo que Michelle lleva un par de semanas sin ver a Fred. Van a subir hasta San Francisco, Eugene, Portland y Seattle, y luego volverán a bajar.

Fred le envió una postal desde Portland, con un dibujo de una calavera. Sólo decía: «Por ahora bien. Nos vemos. Fred». A Michelle le gusta más cuando está lejos. Los demás se refieren a él como su novio, lo cual no le parece mal, ya que mientras no esté aquí no puede ponerse pesado. Así no hay presión, ni nada parecido.

Esta noche quiere ver a la mujer con la que vive Keith, echarle un buen vistazo. Michelle se la imagina embarazosamente vieja. Eso estaría bien. Podría verla y confirmarlo, y Keith sabría que ella lo sabe.

Incluso si resulta ser una despampanante estrella de cine, a Michelle siempre le queda el recurso de incomodar un poquito a Keith. Le tocará dar explicaciones después de que se hayan marchado.

La puerta se abre sin ninguna pega.

—Entrad, entrad —dice Keith mientras salen de la furgoneta, saludándolos con bastante afabilidad.

Entran a tomar una cerveza. Keith les presenta a Justine. No es lo que Michelle esperaba. Michelle les presenta a Jason y a Ken. Aparecen las cervezas.

Jason le dice a Keith lo mucho que admiraba lo que hizo con SMX. Le dice a Keith que le encantaría tenerlo de entrevistado o de invitado en su programa de televisión por cable, *La noche más oscura*.

Ken sorprende a Michelle observándole y le dedica una sonrisa. Michelle se pregunta si estará a punto de decir algo que ofenda a todo el mundo, pues esa es su especialidad. Siempre necesita llamar la atención. Últimamente, le ha dado por sacar el tema del Holocausto y decir que la cifra de seis millones no se ajusta a la realidad, que es demasiado elevada. Y eso sólo para empezar.

Michelle le da otro sorbo a su botella de cerveza y luego recuerda por qué ha venido. A pesar de que le incomoda hacerlo, interrumpe.

—Quería devolverte el dinero que me prestaste —dice extendiéndole a Keith los cincuenta dólares.

—Gracias —dice él, y se los guarda en el bolsillo. Michelle se siente ridícula, pero no le importa.

Cuando se marchan, una vez de nuevo en la carretera, alguien les hace señas para que paren. Es un hombre.

—Quiero ayudaros —le dice a Jason a través de la ventanilla del conductor, y Jason le deja entrar en la furgoneta. El hombre los acompaña hasta casa. Un coche les sigue. En su interior, otro hombre y una chica vietnamita.

David habla con los jóvenes góticos, uno tras otro. Entra en su casa. Su intención es llevárselos consigo, poblar su escenario. Es un detalle que no les importe que mate a Brian, que está arriba con su ordenador. Todos quieren ser vampiros, o eso creen.

Le cortan la cabeza a Brian. Meten el cuerpo en el maletero, con todos sus papeles. Este es el modo en el que siempre han pensado que funciona el mundo, y ahora efectivamente así es. Sacrificio y misterio, seres mágicos centenarios en la noche. La verdad primitiva y sagrada de la sangre.

El hechizo. El cielo y la tierra. Miembros amputados y transformación. Transustanciación. Está aquí. A pesar de cualquier duda sofocada, de cualquier inquietud que puedan experimentar fugazmente, está aquí.

Ha llegado.

## 72

Tan pronto como Michelle empezaba a llorar, cuando era niña, se colocaba frente a un espejo para verse. Al principio, y durante mucho tiempo, no fue capaz de mirarse a los ojos y mantener la mirada sin espantarse, pero gradualmente practicó hasta ser capaz de soportar el reflejo de su propia mirada como si fuera la de una desconocida. Hablaba consigo misma y no le gustaba verse la boca, hasta que pasó a parecerle como si la que hablaba era la chica del espejo, podía disociarse a sí misma de la imagen, de las palabras.

Fue una carga para su madre, su única hija… no deseada, al parecer, y su mera existencia le hacía más difícil conseguir citas. Michelle aprendió a guardar silencio, a quedarse sola en su cuarto. Lo último que quería era estar en medio. Pero sin importar lo inadvertida que quisiera pasar, le echaba a perder las cosas a Brenda. Incomodaba a los novios, no les apreciaba lo suficiente, nunca pensaron que fuera una niña afectuosa.

A los doce años aproximadamente empezaron a apoderarse de ella unas emociones muy extrañas, y cuando Brenda salía con una cita, dejándola a solas, Michelle llevaba a cabo ceremonias, encendía velas, se pintaba el rostro con pintura blanca de payaso y lápiz de labios negro, y se dibujaba en el cuerpo con ceras compradas en una tienda de magia símbolos rúnicos extraídos de los tebeos de *Elf Quest*.

Salió a la calle de tal guisa en un par de ocasiones y la gente se cruzaba de acera para evitarla. Esto le hacía sentir como si tuviera poderes, pero generalmente se limitaba a sentarse en el suelo delante del espejo a hablar consigo misma, considerándose malvada y extraña.

Si poseía algún poder, este sólo funcionaba de noche. Durante el día, en la escuela o donde fuera, era como si siempre estuviera actuando. La gente sólo te veía a ti, tu verdadero rostro, si se lo permitías. De otra manera sólo conocían una máscara.

Empezó a tener conflictos en casa. Se metió en líos por saltarse clases y suspender, y a partir de ahí la cosa fue a mayores. Estuvo desintoxicándose durante una temporada. Era una estupidez. Sólo tenías que decir lo que querían oír. Te venías abajo y te echabas a llorar como con un interruptor.

Nunca pensó demasiado en la posibilidad de ser un vampiro, a pesar de que le encantaba Ann Rice. Clive Barker era mejor, pero muy desagradable. A Michelle le gustaba la sensación de verse escandalizada, conmocionada, de no poder negar en modo alguno que habías presenciado la escena del crimen.

En un tebeo de *Historias de la Cripta* salía un tipo que era un vampiro, sólo que en vez de sangre tenía que sacar una glándula en concreto de cuerpos jóvenes y frescos. Sin embargo, a medida que iba transcurriendo el tiempo, empezaba a necesitarla cada vez más a menudo, de modo que al final pedía una pizza, suponiendo que el repartidor sería lo más joven y vital posible y encima iría a su domicilio.

¡Qué raro se le había hecho averiguar que Keith vivía con una vampira! Era su esclavo, les había contado David. ¿Quieres hacerlo?, le había preguntado. Y Michelle supo de inmediato a qué se refería, le sorprendió que la hubiera elegido a ella, pero asintió, claro, por qué no. Alguien le dijo una vez que tomar heroína era como suicidarse, obtienes la sensación sin tener que hacerlo de verdad. Michelle ha pensado mucho en el suicidio y en la muerte, y está convencida de que no le asusta siempre y cuando no duela.

—Te despertarás dentro de tres días —le dice David—. Como Jesucristo.

Ella asiente, en la oscuridad, su corazón palpitando con fuerza, pero manteniendo la compostura, el rostro inexpresivo, como si ya lo supiera. Es importante no mostrar debilidad, y si muestra vulnerabilidad, resignación y temor, no es consciente de ello.

Michelle hace una profunda inspiración y luego vuelve a soltar el aire, mirando hacia el techo, que tiene una textura lunar. Como un primer plano de los poros de la piel, la piel de alguien anciano, feo y maltratado, respirando en una residencia de la tercera edad, olvidado y solo. Está oscuro y todos los que trabajan allí se drogan, se pinchan en los armarios de los pasillos, han desconectado los timbres y el sistema de llamadas. Risas roncas. Sólo esperan a que mueras. No les importa nada. Ni siquiera saben cómo te llamas.

Es como si hubiera vendas por todas partes, estás cubierta de vendas, tu cara. No, ésa no eres tú, es otra persona.

## 73

—Verás —revela David—, por fin la he localizado. A la que me convirtió en lo que soy.

Mira a Sabrina.

—Si piensas que yo soy vil, ella es mil veces más vil que yo.

—Es un monstruo —dice Sabrina. Esta respuesta complace a David, es un ejemplo de por qué le gusta tenerla cerca. Para que le diga cosas así.

—Sí, un auténtico monstruo. ¿Qué debería hacer?

—Destruirla.

Sobre el escenario, Minh le muestra a Ken una marca con tiza en el suelo. Ken va disfrazado de oficial de las SS, completamente de negro, un brazalete con la esvástica y una gorra de esas. Tiene un porte severo. Jason está trasteando con su grabadora de vídeo. Tiff revolotea a su alrededor. Michelle está en otra habitación, muerta.

—¿Sigues queriendo a Chase? —pregunta David.

Sabrina no responde de inmediato. Luego dice:

—Las cosas que ha hecho, ha sido porque tú le has obligado.

—A lo mejor. O a lo mejor sencillamente le he permitido hacer realidad sus deseos más ocultos.

—No me lo creo.

Sabrina se muestra encantadora y visiblemente torturada ante semejante idea.

—¿Sigues queriéndole?

—Sí.

—Te creo —dice David, como si no lo hiciera. Se lleva los dedos de ella a sus labios. Un gesto. Un beso.

Sabrina tiembla. Se siente débil. Para luchar contra esa sensación, dice:

—¿Lo harás?

—¿Que si haré qué?

—¿La destruirás? Al monstruo, a la vampira. Debe de tener mil años.

David la observa. A continuación piensa en Justine.

¿Qué podría hacer, para conseguir que vuelva el rostro? Es demasiado perversa. Lo llena como plata fundida convertida en plomo. Crucificarla, obligarla a mirar cómo castran a su amante. David podría despedazarla con violencia, durante horas, y nunca encontrar respuesta al porqué. La cabeza por aquí, las piernas por allá, el torso y los brazos acullá. ¿Tendrían sus ojos la misma expresión ininteligible que todos los demás?

Entonces sabría. O… sería el peor engaño, la peor jugarreta de todos los tiempos. David es incapaz de pensarlo. Es demasiado avasallador.

Se pone en pie y sube al escenario, junto a Minh, su mascota de piel dorada. Es la más sensible a sus cambios de humor.

## 74

1969.

—O sea, que lo que me estás diciendo es: no sabes dónde está Suzie, hace tres días que se marchó, y lo único que sabes es que probablemente esté en algún sitio con Alison, ¿verdad? ¿Hasta ahí voy bien?

—Sí.

—¿Entonces qué problema hay? —pregunta Steve.

—¿Que qué problema hay? Guau. Eso sí que es un dilema cósmico. Conoces a Alison, ¿verdad? ¿Te la han presentado?

—Una o dos veces —dice Steve, reacio por principio a seguirle el juego a su hermano pequeño. Jon continúa:

—¿Y tu opinión de superiluminado hombre de mundo, miembro del Cuerpo de Paz de vuelta de todo, es que Alison es una persona racional?

—Yo no he dicho eso —Steve enciende un cigarrillo, mirando

por la ventana—. Pero… si Suzie se ha ido con Alison, ¿qué es lo peor que puede pasar? Probablemente que acaben correteando desnudas en una comuna de follacabras o en una granja de cerdos en algún sitio como Sonoma o Cucamonga. En estos mismos momentos estarán haciéndole los coros a cualquier lunático. ¿Y qué?

Jon, con la cara tapada por el abundante pelo rizado y enredado que le cae hacia delante, hurga en el cenicero en busca de un pedazo de canuto que aguarda a ser descubierto, lo encuentra, ajá, y sabiendo que ahora ha captado la atención de su hermano Steve, dice:

—Es una situación plausible, tío. No lo niego. Salvo que la verdad es algo más, eh… *siniestra*, podríamos decir.

—Siniestra, nada menos. Explícate, Watson. ¿Qué tiene de significativo que el perro no ladrase? Ah, exactamente eso. ¿Por qué no ladró el perro? Esa es la clave de todo el misterio.

Steve se muestra burlón, pero intrigado. Desde que volvió de una misión con el Cuerpo de Paz en Guatemala, se lo toma todo muy en serio, especialmente la política. Está intentando escribir un libro que derrumbe el imperio del mal.

—Bien dicho, *kemo sabe* —masculla Jon dándole una calada al canuto. Es la mejor parte. Steve acepta el porro, inhala. Podría no ser nada. Probablemente lo sea. Pero Jon está sinceramente preocupado—. Les pregunté a las compañeras de piso de Alison en Venice y me dijeron que ella y Suzie iban a intentar participar en una peli de vampiros que están rodando unos tíos raros de Laurel Canyon. Karen me dijo que es una peña que se toma el rollo este muy en serio, unos hijos de puta salidos directamente de la Casa del Diablo en Haight-Ashbury. También hay moteros metidos en el ajo, esclavos de Satán… esa es la parte que no me mola. No me gusta la puta idea, que soy capaz de visualizar con demasiada claridad, de Alison diciendo: claro que nos desnudaremos, por qué no, todo es de todos, y Suzie toda pedo siguiendo su ejemplo, y los moteros que se aburren entre peta y peta y deciden montarse una pequeña orgía detrás de la piscina o algo así, no sé, se supone que es una mansión... Lo que quiero decir es que me parece que puede que Suzie no ande en la mejor de las compañías, eso es todo

—¿Yendo al grano? —pregunta Steve, burlonamente

—Al grano —dice Jon.

—Como las *gallinas* —reflexiona Steve. Luego, al cabo de un par de momentos, continúa:

»Mira, Suzie no es tonta. No sigue a Alison en todo lo que hace. No le pareció necesario dejar que la arrestaran por robar en una tienda, sólo porque Alison creyera que ese era el único modo de experimentar toda la movida. Y... tampoco trabajó como bailarina de striptease sólo porque Alison lo hiciera, ¿verdad? ¿Y no has aludido ya alguna vez al hecho de que Alison ha tomado ácido más de cincuenta veces, cinco cero, mientras que a Suzie lo de expandir la mente no le va? Etcétera. Suzie no se folló al batería de Iron Butterfly ni intentó trepar hasta la ventana del sexto piso de un hotel para mamársela a Jim Morrison. Todo eso son rollos de Alison.

—Ya, Steve, confirmado, confirmado y doble confirmado. Pero en este caso hay otro factor de seducción que no has tenido en cuenta en tus por lo demás consumados cálculos.

—¿Y cuál es?

—Que Suzie estudia arte dramático en UCLA. Que quiere seguir los pasos de Tespis. Ofelia, *Hamlet*. Mina Harker, *La venganza de Drácula*. Suzie Breck, su nombre en candilejas. La tentación podría llegar a ser demasiado grande.

—Puede que tengas razón. ¿Cómo podríamos averiguar dónde están rodando esa supuesta mierda?

—Hay un piso ocupado por el que, según Karen, se pasan de vez en cuando a buscar extras. Alguien de allí debería poder indicarnos dónde están los decorados de *La venganza de Drácula*.

—¿De verdad se llama así? —pregunta Steve.

—No lo sé —reconoce Jon, con una sonrisa—. *¿Drácula 69*?

—Vale, me has convencido. Vamos para allá.

Steve es más alto y tiene el pelo más oscuro. Estrictamente hablando, es más guapo, pero lleva el pelo más corto y está mucho menos al día que Jon. Steve tiene veintisiete años; Jon, veintiuno.

Steve conduce mientras Jon abre y cierra un mechero Zippo, diciéndole adónde ir, hablando más sobre Suzie y su amiga Alison. Suzie es la novia de Jon, desde su segundo año en el instituto. Es guapa, campechana, quizá un poco impresionable o inocente, susceptible de ser burlada, pero no hasta el punto de que parezca recién llegada del pueblo, a veces te sorprende... es sólo que le resulta divertido mostrarse abierta, dispuesta a dejarse asombrar, y todavía parecen flotar en el ambiente tantas posibilidades desconocidas por explorar...

Es tarde avanzada. El día tiene un color melocotón; después albaricoque quemado, bronce frambuesa. La luz se refleja en el cromo, los parabrisas y los retrovisores de un millón de coches, gafas de sol puestas, gafas de sol quitadas, una Coca-Cola, huele a cadáveres friéndose en una sartén particularmente enorme, trozos de carne mezclados con automóviles destrozados y humo especiado y huesos petrificados de una ciudad preazteca destruida y olvidada, transpiración y nervios y sudor de haber follado y pájaros muertos de un verde chillón, podrían ser loros de los que salen en las películas, de un verde chillón y carmesí y cereza y maravilla.

El día muere. En el piso ocupado suena el "Gimme Shelter" de los Stones. ¿Quién es *este* tío? Se llama Ray.

—No sé, no sé —dice—. De verdad, tío, no sé nada de eso. Habla con Olga, si se pasa por aquí. Olga sí que lo sabe, creo.

—¿Dónde está Olga? —pregunta Steve, sin presionar demasiado, casi como si sintiera algún tipo de afecto por Ray. Ray es un tipo repelente de larga barba y ojos inquietos, que habla con un torpe acento de presidiario del sur. Las menores de edad poperas son nervudas, bizcas y poco atractivas. Jon les está echando un vistazo más de cerca, repartiendo cigarrillos, mientras Mick Jagger empieza a cantar una canción que Jon no reconoce, es raro que nunca la haya oído con anterioridad. Quizá sólo sea que aquí dentro suena diferente. O que esté puesta a una velocidad equivocada.

—Olga no viene todas las noches, tío. A veces, o sea, cuando necesita descubrir nuevos talentos y eso, pero lo mismo nos pasamos sin verla, yo qué sé, una o dos semanas.

Esto lo dice un joven escuálido de pelo lacio, vestido con una desgastada camisa de cachemira, bufanda de lamé dorado y pantalones de pana magenta y de campana. Lleva sandalias y los pies sucios. No hace más que apartarse el pelo grasiento de los ojos.

—Eh —le dice discretamente a Jon—. Yo sé dónde vive. Pero me siento solo. ¿Conoces la expresión? Robert Johnson, el cantante de blues, llamó una noche a un tipo de su discográfica y le dijo, me siento solo. Eh, necesito veinte dólares para que me hagan compañía. ¿Entiendes?

—Vale, tío. ¿Sabes dónde vive Olga?

—Claro que sí.

—De acuerdo —dice Jon—. Veinte dólares si nos llevas hasta ella. ¿Cómo te llamas?

—¿Yo? Dodge. Dodge City. Ya sabes, como en el lejano oeste.

Jon le revela el plan a Steve, al cual no le vuelve loco la idea de darle dinero a semejante cretino. Especialmente teniendo en cuenta que no están seguros de que Olga vaya a saber dónde se está rodando la dichosa película de vampiros.

—Lo verás con tus propios ojos, colega.

En los confines del coche, incluso con las ventanillas bajadas, resulta aparente, suponiendo que se les hubiera pasado por alto antes, que Dodge apesta. Steve supone que debe de ser un ex convicto enganchado a las anfetas. Dodge no para de tamborilear con los dedos, de tararear, de retorcerse y de charlotear siguiendo la radio AM del coche, mierda empalagosa como Tommy James and the Shondells. Dodge les pregunta si se les ocurren otros nombres que empiecen por la letra Z.

—Zorro, conocí a un tipo que se llamaba zorro, Zenón, es auténtico, Zed, eso significa cero en Inglaterra, no es broma...

—Zora —dice Steve, y Dodge se queda desconcertado, enmudecido durante un par de momentos—. Zora Neale Hurston —explica Steve, pero su explicación no basta para convencerlo.

Siguen avanzando. Ya ha oscurecido. El aire es pegajoso y morado y lavanda con matices marronáceos. Suciedad atmosférica sobre todo lo que se mueve.

—¿Seguro que tienes veinte dólares? ¿No se te ocurriría tangarme, verdad? Pareces demasiado cristiano como para eso, hermano, pero hoy en día la belleza apenas es superficial, mientras que la fealdad cala hasta el tuétano. Tío, no te creerías algunas de las cosas chungas que he visto.

—Yo me creo cualquier cosa —dice Steve.

—Te digo yo que no —replica Dodge, con una especie de malévola sonrisa burlona—. No te creerás al Conde Drácula como decida beberse tu zumo de tomate directamente del bote.

—Eso hace, ¿eh? —dice Jon.

—Joder que sí.

Es una mansión con todas las de la ley, y Dodge dice que no les ha llevado a donde vive Olga, sino que ha saltado en el tiempo y el espacio, eso dice. Aquí es donde están rodando la película. La seguridad es un tanto insuficiente. Pero esto es lo que queríais, ¿no?

Salen del coche y se acercan a la mansión.

—¿Quién es? —pregunta alguien.

—Jeremy —dice Dodge—. Soy Jeremy, vengo con unos amigos. ¿Alguna novedad?

—No sé —dice la joven de voz hastiada, sin ningún interés—. Todavía no ha llegado nadie. ¿Has traído algo de fumar?

«Jeremy» sonríe y saca un porro retorcido y amarillento. Dentro de la mansión se han instalado temporalmente todo tipo de focos; el suelo es una enmarañada jungla de cables entrecruzados.

Steve y Jon curiosean, sin saber qué es lo que están buscando exactamente, sin saber si lo que están haciendo es productivo o no. ¿Dónde está Suzie? Y en segunda instancia, ¿dónde está Alison?

A eso de la medianoche, aparecen algunas personas más y Jon interroga discretamente a algunas. Con Steve se muestran reticentes y suspicaces, por lo general no les gustan los agentes de narcóticos ni los cerdos infiltrados; una calada o dos de marihuana semidecente y su prevención se desvanece. Jon les parece lo suficientemente afable, y sí, les parece haber visto a Suzie por aquí, claro, Susan Breck, como el champú.

Llegan las *estrellas* y Suzie aparece agarrada del brazo de un tipo endiabladamente atractivo, sin lugar a dudas el líder de esta manada. Steve piensa que si Suzie no quiere marcharse con Jon, él se abstendrá de inmiscuirse más en este asunto, aunque sea de forma tangencial, y se volverá a casa. Está cansado de este rollo, misterio resuelto. Suzie es una mujer libre, puede hacer lo que le apetezca.

—¿He oído que estáis haciendo una película?

—Sí, podríamos llamarlo así —Suzie parece extrañamente somnolienta prendida del brazo del tipo, distante, completamente por encima de los colegas a los que conoció en una vida previa. Jon dice:

—Hey, Control de Tierra a Suzie. ¿Estás colocada o qué?

El líder de la manada dice:

—¿También sois actores?

—No —dice Steve, un poco por detrás, atrayendo por primera vez su atención—. No somos actores.

—Somos más bien periodistas —dice Jon.

—¿Ah, sí? —replica David—. ¿Trabajáis por libre? El caso es que no queremos ninguna publicidad. Estamos teniendo ciertos problemas técnicos que todavía tenemos que solucionar.

—¿Como qué? —dice Steve, y David le sonríe, percatándose ahora de que son hermanos.

—Hay ciertas cosas que la película no acaba de captar correctamente. Veinticinco o treinta y cinco fotogramas por segundo, los que sean, carecen de la velocidad suficiente como para contener cierto tipo de *vibración*, supongo que podríamos llamarlo así... Aparece únicamente como una especie de movimiento borroso indistinto.

—¿Efectos especiales?

—¿Quiénes sois? ¿Qué hacéis aquí? Sinceramente, no me gusta tener visitas no autorizadas en el plató.

—Eso —dice otra chica, completamente colocada pero de aspecto en cierto modo feroz, mientras acaricia el pelo de Suzie, una tipa de pómulos eslavos con pinta de zorra y un ligero problema de sobrepeso vestida con un corto vestido negro. Le brillan las piernas, blancas y carnosas, y sus muslos parecen cálidos y húmedos. Steve se siente excitado y repugnado al mismo tiempo.

—¿Eres Olga? —pregunta.

—Lo era hace unos minutos —responde ésta—. Ahora pregúntale a David: es Dios. Es Lucifer y Krishna y Osiris y Mick Jagger en una tumba sin lápida. Os amamos.

—¿Qué le has dado a Suzie? —le pregunta Jon a David, todavía intentando captar la atención de Suzie, fracasando, preocupado.

—Está meditando —dice David—. Llevo dos noches mordiéndole el coño, la pobre sigue sin comprender cómo puede dolerle de un modo tan placentero.

Las palabras golpean como aguijones de abeja o azotes de un látigo invisible. Jon se queda sin habla. Él que tan acostumbrado está a la no violencia, que lleva absorbiéndola desde el instituto, no está preparado para un enfrentamiento desagradable. Se queda mirando fijamente a David pero no sabe qué hacer. Luego mira a Suzie.

Interviene Steve:

—¿Dónde está Alison?

—Más muerta que un zapato —susurra Olga con premeditada malicia y el placer de una broma desagradable. Es evidente que es una tipa chunga.

—Observad esto —dice David, clavando sus ojos azul claro en los de Steve. Suzie se levanta. Olga la ayuda a quitarse su minivestido de algodón por encima de la cabeza, de manera que queda desnuda. Se separa un par de pasos de Olga y sonríe.

—Suzie, sangra para mí.

De cantidad de cortes hasta entonces imperceptibles en su vientre y sus pechos, sus muslos y sus manos, incluso en su rostro, como heridas ultrafinas hechas con navaja de afeitar, empieza a brotar la sangre de un rojo arándano, diluyéndose rápidamente hacia el rosa en un par de segundos; algo le pasa a la sangre, es espesa pero el color se suaviza ante la luz en vez de oscurecerse, coagulándose en un mora marronáceo como si fuera sangre normal. Dieciocho, diecinueve o veinte cortes. No hay hinchazón en las heridas. Inesperadamente las gotas se repliegan y desaparecen. Es como si la cálida brisa hubiera lamido las gotas, llevándoselas a toda velocidad. ¿Qué ha pasado con los cortes?

—Puedo hacer cualquier cosa contigo —dice David, todavía como un ser humano o al menos con la apariencia de uno, siguiendo con el juego durante un par de momentos más.

A continuación dice:

—Habéis tenido mala suerte. No deberíais haber venido —y

saca los colmillos, excitado ante la perspectiva de nuevas y singulares vibraciones de crueldad. El infierno en la tierra.

Inmoviliza a Jon con la mirada y éste debe limitarse a observar cómo su hermano Steve se ve reducido. Jeremy y los demás se arrojan sobre él y lo derriban. Sobre todo son chicas, saliendo a la carrera de entre las penumbras, pero hay demasiadas, y todo pasa demasiado rápido. Una vez que Steve ha quedado inmovilizado, David le muerde la muñeca, inyectándole para que quede adormecido, en letargo... A continuación las chicas desnudan a Steve y le vendan todo el cuerpo, sí, como a una momia. Los ojos de Steve muestran su terror. En el último momento, antes de cubrirle la boca, una de las chicas le saca la lengua usando unas delicadas y resplandecientes tenazas... y con unas tijeras increíblemente grandes y afiladas una muchacha obesa le corta la rosada lengua. A continuación finalizan la momificación y se lo llevan a rastras.

—Lo conducirán hasta el Valle de la Muerte —le explica David a Jon—. Sólo tardarán un par de horas. Después lo arrojarán a una hondonada... Desde lejos parece completamente llano, pero en realidad hay cientos de barrancos y hondonadas, escorrentías resecas, un verdadero laberinto. Si consigue sobrevivir al calor del día, quizá un coyote lo encuentre mañana por la noche. Pero lo más probable es que no pase del mediodía. ¿Recuerdas esa frase que dice: «*El sol no es amarillo, es pollo*»? Tu hermano tendrá tiempo de sobra para pensar, tiempo de sobra para poner sus pensamientos en orden.

Suzie, bastante anémica antes incluso de su pintoresco martirio, se ha dejado caer, sentándose sobre la hierba para descansar. Su humor varía violentamente, como a cámara lenta, insegura de si Jon Spelvin, su amado Jon, está realmente aquí o se trata de un fantasma impuesto por David, un sueño, otra alucinación.

—Fóllatela —le susurra David a Jon en la oreja, pasándole afectuosamente un brazo sobre los hombros—. Puedes hacerlo.

Mira qué culo tan estupendo, como pintado por un prerrafaelita, el modo en el que asoman los labios inferiores por abajo, es como de Burne-Jones. Te daré media hora, sin trucos. Ahora mismo estás empalmado, ¿verdad? Es lo único que te queda.

David se aleja. Olga está en el interior de la mansión. David la encuentra. Se siente agitado. Esta no es la casa en la que vive, es la casa de una antigua estrella de cine. ¿No vivió aquí Barbara LaMarr en una ocasión, hace mucho tiempo? Era una estrella del cine mudo, una vampiresa, que falleció a causa de una sobredosis de cocaína. No Hedy Lamar, no tenían relación alguna. Barbara LaMarr era lánguida, los hombres se saltaban la tapa de los sesos a sus pies y ella permanecía impasible, buscando premeditadamente arruinar sus vidas. Registraba su biografía en la gran pantalla.

David encuentra a Olga cerca del piano de cola, sobre un baqueteado sofá con ribetes dorados, siendo follada por un rapaz guitarrista de Huntington Beach, de pelo castaño, largo y lanudo, y rostro agradable y vulpino, afeminado. Lleva un collar de caracolas. David le retuerce el cuello y lo mata. Se lo quita de encima a Olga, cuyo coño pulsa y palpita, rojo e hinchado. David sustituye al guitarrista, introduciéndole el miembro con violencia. La cabeza de Olga se balancea de un lado a otro mientras él siente su cerviz, sus ovarios, sus trompas de Falopio, como ondulantes algas pálidas y carnosas en el fondo del océano. La llena, y ella gime como una actriz interpretando a una tigresa agonizante, empalada por la lanza del faraón. David experimenta sensaciones extraordinarias, como si su polla hubiera echado raíces en su interior y hubiera dejado de existir, ya no es sino un recuerdo, igual que él, un pensamiento, un oscuro fragmento mental arrancado y abandonado bajo un seto, un seto en un paisaje artificial construido en el interior de una caja. Olga se corre y David siente las oleadas; como un tiburón que intenta regresar a mar abierto desde el más negro arrecife coralino, lucha contra cada ola. Antes ha percibido el perverso deseo del hermano mayor que le ha aguijoneado como una espina en el rojo cerebro. El sexo es en parte desagradable, es caos.

Piensa en Justine… en realidad no es un pensamiento, es un veredicto plasmado mecánicamente, como una postal holográfica de una película en 3-D, es un oscuro enigma, es más que la propia y estúpida vampira, es algo más, que acecha, es todo lo sexual y lo sucio y lo misterioso, más allá de su alcance, como el final de un coño, incluso si metes la mano y arrancas las entrañas nunca estará ahí, siempre se te escapa, no puedes aprehenderlo. Olga no se parece en nada a Justine, no hay ningún parecido. David sale de golpe de su interior y a ella le duele y grita como suele hacer a menudo.

Últimamente David está atravesando una fase de bastante paranoia y nadie sabe dónde duerme la mayor parte de los días, jamás se queda en la vieja y decrépita mansión de Barbara LaMarr y raras veces en casa de Olga, con su pandilla, a pesar de que tiene el atractivo de contar con una estancia secreta, pero no, principalmente reposa en otro lugar que mantiene en secreto. La anciana que vive allí no tiene visitas, ni parientes, ni amigos.

Jon y su adorada siguen copulando débilmente sobre el césped. O al menos él sigue tumbado sobre Suzie mientras ésta languidece y se disipa, todavía en trance, abandonada. Su corazón no tardará mucho en dejar de latir, bum, bum… *bum*.

El cámara se está metiendo un pico de heroína tras la reseca fuente ornamental con el electricista y una chavala de trece años que se ha fugado de casa de sus padres en Encino.

No habrá película.

Recostado sobre Suzie, su novia muerta, Jon experimenta una extraña sensación de clarividencia defectuosa y de telepatía al mismo tiempo. Las lágrimas fluyen de sus ojos y van a parar sobre la suave y fría piel del rostro de su verdadero amor.

Los párpados de Suzie parecen hermosos y vulnerables, y es precisamente esta vulnerabilidad, su indefensión, su muerte, la que la hace parecer en cierto modo desafiante, como si lo supiera todo y fuera a ayudarle cuando tenga que dar el paso, el parpadeante desplazamiento hacia la nada, fin de la emisión, hombre al agua, caída de todos los sistemas, nieve en las pantallas, corte de energía, parón total. Puede percibir en una película ultrarrápida a su hermano sufriendo grotescamente en el desierto, convertido en una broma espantosa y cruel, una momia sin lengua, agujero negro por boca.

—No ver el mal, no oír el mal y… ehm… no pronunciar el mal —dice David, poniendo a Jon en pie y mirándole a los ojos. Hunde su mirada cada vez más, hasta llegar a lo más hondo, y él, que ha vivido en la oscuridad durante tanto tiempo, envía el recuerdo acumulado del sol o algo parecido, rojo y amarillo, y luego nébulas flotantes, solapadas y concéntricas de verde, Jon no es consciente de cuándo acaba el proceso porque se le han quemado las retinas, está ciego, sigue viendo los mismos colores mientras Olga y Melvin, el electricista, al parecer con mucha consideración y amabilidad, lo guían alejándolo de allí. Jon no siente dolor alguno. No comprende. Lo llevarán en coche de nuevo hasta el centro y lo dejarán allí. Nunca será capaz de dar una explicación racional. Todo el mundo asumirá que se trata de una secuela de las drogas. Los demás sencillamente desaparecen. Quizá emigraron a México a comenzar nuevas vidas o intentaron alcanzar en barco una isla que no existía, siguiendo una ilusión, y acabaron por ahogarse. Jon se matricula en una academia para ciegos y aprende el método braille. También toca la flauta. Fuera lo que fuese en otro tiempo, ahora ya no lo es.

No ver el mal. Escucha la televisión. «*El placer, al mascar, el sabor, doble frescor, chicle Double Mint*». Ahora le gusta comer mucho más que antes, y se masturba, y engorda. Luego ya no se masturba más. Sencillamente espera. Era tan inocente. Su inocencia era imperdonable. Era un crimen. Es un ciego en el autobús, con una expresión extraña en su rostro impenetrable. Parece que sonríe. Acaricia a su perro. Puede notar el sol y sabe que ha amanecido. Ciego.

## 75

Un noble había raptado a Justine, alejándola de su casa y abusando de ella, con intención de hacerla su ramera. Ella se resistió, pero finalmente se rindió a su destino.

Luego, cuando pudo, pero sin un plan establecido, huyó. Los perros del castillo le gruñeron. Algunos ladraron. Desapareció caminando en la noche. No tenía destino ni objetivo. Estaba bastante segura de que a su familia no le alegraría verla regresar. El párroco del pueblo no la protegería. Después de todo, ella era propiedad del castillo.

De modo que su huida fue pura rebeldía. Lloró, pero todas las lágrimas se le secaron en breve. Se le ocurrió encaminar sus pasos hacia Aviñón, y luego a Jerusalén.

Si su destino era ser puta, sería puta de camino a la Ciudad Santa. Sí, viajaría hasta Jerusalén. Un par de horas bajo la fría y tonificante brisa nocturna terminó de decidirla. Sería una penitente, una peregrina.

Pero alguien la estaba siguiendo. No era nadie humano, nadie que ella pudiera nombrar. Se puso a su altura y la arrastró consigo al subsuelo. Catacumbas romanas de tiempos olvidados. Tras saciarse con ella, la dejó tirada sobre el frío suelo de piedra, lejos de la luz.

Despertó días más tarde, en un tormento de avidez, y el viejo vampiro se mostró indiferente, no le importó lo que pudiera hacer. No parecía desear su supervivencia. Sólo había querido verla volver a la vida para poder decirle en lo que se había convertido. Justine regresó a su pueblo. Ruinmente, en su ansia, sorprendió a un niño que había salido de casa para aliviarse contra un árbol.

Otra noche, regresó al castillo. Podía silenciar a todos los perros sólo con un ademán. Empezó a depredar sobre los de sangre noble y sus vasallos, extrayendo pequeñas cantidades.

Fue más tarde cuando desarrolló su rapacidad y atravesó un periodo durante el que sintió la necesidad y el deseo de matar muy por encima de lo estrictamente necesario, de asolar hogares como la plaga.

Luego, en un acto de desesperación, empezó a vivir como un animal, cayendo en la insalubridad, el rostro siempre sucio, sus desgarrados harapos llenos de hojas. Esto siguió así durante mucho tiempo.

Hacía mucho tiempo que Fleur, su hermana, había tenido hijos y había muerto. La aldea había sido quemada. Justine vagó de uno a otro confín. Sus sentidos nocturnos pasaron a estar completamente desarrollados. Tenía no menos de diez refugios distintos en los que ocultarse durante el día.

Parecía que podría haber seguido de esta manera para siempre, pero no fue así. Las cosas cambiaron. Conoció a un mercader que le gustó y se convirtió en su devota guardiana. Él la ayudó a llegar a París y allí prosperó durante muchos años.

—¿Estuviste en París durante la Revolución? —pregunta Keith, y Justine siente la mente completamente despejada, abierta, y puede responder:

—Sí.

La guillotina nunca operaba de noche. A Justine le hubiera gustado verla en funcionamiento, sólo una vez. Había acumulado un gran resentimiento hacia la nobleza. Le alegró verles pagar. Por las noches, recorría las calles de París, tocándose la cabeza con la boina roja de los jacobinos. Pero fueron tiempos peligrosos para ella. Se registraban tantas viejas mansiones y se profanaban tantas tumbas, en busca de tesoros o viejos huesos que deshonrar... Tiene la impresión de haber dejado París justo a tiempo. Justo antes del Reinado del Terror de Robespierre.

—Llegué hasta Tours.

Y luego, más tarde, a bordo de un navío, llegó a Estados Unidos. A Baltimore.

## 76

Keith tiene una pequeña cicatriz cerca del ojo izquierdo, de un incidente en el foso de un concierto cuando tenía quince años. Justine sigue con el índice la serrada línea blanca de dicha cicatriz. Para ella es inestimable.

La mera idea de la existencia de Keith basta para que Justine salga de toda su indolencia y desinterés: todo pasa automáticamente a ser más interesante, el mundo gana en colorido, se intensifica, contiene la posibilidad de ser feliz.

Le gusta que tenga una historia pasada, que por ejemplo amara a Renata, que era perversa, que haya experimentado desdichas, que haya sufrido. No tendría el mismo tipo de resonancia, no podrían entenderse el uno al otro de la misma manera si él fuera demasiado virginal, habría sido imposible que conectaran.

A cierta parte de ella incluso le agrada que asesinara al escritor, que fuese capaz de semejante acto. Lo ata a ella, a pesar de que al mismo tiempo demuestra que son similares, que son capaces de cometer crímenes parecidos. Tiene pureza, pero no es puro. No es tan puro como para que su alma retroceda espantada ante la de Justine.

La carne de ambos está vuelta de dentro afuera. No, no es así. Es un único paisaje, fundido, primero una cosa y luego otra.

Los momentos se expanden, el tiempo se fractura, un agujero rompe la negrura que aguarda más allá.

Luego vuelve, el peso de las vidas vividas, el olor y el sonido de la respiración de la exuberante hierba al otro lado de la ventana, en la húmeda noche. Justine vuelve a confinar su mente en la habitación, para escuchar la hermosa piel de Keith. El latido de su corazón. Evita pensar en las posibilidades reales que tienen de seguir juntos, en la certeza de su envejecimiento, de que siga cambiando mientras ella permanece inalterable. Podría morderle en contra de su voluntad y ver qué reacción tenía al despertar, ver si es capaz de odiarla.

Justine no desea robarle nada, ni arrebatarle ninguna porción de sí mismo.

Crear una plenitud, rebosar. Eso es amor. Proviene y está hecho de la materia de Dios.

## 77

En una estridente habitación roja, el oficial de las SS supervisa las acciones de Chase, al cual ha ordenado, desnudo, que se folle al cadáver de Michelle. Chase, encaramado sobre el cuerpo de la muchacha calva, consigue penetrarla. Por algún motivo se le ha puesto dura. Al no haber lubricación se hace daño en el pene, escocido e irritado por los empellones. Se mueve sobre ella, intentando que los muslos inertes lo rodeen en una especie de abrazo coital.

Los ojos de Michelle se abren. Está increíblemente pálida. No resulta agradable verla desnudar sus nuevos colmillos. Aún es incapaz de hechizar con la mirada, por lo que Chase intenta escapar repentinamente. Michelle lo persigue y consigue abalanzarse sobre su cuello.

—¡No! —grita él—. ¡No!

Michelle succiona hasta que Chase queda inerte. Continúa chupando, recuperando algo de color, tiene *tanta* sed que sigue extrayendo hasta que Chase muere. Sabrina cierra los ojos. Mientras Michelle se levanta, jadeando, con la barbilla chorreante de sangre, alguien la cubre con un albornoz blanco con una gran cruz roja estampada, como la de los Cruzados.

David la abraza. Todd y Jason la felicitan admirados. Ella sigue teniendo aspecto de asustada, desconcertada, todavía no ha acabado de asimilar lo que le ha sucedido. Qué cosa tan extraña. Deja escapar un eructo de sangre espesa y salada. Se queda observando con anhelo a Chase mientras lo arrastran alejándolo del escenario. Hacia el olvido. Michelle consigue decir:

—Todavía me siento fatal. Estoy temblando.

—Siéntate —dice David—. Ya pasará.

Sabrina llora por Chase. En silencio, sin sollozos. David había dejado la decisión en sus manos: ¿debía permitir que Chase completara la transformación en vampiro? Sabrina dijo:

—No. No es eso lo que quiero.

De modo que dejarán su cuerpo a la intemperie, expuesto. Se convertirá en un cadáver ordinario.

El joven oficial de las SS sigue continuamente a Sabrina. Se siente atraído por ella. Considera que tienen algo en común. Del aire pende un sofocante olor a carne asada y misteriosamente digerida. Carne devorada por demonios. Demonios invisibles, sin mente. Están por todas partes. Sabrina piensa: Soy la Reina del Infierno.

## 78

En el coche, mientras conduce, Patrick habla sin mirar a Tamara.

—Justine ha matado a gente, ¿no es verdad? Te lo ha admitido. Y tú has visto morir a personas en el hospital, cuando aún estabas en la facultad viste operaciones a corazón abierto, de modo que este hecho relevante, que Justine mata, no te parece lo suficientemente brutal. La perdonas con demasiada facilidad, porque te sientes fascinada por ella. Es una oportunidad de las que sólo se presentan una vez en la vida. De acuerdo, eso te lo concedo.

—¿Entonces qué intentas decir?

—Intento decir que es muy posible que sus propósitos no sean los mismos que los tuyos. Te estás dejando llevar por el entusiasmo, te cae bien, te resulta simpática, y no estoy diciendo que me parezca una estupidez reaccionar de esa manera, pero sí creo que... En fin, probablemente lleve mucho tiempo manipulando a quien haga falta para sus propios fines. ¿Cómo de segura puedes estar de que no vaya a sacrificaros a ti o a Keith? Me has dicho que tiene poderes hipnóticos. Saber eso me vuelve suspicaz. No sabes hasta dónde llega su influjo, ¿verdad? ¿Cómo vamos a saberlo? Quizá estés actuando ya bajo su hechizo y ni siquiera lo sepas, no podrías saberlo.

—Patrick, yo...

—Vale, vale, ya me callo.

—No, no. Está bien que pienses esas cosas.

Tamara parece decirlo en serio, más o menos. Llegan. En el crepúsculo, al cerrar la puerta del coche, al oír su sonido, Patrick tiene un extraño presentimiento, aquí, en este lugar. No sabe lo que quiere. ¿Necesita que todo el asunto aparezca en la CNN antes de ser capaz de aceptarlo, que sea cosificado en su beneficio? Tamara ha dicho que hasta donde ha podido averiguar por ahora, el fenómeno del vampirismo no es explicable por medios físicos normales y corrientes.

Eso lo espanta a pesar de que, de algún modo, parece consolar a Tamara, deleitarla. ¿Es que no es capaz de ver las implicaciones metafísicas? ¿Acaso es un materialista absoluto, hasta el punto de haber caído en el nihilismo? ¿Es en eso en lo que realmente se ha convertido? No, se dice a sí mismo. No quiere ser así. Es sólo que... necesita tiempo para acostumbrarse a todo esto, eso es todo. No se ha reconciliado aún con esta nueva versión de la realidad que se ha visto obligado a afrontar. No la comprende.

Entran en la casa. Les abre la puerta Keith, que lleva puesta una camisa morada. Patrick sigue estando ligeramente celoso de él, es decir, de la actitud de Tamara hacia él, y que Keith esté aliado con esta misteriosa criatura no mejora la situación. De hecho, potencialmente le otorga una especie de glamour a ojos de Tamara.

—¿Qué te ha pasado en las manos? —pregunta Tamara, tocándolas, y Keith se limita a decir:

—Han mejorado.

Luego se encuentran en presencia de Justine. El objetivo de la visita es obtener una muestra de su sangre.

Tamara introduce la jeringuilla repetidas veces, pero no consigue encontrar una vena. Se siente avergonzada.

—Lo siento —dice.

—En realidad ni siquiera lo noto —dice Justine, intentando tranquilizarla. Muy a su pesar, Patrick está intrigado.

—Tu presión sanguínea es tan baja o inexistente que puede que el único modo de acceder a una vena sea practicar una incisión, y no quiero hacerte pasar por eso.

—¿En qué consiste?

Tamara se lo explica. Es tal y como suena.

—Adelante —dice Justine—. Me curo muy rápido. Keith lo ha visto —añade dirigiéndole una sonrisa.

Tamara extrae un escalpelo de su pequeño maletín negro.

—¿Estás segura? Te va a doler.

—Sobreviviré, supongo.

Tamara practica una incisión en el brazo derecho de Justine.

La carne suave y pálida. *Tiene* que doler, piensa Patrick, mucho más de lo que Justine les quiere dar a entender. Admira su estoicismo. No quiere sentirse atraído hacia ella o ser vulnerable ante ella, pero lo es. La sangre es como leche negra.

## 79

Jason sólo quiere que todo vaya bien. Quiere que las cosas fluyan con naturalidad. Es como si hubiera regresado a la infancia, intentando pasar desapercibido para evitar llamar la atención. David le sobrecoge y ahora Michelle también.

Son él y Minh los que mantienen la casa al día, los que hacen los recados y compran la comida y preparan el té. De día, van a la tienda de disfraces y compran trajes. Minh sabe qué comprar.

Jason piensa que deberían ser amigos, pero no lo son. Minh apenas le dirige la palabra. Es inaccesible. Por las noches, sale con David. Jason ha sabido que se dedican a vigilar la casa en la que Keith vive con Justine.

Jason se siente como un periodista encubierto inmerso en un complejo y peligroso reportaje de investigación, una historia a la que ni siquiera sabe si sobrevivirá. Luego, si consigue seguir con vida, será un testigo, tendrá el conocimiento. Minh dice:

—Voy a llevarle su té a Sabrina. ¿Por qué no te echas una siesta?

## 80

Se trata de *Las dos huerfanitas*. Las dos hermanas llegan a la gran ciudad y se ven separadas. Una de ellas es ciega. Ha sido raptada por el jefe de los mendigos y obligada a prostituirse. Tiff interpreta el papel. Mientras tanto, la otra huérfana, Michelle, se ha ordenado monja. (Resulta que había un disfraz de monja y... ¿por qué no aprovecharlo?). Le pregunta a Ken, el soldado actualmente de permiso y lejos de su regimiento, si la ayudará a encontrar a su hermanita ciega, oh, por favor. Ken se ha cambiado el nombre por el de Rudolph, en honor a Rudolph Hess. Rudolph a partir de ahora.

Jason y un tal Plunky, un chaval de quince años rubio, con

rastas y una sucia camiseta azul claro, al que han recogido en la calle, conducen a la emperifollada prostituta huérfana hasta un banco de mármol, frente a una fuente en un paisaje urbano.

David se sienta con Sabrina, agarrándola con su fría mano. El novio de Michelle, Fred, de Saint Agatha, está en un asiento cercano, junto a Minh. Fred aún está un tanto aturdido.

—¿Es ésta vuestra hermana? —pregunta Rudolph.

—¿Será posible? Oh, sí, es ella.

Michelle es una actriz inexpresiva, pero aun así David se vuelve hacia Sabrina y le dice:

—Me encanta este momento.

Las dos huerfanitas se han reunido. Se abrazan y se besan. Las estatuas de madera a tamaño natural conocidas como Sam Bell y Lady Maude, exageradas caricaturas de Norman Rockwell, observan impasibles. La música orquestal entra en un crescendo y luego vuelve a desvanecerse para proseguir a su nivel anterior, inconsecuente y genérica.

—Quiero daros las gracias por cuidar de mi hermana —recita Michelle dirigiéndose hacia Jason y Plunky. Es a Plunky a quien besa. El beso se convierte en un prolongado mordisco. Michelle carece de estilo y elegancia. Aún está aprendiendo.

## 81

—No lo comprendes —dice Sabrina, llorando—. Soy mitad judía por parte de madre. Que Rudolph vista de esa manera... me molesta mucho. Me perturba. Quiero matarlo.

David y ella están tumbados de costado. El vestido de Sabrina subido alrededor de las caderas. David la besa en la nuca, avanzando hacia el cuello, y ella se baja las braguitas de encaje hasta el medio muslo, luego hasta las rodillas, y luego se las quita. El pene de David penetra en su vagina desde atrás, mientras ella llora, cálida, con los ojos cerrados.

—Es sólo un recurso efectista. Tengo un plan. Después me libraré de él, te lo prometo.

La agarra de los pechos. Ella vuelve su cabeza hacia él, los ojos aún cerrados, pero buscando un beso u otra cosa. Sabrina jadea y solloza, pero es un sollozo de un tipo completamente distinto.

—Oh, Dios —exclama, y muerde la almohada, babeando.

Debe de estar enferma, se le ocurre más tarde. ¿No tiene un poco de fiebre? Sigue sintiendo mucho calor. Cuando Minh entra, Sabrina le pide que le toque la frente.

—¿La notas caliente?

Minh no responde. Quizá se encoge de hombros. Se sienta a ver la televisión. David se ha marchado y se ha llevado a Michelle consigo.

—El camino al infierno no espera por hombre alguno —les dice a Rudolph y a Tiff la figura de madera a la que llaman El hombre espacial.

## 82

Se les había ocurrido visitar a Alonzo y a Bridget, pero se trata de un trayecto largo. En vez de eso, deciden recorrer un camino más largo aún, al azar, sin destino, y acaban junto al mar. Keith aparca el coche y bajan caminando a la playa.

Se quitan los zapatos y pasean descalzos sobre la arena fresca y oscura.

—Apenas he visto el mar —dice Justine—. Con mis propios ojos, sólo lo he visto de noche. Pero en la tele es azul.

Keith siente una oleada de ternura hacia ella, hacia lo que considera su fragilidad, su delicadeza. Él tiene una naturaleza apasionada, se entrega sin reservas. Ha sido capaz de ponerse en su situación y nada le hace más feliz que cuando, en su presencia, ella supera cierta distancia y melancolía innata, cuando es espontánea y joven, cuando experimenta las cosas como si fuera la primera vez.

Es como si la hubiera conocido en un sueño, y sin embargo está aquí, junto a él. De acuerdo, hay cierto elemento impersonal en su amor por Justine, pues ella simboliza en su persona la existencia de todo lo que es mágico, de brujas y demonios, hechizos. Pero en todas las relaciones hay elementos impersonales. Una mujer puede representar la maravillosa rareza de todas las mujeres, la diferencia de sexo o simplemente la milagrosa existencia de otros al margen de uno mismo, y también que esta grieta entre uno y los demás puede ser vendada temporalmente, la herida puede ser curada.

Mientras dejan que las suaves y saladas olas de la orilla les laman los pies con su espuma blanca y gris, con su plateada fosforescencia, podrían ser cualquiera, cualquier pareja de cualquier época, viejos o jóvenes, antiguos o recientes. Justine ríe y su risa se une al rumor de las olas.

Mientras regresan, empieza a murmurar para sí misma y luego a canturrear, «*Tengo a Jesús al otro lado de la línea, dile qué es lo que necesitas*». Resulta curioso que le gusten tanto los viejos *blues*. En este, Mississippi Fred McDowell se limita la mayor parte de las veces a cantar únicamente un fragmento de cada verso, produciendo un extraño efecto. Es como si no sintiera la necesidad de terminar o pensara que su guitarra tocada con cuello de botella hablaba por su voz, pero a Justine le gusta, crea cierta tensión al dejar la resolución en el aire.

Sigue cantando:

*Verás que vendrá depri*
*Dile lo que ne*
*Verás que vendrá depri*
*Dile lo que ne*

Y luego:

*Si estás enfer*
*no podrás*
*Dile lo que ne*

Cuando Keith solía chutarse heroína, «la línea» era el modo en el que hacían referencia a la vena en la que iban a introducir la aguja. En cualquier caso, le cuenta Keith a Justine, Mississippi Fred McDowell se estaba refiriendo probablemente al teléfono.

—Tengo a Jesús al otro lado *uh, uh* —dice Justine enérgicamente—. ¿Podría estar en vuestro grupo? —añade a continuación, en broma, con voz burlona—. ¿Contigo y con Alonzo? ¿En serio?

Está francamente graciosa.

—Claro —dice Keith divertido, y entran en el coche, restregándose los pies para quitarse la arena antes de ponerse los zapatos. Justine cae en sus brazos, en el asiento delantero. Apasionadamente, se besan y se miran el uno en los ojos del otro. No hay ningún motivo real para que estén tan excitados, pero lo están.

—No pares —dice Justine, y Keith se salta el semáforo en rojo. Es un juego, llegar a casa lo más rápidamente posible. 2:35.

**83**

—Algo va mal.

—Yo también lo noto —dice Keith, y ella le toca el brazo justo en el momento en el que una luz se enciende en el interior de la casa. Alguien está dentro, esperándoles, pero al menos no tiene intención de emboscarles. Lo primero que le viene a Keith a la cabeza es que debe tratarse del otro vampiro, el que Justine dijo haber oído. Se da cuenta de que ella está pensando lo mismo.

Pero luego… dentro les espera Michelle. Sí, acompañada de un hombre. Michelle, con el pelo oscuro crecido y corte militar, pendientes, oh sí, ha cambiado, Keith puede verlo, nota sus músculos tensarse, el hombre atractivo le dice algo a Justine y los cuatro entran en la casa.

—Os estábamos esperando.

Los pelos de Keith se le erizan involuntariamente por todo el cuerpo y siente un escalofrío. Es el único ser humano presente, y Michelle lo observa con indisimulado desprecio.

Se sientan en el salón como una grotesca parodia de dos parejas que se reúnen socialmente.

—¿Me recuerdas? ¿Sabes quién soy?

—Por supuesto —responde Justine, pero bajo su furia parece dubitativa.

—¿Cómo me llamo?

Justine frunce el ceño.

—Lo comprendo —dice el tipo—. Ha habido tantos.

Justine está preciosa, con su vestido ajustado color melocotón, un tirante descolgado sobre uno de sus pálidos hombros, carmín muy rojo, nada de sombra de ojos.

—David —dice con inteligencia—. Eras actor.

—Muy bien.

—Eres el que ha estado… husmeando. Espiándonos.

—Sentía curiosidad por ti —argumenta él—. Me preguntaba qué clase de compañías frecuentabas. Deberíamos ser amigos. Después de todo tampoco hay tantos de nosotros.

Vuelve a sonreír y todos los presentes, sentados, notan la tensión.

—Me gusta organizar espectáculos. Lo hice en los años treinta y también en los sesenta, en ambas ocasiones en la misma casa. Quizá te apetezca venir un día a ver. ¿Conociste al Anciano?

—¿De qué estás hablando?

—Oh, había un Anciano… Me enseñó cosas.

Justine frunce el entrecejo. Hace una pausa, luego dice:

—Será mejor que os vayáis.

—Sí —David se levanta y se encamina en una dirección equivocada, y Justine se levanta a su vez y sale tras él.

Keith permanece sentado, estudiando a Michelle. Es como si fuera un animal salvaje, reaccionando ante corrientes invisibles y señales de la noche. Le cuesta estarse quieta, como si estuviera oyendo cosas, captando con nuevos sentidos que aún no es capaz de dominar.

—Michelle… —dice Keith, cargando su nombre de significado, y ella se inclina ligeramente hacia él y responde:

—No eres digno ni de que te dirija la palabra.

Su malevolencia es evidente, Keith la ha percibido también en David. Este último disimula mejor, pero está ahí, es evidente que considera a los mortales normales y corrientes seres inferiores; mientras regresa al salón diciéndole algo a Justine y Michelle se levanta para unirse a él, para marcharse, Keith ve un elemento común, incluso en su Justine. Es como si su conocimiento quedara limitado debido a su incapacidad para envejecer, para madurar, y el hábito que pronto desarrollan de tomarse libertades con la gente, usándola… no está bien. Acaban considerándose increíblemente listos, como si ya supieran todo lo que deben saber, pero en realidad sólo saben una cosa: cómo matar. Toda su astucia está dedicada a ello. Cómo sobrevivir y cómo beber sangre sin que nadie los sorprenda.

Justine regresa despacio, mientras el coche de David (que debía permanecer oculto en algún lugar cercano) acelera y se pierde en la distancia, y mira a Keith como si entendiera lo que está sintiendo, su revulsión ante la presencia de tres vampiros a la vez.

—¡No me tengas asco! —grita en cierto modo desquiciada, profiriendo un ruido a medio camino entre un grito y el aullido de un animal, y todas las ventanas y espejos de la casa estallan. Parece una reacción enormemente desproporcionada.

## 84

Pasa un día. A Keith le habría gustado dormir con Justine, pero ella no le deja, nunca lo hará. Niega con la cabeza entre triste e irónicamente y dice:

—Tengo que estar sola, no podría mirarte a la cara si me vieras de ese modo.

Keith no sabe exactamente por qué se rompieron las ventanas. Algo relacionado con la presión, quizá una inversión de la presión interior. Pero el modo en el que sucedió no es más que un detalle, no tiene mayor importancia, hay otras cosas de las que preocuparse. Sin embargo los bichos se les cuelan en casa. Y no da buen aspecto tener tantos cristales rotos por todas partes.

Llaman del despacho del abogado. Es Philip, el tipo que se encarga de manejar todos los asuntos financieros. Justine lo contrató cuando su marido… La idea se inflama desagradablemente en el cerebro de Keith; unida a la aparición del tal David, la propia palabra «marido» es suficiente como para que le entren ganas de salir a emborracharse. El abogado es de aquella época en la que falleció Maximilian Durand. Todas las facturas de la casa se pagan desde su despacho. Alguien se va a pasar hoy a dejar unos documentos que necesitan ser firmados.

—¿Cómo sabes que no te están estafando? —le preguntó a Justine un día, y ella respondió:

—Podría averiguarlo. ¿Te preocupa?

Una joven del bufete aparece a eso de las seis. Se echa las gafas de sol hacia atrás, mira a su alrededor, fijándose en las ventanas rotas. Es demasiado profesional como para decir nada; espera a que él se explique. Keith no lo hace. Se limita a decir:

—¿Para qué son estos papeles? ¿Dónde tiene que firmar?

Que piense lo que le dé la gana. La joven dice:

—Allí donde haya una X en rojo.

La luz del sol desaparece.

Al cabo de un rato oye un ruido, una especie de gemido, y entra en el cuarto de Justine, sin saber muy bien qué espera encontrar.

—¿Estás aquí?

Movimiento. Está en el cuarto de baño, con la puerta abierta, sentada sobre el retrete, las bragas por los tobillos. Keith ve desde fuera que están empapadas con una sangre purpúrea y reluciente.

—Estoy mareada, un poco mareada.

Justine se levanta, trastabilla ligeramente, tira de la cadena.

—¿Te encuentras bien?

—Sí —ríe ella, débilmente—. Sólo necesito alimento —Keith ve un colmillo—. Deja que me limpie.

Es como si estuviera tolerándole, pero la situación es jodida y Justine no sabe si puede confiar en que Keith sea capaz de comprenderla. Además, parece como si ver a David le hubiera hecho entrar en una especie de fase oscura, y Keith tiene celos, no quiere tenerlos, pero no puede evitarlo.

Cuando finalmente sale del baño, lo encuentra sentado medio a oscuras junto a una de las ventanas rotas. Al principio no levanta la mirada, considerando que es cosa de ella hacer el primer gesto que les devuelva la armonía, pero Justine tiene la cabeza en otra parte, impulsada por su naturaleza vampírica, probablemente quiera matarlo y sienta que le esté haciendo un favor sólo por contenerse. Finalmente le toca ligeramente en el hombro y él entiende que quiere partir, salir, necesita su dosis de sangre.

En el Mercedes, Keith enciende la radio. Podría poner una cinta o un cedé, pero no quiere ejercitar su poder de elección.

—¿Qué pasa con David? —pregunta al cabo de un rato.

Justine lleva unas gafas de sol puestas, aunque sea de noche.

—¿Qué pasa con él?

—No me gusta lo que le ha hecho a Michelle, ni que estuviera rondando por casa, observando. ¿Qué es lo que quiere?

—No lo sé.

—¿Estaba enamorado de ti? ¿Vivías con él?

—No, nunca. Sólo era... Lo acompañé a su casa, sólo una vez, y lo maté. No pretendía hacerlo. Fue... lo dejé allí, sin darme cuenta de que había muerto. Perdí el sentido del tiempo y cuando regresé días más tarde para acabar con él, ya había... cambiado. Ni siquiera quise mirarle a la cara. Después de eso, no volví a verle. Hasta ahora.

—¿Nunca te lo follaste?

—No —responde Justine visiblemente molesta. Se queda encerrada en sí misma uno o dos minutos y luego dice:

»¿Cómo pudiste acostarte con ella? ¿Por qué quisiste hacerlo? Está gorda.

No deja de ser un juicio de valor injusto hacia Michelle, pero a Keith le complace, teniendo en cuenta que se están recriminando mutuamente, que a Justine le importe lo suficiente como para decir algo al respecto.

—No está tan mal.

Esta es la peor de todas las veces. No le gusta, de hecho lo odia, nota un desagradable picor en la piel cuando Justine engancha a un tipo y lo mete en el asiento trasero. El tipo gime como si le estuvieran haciendo una mamada, y el rato se le hace eterno, como un largísimo festín.

Keith es incapaz de soportarlo y sale a dar un paseo, dejando atrás el coche.

La víctima, un hispano elegantemente vestido al que ha encontrado en un concurrido bar, podría estar muerto o agonizando; Justine hunde el cuchillo en la garganta para hacerle una amplia herida.

—Me odias, ¿verdad? Te repugno.

—No —responde Keith, pero esa sílaba es la única que se ve capaz de pronunciar. Sacan el cuerpo a empujones del coche y lo dejan en la parte trasera de una pizzería, donde a buen seguro no tardarán mucho en encontrarle. ¿A quién le importa? Por algún motivo, a Keith le preocupa lo que le pueda pasar al tipo.

Una mujer canta en árabe sobre un ritmo de sintetizador sensual e hipermoderno. Keith sube el volumen, fluyendo con el tráfico, acelerando cuando le parece natural, siguiendo la corriente. La voz quejumbrosa de la mujer expresa algo que, por un momento o dos, toca el alma de Keith y la libera.

Luego regresa y vuelve a encontrarse conduciendo un coche, sintiéndose mortecinamente y con total convencimiento como uno más entre los condenados fortuitos.

## 85

Era un bar agradable, de clientela predominantemente anglosajona, pero en proceso de despijerío. Palomitas con sabor a gambas, cerveza de importación, la música demasiado alta como para permitir una conversación introspectiva. Una mesa de estudiantes vietnamitas celebrando la victoria o la derrota de un barco-dragón.

Raúl Gutiérrez no había ido allí con el objetivo de acostarse con cualquiera, una cogida, un polvo de una noche. No, lo que de verdad quería era una novia, alguien que le escuchase, alguien que le observara, que fuera consciente de las evoluciones de su vida. Si tuviera ese tipo de amor, alguien que lo admirara, que supiera apreciar sus mejores cualidades, estaba convencido de que entonces se vería impelido a actuar mejor, se sentiría inspirado, sería una persona diferente, el amor lo transformaría de una manera equivalente a la espiritual.

Cuando le preguntó a la joven si podía invitarla a una copa, si le importaba que se sentara a su lado, ya estaba ligeramente ebrio. Había salido con Cisco y Nick, los cuales siempre lo empujaban a beber demasiado, incluso entre semana. El alcohol le vuelve extrovertido, impulsivo, y sencillamente había seguido el impulso, un impulso intrépido, pues la chica no es para nada su tipo. Era emocionante, pero sabía que nunca llegaría a ningún sitio con una mujer así. Se llamaba Justine.

De modo que cuando dejó que se sentara a su lado se mostró encantado, era un triunfo delante de sus amigos, se iban a quedar impresionados. La había encontrado volviendo del cuarto de baño, pero al mismo tiempo que le alborozaba su belleza, no podía evitar cierta suspicacia, temor incluso, lo cual no hizo sino volverlo más charlatán, como si no hubiera otra cosa que hacer que poner de manifiesto sus contradicciones, darles a ambos una oportunidad de estar en desacuerdo. Luego podrían reír y él le pediría el teléfono, estaría protegido cuando regresara junto a sus colegas.

—¿Eres de aquí?

Ella negó con la cabeza, gafas de sol en la mano.

—Del Valle —dijo.

—Sí, tengo unos cuantos amigos que también viven ahí.

—He dicho que si te apetece salir de aquí, ¿ir a dar una vuelta conmigo?

Raúl no estaba seguro de haber entendido lo que le había dicho, pero sólo había una respuesta digna de su honor.

—Claro.

Los pies de Raúl apenas tocaban el suelo al acercarse con ella a despedirse de sus amigos. Quizá estaba destinado a rollos más exóticos de lo que cualquiera hubiera podido sospechar. Guiando a Justine de regreso entre el gentío, le tocó la nuca, su pelo le acarició la mano. Era imposible no fijarse en su trasero embutido en aquel vestidito negro. Sus piernas.

Justine se volvió hacia él nada más salir y él sintió como si ya fueran amantes, Justine se volvió hacia él y dijo:

—Mírame, Raúl. ¿Sientes como si me conocieras? ¿Qué ves en mis ojos? —con una sonrisa coqueta y burlona.

## 86

Es una especie de ensayo general de *El Príncipe de las Tinieblas tienta a Santa Teresa con la ayuda de un camarero en Budapest*. David es el Príncipe de las Tinieblas; Sabrina, Santa Teresa, y Jason, el camarero, cargado con una bandeja de copas heladas que procede a servir, abriendo a continuación una botella de champagne. El corcho vuela explosivamente de un lado al otro del escenario.

Santa Teresa arroja su ramo de flores al suelo.

—La soledad —declama David—. La soledad en el antiguo Egipto era muy diferente a la soledad en la antigua Grecia.

—En este preciso instante, en un solo segundo —dice Santa Teresa—, he desarrollado una nueva perspectiva ante la vida —y se despoja de su prenda monacal, revelando un elegante y refulgente vestido dorado muy corto y entallado. Se bebe una copa de champagne.

El Príncipe de las Tinieblas la acompaña. El camarero hace una reverencia y vuelve a llenarles las copas.

Sabrina arroja la suya lejos de sí, haciéndola añicos. Suena una melodía, música romántica de los años veinte. El Príncipe de las Tinieblas, vestido con un frac, empieza a bailar con ella. Santa Teresa dice:

—Llevo toda la vida esperándote. Eres una partícula negativa, cargada de energía. Tu existencia implica que el universo tiene sentido.

Bailan mejilla con mejilla. Minh les observa, entre bambalinas. En el momento adecuado, hace bajar el telón.

Michelle está sentada en la primera fila, con Rudolph y Tiff. Al cabo de un rato, David sale de detrás del telón y se sienta delante de ellos sobre el borde del escenario.

—¿Qué os ha parecido?

—Quiero más acción —se queja Michelle, mordiéndose el pulgar.

Rudolph y Tiff se quedan en el mismo sitio mientras David y Michelle salen al jardín.

—¿Por qué no puedes tener a unos cuantos, como si fueran ganado? ¿Felices y bien alimentados? —pregunta Michelle.

—El hechizo acaba por desvanecerse —explica David—. Al cabo de un tiempo, tendrías que tenerlos encadenados, y gritarían cada vez que te vieran acercarte a ellos. Supondría una absoluta falta de estilo. E incluso si decidieras que te gustan ese tipo de cosas, seguirías corriendo un riesgo mucho más elevado de que algo pudiera ir mal mientras estás durmiendo.

—La otra noche mencionaste a alguien al que llamaste «El Anciano». ¿Sigue por aquí?

—No lo sé. Perdí el contacto con él.

—¿Cuántos años tenía, de todos modos?

—No estoy seguro. Tenía el pelo blanco. Hablaba como si llevara por el mundo desde siempre, pero puede que fueran imaginaciones suyas. No sé ni si él mismo era capaz de distinguir la verdad.

Michelle rompe una rosa por el tallo, dejando que una espina le perfore el dedo. Se la lleva a la nariz para olerla. En la noche parece violeta.

—¿Y qué tienes en contra de Justine?

—Nada. En realidad, me hizo un gran favor.

Michelle guarda silencio, después informa:

—¿Sabías que me follé a Keith?

—No, no me había percatado. ¿Cómo de grande tiene la polla?

—¿Para qué quieres saber eso?

—Estoy pensando en cortársela. Me gustaría ver qué cara pone Justine, ver si le importa.

—Pero eso implicaría, no sé, guerra abierta.

—Entonces tendríamos que matarla, ¿verdad? Matar a otro de nosotros es algo especial, mucho más interesante que matar a cualquiera de ellos.

—Deberíamos hacerlo.

—Claro que —continúa David— también puede que a Justine no le importe. Nunca la he considerado una sentimental. Quizá estuviera equivocado.

Bueno, pues —dice Michelle, tras una pausa, retorciendo su rosa—, podríamos comprobarlo.

**87**

Cuando Keith regresa con una hamburguesa especial a medio comer en una bolsa de papel blanco manchada de grasa, entra en la casa de las ventanas y los espejos rotos, azotada por el viento y la lluvia, y Justine levanta la mirada para recibirle. En sus ojos, en su luminoso rostro, encuentra una expresión tal que se diría que acumula todo el dolor, y la vergüenza, y la fatiga moral, y la inseguridad, y la esperanza... Está en el cuarto de Keith, envuelta en una manta, el televisor encendido pero sin volumen. Keith estaba comiéndose su hamburguesa, después de haber ido a ver a Alonzo, después de haberse pasado la tarde hablando sobre música, refugiado en el escapismo de limitarse a pensar en tonos, timbres y tecnología, cuando se ha sentido repentinamente solo sin ella, ha pensado en ella, le han entrado unas ganas irrefrenables de verla y ahora vuelve a estar aquí.

Justine está helada. Afuera sigue lloviendo.

Están juntos bajo la manta, echada sobre sus hombros mientras Keith intenta calentar a Justine. Su amor por ella es tan denso y evidente como un espíritu intentando contactar extendiendo un brazo desde su boca, un brazo fantasmal que se extiende para tocarla, para encontrarla y ayudarla, acariciarla, un brazo con una mano, dedos, huellas dactilares. Y luego hay otra mano, otro brazo. Una pierna, dos piernas, labios, boca, ojos y todo lo demás.

—Hemos olvidado lo que hicimos —dice, preparando la escena—, pero debió de ser un crimen horrible. Esperamos en el hotel abandonado, esperamos a que vengan para arrestarnos, para encerrarnos. En un hotel junto al mar, fuera de temporada.

—Somos asesinos —dice Justine.

—Sí. Somos asesinos.

Pasa un largo rato.

—Si te marcharas y luego volvieras… —dice Justine vacilante, irresoluta.

—No lo sé —se encoge de hombros Keith.

—Mira a esas chicas —dice ella, señalando a un motón de chicas en bikini en la tele. Después se levanta, dejando que caiga la manta, y sale al exterior, a la lluvia.

Keith la encuentra un par de minutos más tarde, con el pelo empapado, la cara mojada.

—¿Ha sido…? —sin querer pronunciar el nombre de David.

—Eso creo. Me ha encontrado, y ahora no tiene intención de dejarme tranquila.

Keith se la arrima a su cuerpo, y los dos goteando vuelven a entrar en la casa. Se quitan la ropa, restregándose mutuamente los cuerpos con toallas. Justine ríe, tiene el pelo hecho un desastre.

Intentan evitar pisar sobre los cristales rotos.

## 88

Es fácil hacerse con Tamara Rothschild. A las tres de la madrugada del viernes, llaman al telefonillo de su apartamento y cuando responde somnolienta, Rudolph dice que Keith y Justine tienen un problema y que han solicitado su ayuda.

—La llevaremos en coche hasta allí, pero dese prisa, es una emergencia. Justine está sufriendo unos síntomas muy extraños.

Rudolph corta antes de que Tamara pueda hacerle ninguna pregunta. David y los demás esperan al acecho. Ahora es cosa suya bajar o no. Puede que intente llamar por teléfono a la casa, pero han cortado los cables. No conseguirá contactar con ellos. Si Tamara no ha bajado para las tres y media, se marcharán y ya intentarán otra cosa en otro momento.

A Tamara no le hace ninguna gracia, pero no puede resistirse. Se viste rápidamente. Baja a ver qué es lo que sucede. El conocimiento especial revelado sobre Justine, el mero hecho de que alguien tenga conocimiento de la existencia de Justine, es cebo suficiente.

Sale a la calle. David le dice:

—Eres una amiga leal —y la mira a los ojos. Tamara no intenta escudarse ni evitar la penetrante mirada. Tiene un momento de remordimiento, de exquisito lamento, casi de alivio, y luego entra en la furgoneta, como un ciervo capturado. Camina y no es consciente de estar caminando. La muerden, le extraen una pequeña cantidad de sangre, pero ella no lo nota. Está recordando con mucha intensidad algo sucedido durante su niñez, una escena en un pasillo de Virginia, el modo en el que la luz se desparrama, cegando los rincones en sombras, iluminando el pesado mobiliario, cómo a los diez años no quiso practicar el violín. Su libreta de notas está rota, ¿cómo ha podido pasar? ¿Cómo le enseñará ahora las notas a sus padres? Lleva puesta una blusa blanca y un pantalón de chándal azul marino, como todas las demás. Sus pies son rapidísimos, tiene mucha energía nerviosa. Encuentra unos libros maravillosos que llevan muchos años sin ser leídos, tomos voluminosos y pesados con fotos de gente extraña que vive en extraños rincones del mundo, gente de la que no ha vuelto a oír hablar jamás desde entonces. Tribus que tienen cámaras de fotos y automóviles, y que sin embargo se tatúan los rostros; las mujeres descubren sus pechos, son hermosas; los hombres se alargan los penes con pesos y aguardan en pie bajo las sombra marrón, fumando cigarrillos cuyo humo se arremolina perezosamente siguiendo las polvorientas corrientes de aire. Los hombres charlan acerca de envíos de especias prensadas en grandes paquetes y de exóticas frutas desecadas, frutas de las que nadie ha oído hablar ni mucho menos ha probado aquí en Los Ángeles.

Viéndose a sí misma desde lejos, como en una película, mira cómo una abeja le pica en el cuello. Apenas le duele. La miel se acumula y rebosa por el agujero, mientras la abeja se le cuela en el interior. Después entra otra y su garganta empieza a zumbar, algo que la sobresalta repentinamente, ya hay seis o diez abejas ahí dentro, en la cavidad... No, son sus amigas. Se quita un poco de miel del dedo índice dándole un lametón. Es maravillosa. Le adormece la lengua y le hace soñar. Recorre campos de flores ondulantes de colores alegres hasta llegar a un pequeño arroyo, cuyos reflejos dorados lanzan destellos mientras el agua discurre sobre las rocas. Alguien le susurra algo importante, pero no puede oírlo. Lo entiende, en cualquier caso, mientras suena una música, clavicordios y flautas armoniosas. El agua pasa sobre sus pies. Una abeja de rostro humano vuela frente a sus ojos. Se para sobre su libro, señalando con el aguijón. Es como un gran diccionario, pero no puede leerlo, está en un idioma extranjero que nunca había visto. Las palabras le resultan familiares, pero tan pronto como las pronuncia olvida su significado.

Afuera en la calle está oscuro. Cae una lluvia ligera. Debe de haberse quedado despierta toda la noche. Está con sus amigos, pero no sabe quiénes son. «¿Por qué no te echas un rato y descansas?», dice alguien, y ella accede. Llegará tarde al trabajo. No, no importa. Está demasiado cansada. Éstos son sus amigos. Esta es su casa. Le duele la picadura. Está en Alemania, con otros estudiantes. Algunos de ellos no le caen bien. La dejan en paz. Duerme vestida.

## 89

Como el teléfono parece estar desconectado, a Patrick no le queda otra alternativa que ir hasta allí. Lleva de talante huraño desde que se vio obligado a aceptar que al parecer hay vampiros en el mundo, y su hosquedad se ha visto magnificada e inflamada hasta convertirse en una especie de pánico indescriptible ante la idea de que Justine y Keith puedan haberle hecho algo a Tamara, ya que ésta no se ha presentado hoy en el hospital.

En prácticamente cualquier otra situación de peligro concebible, podría haber recurrido a alguien, habría canales que seguir, algún tipo de procedimiento al que abandonarse, pero el único procedimiento imaginable en este caso surge de viejas películas de serie B. Enarbolar una cruz o atravesar el corazón de Bela Lugosi o de Christopher Lee con una estaca. Es a la vez *horrible* y *absurdo* imaginar semejante desenlace, hace que se sienta como en una pesadilla, como si en algún momento hubiera perdido el juicio y no se hubiera dado cuenta, y ahora sin Tamara, convencido de que Tamara ha sido raptada y que tiene que hacer *algo* al respecto... es como si volviera a ser un niño, jugando a juegos infantiles inventados, fingiendo ser un policía encubierto o un superhéroe de tebeo. Sencillamente no le parece real.

Patrick ha tenido una inspiración, basada en algo que le contó Tamara. Ha modificado una linterna para poder ponerle una bombilla ultravioleta. La idea es que si un vampiro no puede soportar la luz del sol, tampoco debería poder soportar la luz de esta linterna brillando sobre su cara o sus ojos. Es su arma secreta. Su otra arma, más convencional, es un revólver, un Glock. Se siente nervioso en este nuevo papel, pero también muy centrado, serio y alerta. Tiene la responsabilidad de rescatar a Tamara.

Puede que la situación no sea tan grave. Existe la posibilidad de que Tamara haya ido a ver a Keith y a Justine, haya trasnochado en exceso y se haya quedado a dormir allí. Un inofensivo percance. Nada propio de Tamara, tal y como él la conoce, pero ciertamente dentro de los límites de lo posible.

Son las seis menos cuarto de la tarde. Patrick no ha sabido que Tamara había desaparecido hasta que ha intentado telefonearla a las tres. Ha ido hasta su apartamento, abriendo con su copia de las llaves, sin descubrir nada en particular, salvo que su coche seguía todavía en el garaje. Esto, evidentemente, es mucho peor que si se lo hubiera llevado.

Bueno, si no está aquí, llamará a la policía y lo dejará en sus manos. Si algún desconocido la ha… No es algo en lo que quiera pensar.

Keith lo recibe con lo que parece genuino afecto, reemplazado un momento más tarde por desconcierto ante la indisimulable preocupación y angustia de Patrick.

—¿Dónde está Tamara?

## 90

Sobre la mesa del comedor hay una invitación, entregada por mensajero a primera hora de la tarde.

«*La pastora perdida, a la 01:00* A.M. *Entrega de una amiga. Sin trucos*». Sin firmar, pero acompañada de una dirección y un sencillo mapa.

—¿Qué significa esto? —quiere saber Patrick.

—Creo que quiere decir que un tipo llamado David tiene a Tamara. Nos habló de su afición a montar obras de teatro o espectáculos… solía ser actor, en la era del cine mudo. Justine lo mordió y llevaba buscándola desde entonces. Al parecer ha estado espiándonos y debe de haber visto a Tamara entrando y saliendo. ¿Cuánto hace que ha desaparecido?

—Hablé con ella anoche hasta más o menos las diez.

—En cuanto Justine se despierte, pensaremos qué hacer —dice Keith. A Patrick no le satisface esta respuesta aparentemente indiferente.

—Muy bien. Pero yo no puedo perder aquí el tiempo, esperando. Tengo que hacer algo.

—No —Keith lo agarra del brazo, con fuerza—. Tenemos

que esperar —el contacto físico parece comunicar más que las palabras—. David tiene un séquito. No permitirán que te acerques a Tamara a menos que vayas con nosotros.

Patrick se detiene, pero no puede resistirse a decir:

—¿Cómo puedes vivir de esta manera? —acusando a Keith, a juzgar por el desprecio de su voz, de a saber cuántos crímenes espantosos.

Es cierto. ¿Qué puede decir?

Quizá David... No, Keith ha visto su mirada. No puede engañarse a sí mismo. David es lo peor. La cuestión a la que se enfrentan ahora es si *hará* lo peor en este caso o si existe modo alguno de que le persuadan de lo contrario. ¿Será Tamara sacrificada por sus pecados?

No, se dice a sí mismo con firmeza. No. Nosotros (Justine y él) no podemos permitir que esto acabe mal.

## 91

Tamara está a solas con David. De pie frente a él, desnuda. No sabe cómo ha acabado así, pero no se siente avergonzada. El hechizo sigue presente, pero no tan intenso como antes. Puede pensar, hasta cierto punto. Si flota sobre él y no se le opone, se siente bien.

David está sentado en una silla, observándola. Mediante la más ligera indicación o quizá telepáticamente, la insta a que se acerque más. Toca la piel del interior de su muslo derecho, arriba, entre sus piernas, y Tamara siente un escalofrío, no porque haya sentido repulsión sino por todo lo contrario.

—Eres mucho más bonita de lo que me había parecido —dice David con voz tranquila—. Algunas mujeres, hasta que están desnudas, no puedes ver lo encantadoras que son. Tienes una piel muy suave. ¿No había un anuncio...? «Suave como pétalos de rosa». Eres hermosa. Me gustas mucho.

—Me alegro. ¿Por qué no me dejas en libertad?

—Eso es completamente inviable —dice David, contemplativamente, como si estuviera pensando en voz alta—. Habla conmigo un rato.

Mientras tanto va introduciendo un dedo medio tímido en su vagina, tomándose su tiempo. Tamara no consigue encontrar en su interior energía para resistirse. Es como ser interrogada por un ángel perverso. David parece mucho más inhumano que Justine en su peor momento. El estado hipnótico y casi narcótico en el que se encuentra oscila en intensidad, siguiendo quizá las sutiles variaciones en la atención que le presta David.

—¿Qué hay entre Justine y… cómo se llama? Keith.

—¿Qué quieres saber?

—No sé. Háblame sobre ellos. Hazme un diagnóstico.

—Supongo que se aman el uno al otro.

—Suenas muy ingenua diciendo eso.

—Quizá lo sea. Eso piensa Patrick, al menos.

—¿Patrick? ¿Quién es Patrick?

—Mi prometido.

—Dime, Tamara, hasta ahora, ¿dirías que has llevado una vida ordenada?

—Estoy segura que desde tu perspectiva sí.

—Mi perspectiva. Bien expresado. ¿Notas esto? Solían decir... Las brujas, me refiero, solían decir que la polla del Diablo era fría como el hielo. Voy a calentarla para ti. Te gusta, ¿verdad?

—No lo sé —dice Tamara, balanceando delicadamente su peso de un pie a otro, con los dedos índice y medio de David enterrados en su sexo, jugando con ella. Consiguiendo de alguna manera que sus fluidos lubricantes se manifiesten.

—¿Puede Patrick hacerte esto?

—No. Sabes que no.

—Sí, ya sé que no puede. ¿Moriría por ti?

—No lo sé —responde Tamara, frunciendo el entrecejo al

intentar pensar—. Puede que lo hiciera. Creo que podría llegar a hacerlo, sí. Sí, creo que lo haría.

—Me parece entrañable. ¿Alguna vez te has follado a Keith?

—No, no lo he hecho.

—¿Alguna vez has pensado en hacerlo?

—En realidad no.

—En realidad no. Es una respuesta bastante ambigua. ¿Te gustaría haberlo hecho?

—No. Era un paciente. Y además un adicto a la heroína. Nunca pensé en él de ese modo.

—¿Alguna vez has oído la expresión «un destino peor que la muerte»?

## 92

—Los poderes de David también tienen límites —dice Justine—. No puede controlar a más de tres o cuatro personas a la vez. Yo lo intenté una vez... una familia de cinco. Me resultó demasiado difícil, me dolía la cabeza.

Esta noche parece tan joven... Joven y vulnerable. Es extraño.

—¿Y si... me hipnotiza? —pregunta Patrick.

—Sí. Puedo protegerte contra eso. Si me dejas.

—¿Qué?

Justine cierra los ojos, luego vuelve a abrirlos y le enseña a Patrick los colmillos.

—No te sacaré más que una cucharadita de sangre, pero te inyectaré parte de mi sustancia. No podrá hipnotizarte si estamos vinculados.

—Entonces... ¿me vas a hipnotizar tú?

—No. Sólo... mantendré el contacto. Podré percibir, aunque estés fuera de mi vista o en otra habitación, si estás asustado o...

Justine vuelve la vista hacia Keith. Patrick tiene dudas evidentes, pero aun así extiende la muñeca. Es una inoculación.

Justine también muerde a Keith y recuerda cómo se conocieron. Apenas había vivido o jamás había vivido o era incapaz de recordar haberlo hecho. En vez de eso, había sobrevivido en esta prolongada existencia inhumana, y sin embargo no era completamente indiferente, no estaba del todo muerta. Sintió la necesidad de demostrarle a él que existía, intentando en cierto modo justificarse a sí misma, y en el proceso acabó abriéndose lo suficiente como para encontrar una mutua y milagrosa consonancia entre ambos, una especie de desnudez. Justine se abrió a él y Keith supo encontrarla. Los dos compartieron una actitud de no pedir nada a cambio, una aceptación total, y eso permitió que floreciera cierto tipo de amor.

—¿Es cierto que las balas no sirven para nada? —dice Patrick, casi un poco ebrio por efecto del veneno, mostrándoles su revólver, dejándolo sobre la mesa, bajo la luz.

Justine lo observa un momento con expresión inescrutable, con más aspecto de esfinge o de vampira que en mucho tiempo. Niega lentamente con la cabeza.

—No —dice—. Si le revientas el cerebro… el vampiro morirá, como cualquier otro.

—También tengo esto —les muestra su linterna. Ninguno es capaz de afirmar que vaya a tener algún efecto. No merece la pena arriesgar el pellejo de Justine sólo para averiguarlo. Ésta le dedica a Keith una sonrisita nerviosa, paseando la mirada entre la linterna y sus ojos. No, no es como las otras jóvenes de ahí fuera.

—Intentaré mostrarme afable con él —dice—. A lo mejor todavía me quiere, y eso es lo único que quiere.

—O sea que te quería —interrumpe Keith.

—Encarnaba un papel para él —dice ella—. Un *tipo* que pensé que le gustaría. No recuerdo bien nada de todo aquello.

—Ya.

Patrick, tras haberse vuelto a guardar la linterna en el bolsillo de la chaqueta, dice:

—Has dicho que fue actor de cine mudo, ¿verdad? ¿Algún título conocido? Hace tiempo di un curso de historia del cine en la USC.

—Una de ellas se llamaba *Amor ciego* —la cara de Justine se ilumina—. Y recuerdo... ¡*El éxtasis de la noche*! ¿Es correcto? ¿Has oído hablar de esa?

En el coche, por iniciativa propia, Patrick les cuenta que los análisis de sangre no han servido de nada, en caso de que les interese saberlo. Está nervioso, quiere contarles todo lo que sabe. La sangre se convirtió en un suave polvo gris oscuro. Un misterio absoluto. Ni siquiera era pegajoso. Podías menearlo dentro de la probeta.

—Espero que esté bien —repite, desesperado.

## 93

En la puerta, Rudolph y Jason registran a Keith y a Patrick, quitándole a éste el arma. Rudolph dice:

—¿Qué esperabas hacer, arrastrarte por cuevas en busca de murciélagos? —y le devuelve la linterna.

Aparecen David y Michelle, y David saluda a Justine, inclinándose para besarle la mano.

—Esta noche estás divina —le dice con una sonrisa de superioridad, como si fuera capaz de intuir todas sus artimañas. Justine lleva puesto un top verde esmeralda lo suficientemente ajustado como para contornear sus pechos redondos y pequeños, cuyos pezones destacan erectos debido al frío. También lleva un pequeño collar de oro con una cruz dorada al cuello, contradiciendo todos los mitos vampíricos, una falda negra, y medias y zapatos también negros. Se le ha ocurrido que vestirse de mujer fatal podría apaciguar en parte a David o hacerle dudar, pero no parece que vaya a ser así.

Rudolph, vestido con una camisa negra, tirantes y pantalones grises metidos por dentro de sus botas negras, y el pelo aplanado con pomada, apunta a la cabeza de Keith con una escopeta y la amartilla.

—Ven —le dice David a Justine, agarrándola del brazo desnudo, tirando de ella. Justine hace una mueca, como si la estuviera haciendo daño.

—Es sólo una precaución, para que no te sientas tentada a interferir. Adentro —dice, y la guía hasta el escenario y luego la hace agacharse para meterla en una jaula, cuya puerta es cerrada por Minh.

Rudolph deja de apuntar a Keith, se relaja y le dedica una sonrisa burlona. La jaula medirá un metro veinte, tiene el suelo sólido y barrotes por los cuatro costados así como en el techo. Unas cadenas la conectan a una polea y ahora David tira del extremo de una cuerda de manera que la jaula se eleve en el aire. Justine se agarra a los barrotes, mirando hacia abajo, arrodillada. La jaula se balancea con cada uno de sus movimientos. Keith sorprende en sus ojos una mirada luctuosa.

—Retroceded todos —ordena David, y se abre el telón. Hay gente en los asientos, espectadores. No muchos, pero suficientes.

—*La pastora perdida* —anuncia. Empieza a sonar una música, aumenta la intensidad de los focos y Jason empieza a moverse de un lado a otro, intentando grabarlo todo con su cámara.

De fondo, una escena pastoral. Colinas verdes y estilizadas. Un sol amarillo delineado en negro, con un suave halo blanco que se funde con el azul claro de un cielo sin nubes. Sobre el escenario hay dos arbustos verdes de plástico con muchas hojas y un roble de atrezo, alto y de tronco grueso. También una oveja merina disecada o sencillamente falsa, de lana espesa color marfil.

Con aspecto de colocada o como si estuviera concentrándose en un lejano problema matemático, Tamara emerge lentamente desde el lado derecho del escenario. Lleva una tirita en el cuello. Lleva puesto un vestido estampado azul lavanda que no es suyo y camina descalza. Cuando llega a la altura de la oveja dice: «Tolstoi», y la acaricia antes de seguir el camino.

—Ve con ella —sisea Michelle, a la izquierda del escenario, y Patrick obedece, saliendo al proscenio y gritando:

—¡Tamara! ¿Estás bien?

¿Lo reconoce? En cualquier caso, parece interesada. Patrick la abraza y ella sonríe. La guía hasta sacarla del escenario. Cae el telón. Reciben instrucciones de bajar y unirse al público.

—Estaréis bien —dice Michelle. Patrick mira de reojo a Keith, el cual sigue teniendo la escopeta amenazadoramente cerca, pero ha recuperado a Tamara, y eso es lo más importante.

Ella dice:

—¿Patrick?

Se sientan en la primera fila.

## 94

Minh ayuda a Jason a disponer dos de las figuras de madera pintadas. Un anciano negro, descamisado, de pelo y barba canosa, fumando en una pipa hecha con una mazorca. Un soldado de la Confederación, de infantería, con una bayoneta fijada al extremo de su rifle.

Y luego, un falso montículo recubierto de hierba sobre el que extienden el cuerpo desnudo de Tiff, con la garganta cortada de oreja a oreja. Lleva varias horas muerta. Minh le arregla los rebeldes rizos dorados del pelo.

Minh mira hacia el otro lado del escenario, donde Keith aguarda, guapo con su camisa blanca y sus pantalones negros, y luego hacia arriba, a la bella Justine, balanceándose lentamente en su jaula. A su lado está Jason. Ambos están esperando a que David regrese al escenario. A su señal, volverán a izar el telón.

## 95

—Ponte esto.

—No —dice Keith, dejando que la chaqueta azul oscuro con ribetes dorados de oficial de la Unión caiga al suelo. No van a matarle sólo por esto, y no piensa contribuir a su espectáculo sin al menos resistirse.

—Es tu funeral —dice el joven encogiéndose de hombros.

Antes, Michelle le ha dicho:

—Puedes marcharte, podrás irte con tus amigos. Pero has de irte ahora mismo, sin Justine.

Keith se ha negado a marcharse.

Michelle se ha alegrado. Le ha hecho ver que se alegraba.

Mientras tanto, Justine, en las alturas, reza, moviendo los labios sin saber siquiera lo que está diciendo, con los ojos clavados en Rudolph, incluso sabe que ese es su nombre. No parece que tenga vínculo de sangre alguno con David. Está aquí por voluntad propia. Le gusta todo esto. Adora a David.

Justine puede ver, porque sale de su interior, que esta misma tarde ha estado hablando con Sabrina, sugiriéndole que podrían ayudarse mutuamente.

—Yo no soy nada —le ha dicho—, pero puedo fingir ser algo. Y obviamente soy alguien. David sabe quién soy.

—Un inútil montón de mierda. Escoria es lo que eres.

—Yo estaba tan tranquilo dedicándome a mis cosas cuando apareció él. A mi alrededor —ha añadido dándole un trago a su Coca-Cola—, todo era degeneración y podredumbre. Estaba listo para creer en lo que fuera.

Ahora Rudolph levanta la mirada. Hacia Justine. Casi como si lo supiera, pero no del todo. Suda un poquito. Le sonríe mientras los otros colocan un lecho de estacas de hierro bajo la jaula, estacas que podrían atravesar con facilidad su suelo de madera pintada de negro si la jaula cayera súbitamente.

Entre el público hay desconocidos. Gente.

Nadie sabe quiénes son.

**96**

Se alza el telón.

—Cógelo —dice David, resplandeciente con su uniforme de oficial confederado, espada en mano.

Keith decide que el cuchillo ensangrentado es mejor que nada. Nunca se sabe. Se aproxima a la chica rubia muerta, que está completamente desnuda salvo por unos zapatos de tacón rojos a juego con sus labios pintados. Su mirada, omnisciente según le parece a Keith, está clavada en el teórico cielo. Donde debería estar el cielo en caso de que exista uno. No le parece ridícula ni desmañada. Más bien, parece serena. Casi puede uno verla dejando atrás su cuerpo. ¿Qué es esta carne por la que tanto apego sentía? Qué frágil, qué vulnerable.

De modo que Keith tiene un cuchillo, pero de poco le va a servir contra la larga espada de David.

—Has violado a mi hermana —dice David, con un destello cruel en los ojos al comprobar que su broma causa efecto en Keith. Puede que no sea culpable de este hecho en sí, pero tampoco es inocente, tal y como David sabe bien. David da un mandoble con su sable, abriendo la mejilla izquierda de Keith. La herida quema, la sangre fluye inevitablemente hacia abajo, manchándole la blanca camisa.

—Por favor, no hagas esto —dice Justine balanceando la jaula, arriba.

Keith se había olvidado de ella por un momento. No se atreve a alzar la mirada, temiendo irracionalmente la posible pérdida de un ojo.

David, adoptando una postura de esgrima, avanza hacia él y le asesta una estocada en las costillas.

Justine chilla; su alarido se corresponde exactamente al dolor y la conmoción del pinchazo. Keith puede sentirla en su interior, y mientras lucha contra el aspecto *físico* de su miedo, es consciente de una fuerza, de una enorme tranquilidad interior. Una falta de sorpresa.

—La has violado y luego la has matado... ¡Demonio!

David vuelve a blandir la espada. Cuando Keith levanta los brazos para protegerse la cara, recibe un corte en el antebrazo derecho.

Luego, David le clava la espada en un muslo.

—*¡No!* —grita Justine, y Keith lo lamenta por ella, le gustaría poder consolarla de algún modo.

Tropieza contra la oveja y vuelve a sentir el metal penetrando en su cuerpo. Esta vez en la espalda, en un omoplato. Es la estocada que más le ha dolido de todas y se pregunta si este es el fin, si va a morir. Un repentino ataque de debilidad lo hace caer sobre una rodilla, sangrando sobre el suelo. El dolor varía. De repente empeora por ejemplo en un costado, luego se olvida de esa herida en concreto. Todo su dolor es una bola negativa, flotante y difusa.

Cuando cierra los ojos por un segundo, tiene una vívida visión, igual de rápida, de un enorme lago inmóvil, un lago de hermosas aguas diáfanas, verdes con reflejos morados y dorados y rosas. El lago es muy profundo.

Abre los ojos y se vuelve, con la súbita sensación de que algo va a cambiar de inmediato. Levanta la mirada hacia Justine mientras Rudolph se acerca a él, y se fija en una gran X de madera con argollas en los extremos que éste acaba de sacar al escenario rodando.

Parece un artefacto propio de una cámara de torturas, y Keith intuye lo que viene a continuación.

—Si tus ojos te ofenden, arráncatelos —entona David, pero entonces se produce una interrupción y todos se quedan mirando mientras, asombrosamente, Patrick asciende a la carrera los tres escalones hasta el escenario.

## 97

Varias cosas suceden al unísono.

Rudolph, inexplicablemente, le ofrece su escopeta a Keith, con una expresión solemne y beatífica en el rostro. Hacen un intercambio. Keith le da el cuchillo.

Patrick, con las gafas puestas, decidido a sacrificar su vida, irrumpe apuntando con la linterna, distrayendo a David y acaparando también la atención de Michelle.

—Y yo que te iba a dejar marchar —dice David, y Rudolph empieza a apuñalarse a sí mismo en el lado izquierdo del abdomen, con todas sus fuerzas, justo en el momento en el que Patrick enciende la linterna y su luz *explota* sobre el rostro de David.

La cara de David sigue ardiendo, ennegreciéndose horriblemente mientras Michelle se arroja sobre Patrick, derribándolo, pero su brazo izquierdo también prende en llamas, de modo que se aleja gritando, rodando sobre sí misma hasta que consigue sofocarlas. La linterna explota en manos de Patrick.

Minh corre hacia la soga y empieza a desatarla con violencia, con intención de arrojar a Justine sobre las estacas.

David ha retrocedido clavándose en la bayoneta de la figura de madera, el soldado confederado, un testigo inanimado que repentinamente se ha visto envuelto en la acción.

De nuevo en pie, Keith eleva la escopeta. Sabe cómo usarla. David, ciego pero sintiendo su presencia, le arroja la espada, pero esta va a caer con estruendo fuera del escenario.

Keith dispara a bocajarro contra la cara de David, reventándole la mayor parte de la cabeza.

El atronador *BUM* los sobresalta a todos, nadie es inmune,

es un sonido que sencillamente te obliga a saltar, te acojona, no puedes evitar responder. El olor de la pólvora es, piensa Keith, muy dulce, y sonríe ante el sangriento muñón en el que se ha convertido el cuello del monstruo.

Entonces, con un gemido, Minh consigue al fin desatar el último de los gruesos nudos, este se deshace y la jaula cae abruptamente, como si nada, sobre las estacas.

Ágil como una pantera y con idénticos reflejos atléticos, Justine salta en el preciso instante en el que la jaula se desgaja. Una de las estacas le hiere la pierna en el momento de salir despedida, pero consigue aterrizar prácticamente ilesa.

Ella y Keith se abrazan, rodeados por el humo de la escopeta, y él se queda sin fuerzas, dejando caer el arma, empapándolos a ambos con su sangre. Justine lo agarra mientras él empieza a derrumbarse lentamente a causa de sus cinco heridas.

Rudolph está tirado de espaldas, sonriendo. Todavía respira, sigue vivo. Quiere que alguien se incline sobre él, que le mire a la cara, pero nadie lo va a hacer. Se ha destripado solo.

Michelle, con un lado del rostro abrasado y ennegrecido y uno de sus brazos aún peor, ha recuperado la espada confederada de David.

—¡Keith! —grita Tamara, de pie al borde del escenario, pero es demasiado tarde.

Fulminante y salvajemente, Michelle le clava la espada a Keith en la espalda con fuerza inhumana, atravesándolo para herir también a Justine.

Mientras Michelle vuelve a extraer la espada, salpicándolo todo de sangre, Justine se pone rápidamente en pie. Michelle no puede evitar mirarla a los ojos. Debilitada como está, no es sino una niña.

Justine le arrebata la espada. Michelle cae al suelo sobre una rodilla, lloriqueando, temblorosa... Justine agarra la espada con las dos manos, la eleva todo lo que puede por encima de su cabeza y luego la hace descender, separando limpia y pesadamente la cabeza del cuerpo. La cabeza de Michelle sigue rodando hasta quedar justo bajo la mirada de la gran oveja.

Justine arroja de lado la espada con gran fuerza, de manera que se quede clavada en una pared. Si Minh, en su huida, no llega a verlo, desde luego es consciente de ello mientras sale corriendo de la casa.

Justine abraza a Keith, besándolo, diciéndole cosas cariñosas, mientras él la mira a los ojos. Tamara se acerca, lo examina, pero ningún médico podría hacer nada por él.

Varios coches arrancan para marcharse, los desconocidos abandonan el lugar. Sabrina se acerca para ver el cadáver de David. El de Michelle. La cabeza cercenada parece digna, en paz. Otros supervivientes, como Jason y Fred, vagan sin rumbo, conmocionados, en una maraña de confusión.

Justine está besando a Keith cuando éste exhala su último aliento y luego se detiene.

Cuando ya lleva varios minutos muerto, Justine levanta la mirada hacia Patrick y Tamara y les pregunta si podrían ayudarla a sacarlo al exterior. Los dos asienten, sí, mientras las lágrimas ruedan lentamente por las mejillas de Justine. Los mira con la historia de toda una especie en los ojos, la historia de toda una vida.

## 98

Hibiscos rojos, jazmines blancos, penstemones amarillos, fucsias moradas. Es un jardín hermoso. Justine sostiene a Keith entre sus brazos, allí sobre la hierba, húmeda con el rocío matutino.

Le habla. Podría estar dormido. Soñando. Les ha pedido a Tamara y a Patrick que se vayan. Todos los pájaros están despiertos. Llega el amanecer. Nerviosa, se retira el pelo de la cara, un gesto de cuando era niña. Reza, pero le resulta difícil recordar las palabras adecuadas. Había olvidado cómo hablar el francés; ahora es lo único que sabe.

Está muy asustada. Hasta su último nervio le grita que corra. Podría huir, y luego conservar el recuerdo de su amor para siempre, durante siglos, levantar un altar. Adorar a Keith como a un dios asesinado.

Pero permanece aquí. No puede seguir llorando. Está seca. Besa la mutilada mejilla de Keith. Le parece como si volviera a la vida por un par de momentos, y le murmura algo al oído, sabiendo que oye hasta la última palabra.

¡Oh, qué cobarde es! ¡No puede soportarlo! Para impedirse salir corriendo como un animal, se abraza a él con todas sus fuerzas. La luz del sol se arrastra sobre ella. Un temblor azul sumergido en un destello plateado, su piel le envía advertencias, le grita, luego súbitamente ya no hay ninguna diferencia entre si cierra los ojos con fuerza o no. El mundo está saturado de luz azul. Justine queda ciega, enterrando el rostro en el cuello de Keith, abrazándolo como para escudarlo del fuego que les rodea por todos lados. Es un dolor insoportable, atroz. Del blanco al negro con imagen residual. Que acabe ya, grita para sí misma, por favor, Dios. Piedad.

## 99

La sangre sobre Keith parece vino derramado. La suave y pálida carne del muslo de Justine muestra un gran agujero en su media negra y un feo arañazo en la piel, igual que el que tiene en el brazo desnudo, de haber rozado las estacas de hierro. Keith parece mover la mano, empezar a levantarla hacia el rostro de ella.

Cuando Justine estalla en llamas, el cuerpo de Keith también se inflama. Arden juntos allí, sobre el césped.

Por un momento parece como si Justine llevara unas flores o como si tuviera alas.

Las llamas ganan intensidad, naranjas y amarillas. El humo huele a tarta quemada y a algo más. Gradualmente, el fuego va decayendo hacia un rojo profundo, hasta que ya no queda nada salvo cenizas negras.

Tamara y Patrick se acercan a los restos de la pira. No queda nada salvo cenizas, ni costillas ni calaveras. Los pájaros trinan su canción de buena mañana. El sol brilla con más intensidad que en los últimos días.

—Vámonos —dice Patrick al cabo de un rato.

Tamara asiente. Se alejan de allí.

Cien mariposas negras y rojas salen volando de ninguna parte, pero ellos no las ven.

## TÍTULOS APARECIDOS EN ESTA COLECCIÓN

### Nº 1. Acero, de Todd Grimson

Justine es una vampira francesa del siglo XV y Keith es el humano que mantiene a su lado para que se encargue de todo durante el día. La situación es algo más compleja, pero el resumen es ese. Keith era guitarrista en un grupo de rock hasta que unos matones le destrozaron las manos. Hace 80 años Justine mordió a un actor de cine mudo. Desde entonces, éste ha pasado décadas soñando con una reunión y, ahora, con la venganza. Bienvenidos a Los Ángeles, un lugar en el que todas tus fantasías se harán realidad. El problema es que las de otros también.

«Todd Grimson es el escritor americano más innovador del momento, un maestro del *noir*, un brillante estilista de la prosa. *Acero* es Anne Rice para sofisticados y la primera gran novela de vampiros de la era posmoderna».

—James Ellroy

### Nº 2. A la cara, de Christa Faust

«Volver de entre los muertos no es tan fácil como suelen mostrar en las películas. Estoy segura de que te preguntarás qué hacía una chica maja como yo tiroteada y dejada por muerta en el maletero de un coche de mierda abandonado en un erial industrial al este de Los Ángeles. O quizá ya nos conozcamos y entonces te estés preguntando cómo es que a nadie se le ocurrió hacerlo antes».
Angel Dare es una leyenda en la industria del cine para adultos. Ahora, alguien ha intentado asesinarla. Pero Angel es una superviviente. Y eso quiere decir que no parará hasta averiguar quién ha sido el responsable y por qué, aunque tenga que dejar un reguero de cadáveres por el camino.

«Christa Faust es la única morena en un mundo lleno de rubias».

—Quentin Tarantino

Esta edición de
*Acero*
de Todd Grimson
se acabó de imprimir
en el mes de marzo
del año 2010